# 科学探偵
# シャーロック・ホームズ

ジェイムズ・オブライエン 著
日 暮 雅 通 訳

東京化学同人

この本を気に入ってくれたはずのテッドへ

The Scientific Sherlock Holmes
Cracking the Case with Science and Forensics
James O'Brien

# はじめに

文学作品の登場人物で、シャーロック・ホームズほどあまねく知られている存在は、ほんのわずかしかない。アーサー・コナン・ドイルによる六〇編の作品と、他の作家による無数のパスティーシュ（〝伝記〟さえもある）の主体であるホームズは、まさに文学作品の象徴《アイコン》にほかならないといえよう。読者は彼の観察と推理の力に魅了されるわけだが、そのストーリーの中でいささか見落とされがちなのは、テレビドラマなどで有名になるはるか以前からホームズが使っていた、科学的・法科学的な手法である。コナン・ドイル（とホームズ）は、この点で新たな道を切り開き、エドガー・アラン・ポーによってつくられた探偵小説のジャンルに深みと複雑さを加味したのだった。そこで本書では、シャーロック・ホームズの科学的な側面に焦点をあてることにした。六〇編の作品すべてにおいて、科学に関する何らかの言及が見られ、中には科学がその作品の主要なファクターだという場合もあるからだ。

まず最初の章では、コナン・ドイルが科学志向の探偵を生み出した背景を探っていく。その後、第二章で物語の主要な登場人物を説明し、第三章では、ホームズが事件の解決にあたってどのように科学を応用したか、その詳細を見ていくことにする。科学のさまざまな分野の中でも、ホームズは特に化学の知識が深かったので、第四章では化学者としてのホームズを扱う。そして最後の章では、科学のその他の分野におけるホームズの知識を確認することにする。

なお、シャーロック・ホームズの熱心なファンや研究家を〝シャーロッキアン〟または〝ホーメジアン〟[注1]とよぶが、本書ではその両方を場合に応じて使っていることを、お断りしておく。

（注1）　アメリカではシャーロッキアン、イギリスではホーメジアンという呼称を使うことが多い（文献90）。



## 謝　辞

本書の原稿をすべて読み、数多くの貴重なアドバイスにより大いなる力となってくれた、わが息子マイク・オブライエンに感謝する。また、図版に関して協力してくれたロレイン・サンドストロムとトリント・ウィリアムズ、サラ・パール、リッチ・ビアージョニーにも感謝したい。執筆初期における兄トム・オブライエンとの議論も、非常にありがたかった。編集者であるジェレミー・ルイスとハリー・ステビンズ、私のコンピューターに関する能力不足を補ってくれたマリア・プッチにも感謝を。

そして、私の妻バーバラ・オブライエン。原稿に目を通して、すらすらと読めることの重要性について、忌憚のない意見をくれたことに感謝したい。彼女はまた、執筆により一年以上にわたって家の中が散らかっていたことを、堪え忍んでくれたのだった。

# 日本語版読者のみなさんへ

私が初めて日本とのつながりをもったのは、一九八五年のことだった。東京で開催された日本化学会で、講演を行ったのだ。アメリカのフィラデルフィアで生まれ育った私にとって、安全な大都市東京での経験は驚きの連続だった。その晩の会合で、私はアメリカ勢の中から選ばれて歌をうたった。化学者仲間のあいだでは、それぞれの国が代表を出してうたうことが慣例になっていたのだ。

シャーロック・ホームズが日本で大人気なことは、よく知られている。それもあって、本書が日本語で出版されると決まったとき、私はとてもうれしかった。私がホームズに興味をもち始めたのは、父が自分の読んでいたホームズ全集をゆずってくれた少年時代ことだった。六〇作すべてが入っている全集だが、父はまず『バスカヴィル家の犬』を読むといいと言った。「すごくいい作品だから」だというのだ。今ではその巻だけが補修が必要なほどの状態にあり、私の自慢のひとつとなっている。

この日本語版誕生に際しては、日本にいる二人のシャーロッキアンが貢献してくれた。ひとりは筑波大学のユルーン・ボーダ氏。改訂版のために彼がしてくれた有益な提案は、非常にありがたかった。そして、《ベイカー・ストリート・イレギュラーズ》（ＢＳＩ）の会員仲間であり、ニューヨークにおける年次総会ディナーの席上で本書の翻訳を申し出てくれた、日暮雅通氏。シャーロッキアンが翻訳を手がけてくれたのはとても光栄であり、うれしいことだ。本書にふさわしい、適切な翻訳になっていることに、疑いの余地がないのだから。

ジェイムズ・オブライエン

# 目次

# 序

シャーロック・ホームズは、あらゆる文学の中で最も名の知られているキャラクターだろう。彼が最初に登場する『緋色の研究』は、一八八七年に出版された。それから一三〇年以上経った今日、本や映画、テレビコマーシャル、屋外広告などで鹿撃ち帽《ディアストーカー》をかぶった姿を目にすると、人々はほとんど無意識にそれが〝シャーロック・ホームズ〟だと思うようになった。古いホームズ映画は何度も繰返しテレビで再放送されているし、新しい映画もつねにつくり出されている。舞台劇もまた、アメリカをはじめ世界各地で上演されている。立派な出版社が、ホームズの名を冠した雑誌を出版しているだけでなく、ホームズに関する百科事典まで出版されているのだ（文献166、20、121）。

全部で六〇編という限られた数の作品しかないため、ホームズファンたちはコナン・ドイルの作品を模した新しいホームズ物語を求めるようになった。そうした作品はパスティーシュとよばれ、純文学以外のジャンルにおける格好のネタとなった。熱心な作者たちは、ドイルによる物語の中で、事件があったことに言及されているが詳しいことが書かれていない、百以上ある〝語られざる事件〟（文献131、84）をテーマにすることも多い。もちろん、〝ストーリーに関するストーリー〟、つまり作品に関する研究も歓迎される。そして、アメリカ全土と世界中に、無数のホームズ愛好団体が存在する。アメリカにおいて、そうしたホームズファンたちにとって最高の栄誉は、《ベイカー・ストリート・イレギュラーズ》（略称ＢＳＩ）（次頁訳注）と称する団体に入会することにある。ホームズ物語に出てくる浮浪児たちの呼称から名づけられたこのホームズ団体は、彼らと同じくらい変わったグループなのだ。

いったいなぜ、そういうことになったのだろう？　ホームズに魅力を感じる理由のひとつは、彼が欠点をもつキャラクターだからだ。たとえば、そのイメージと違って、彼はつねに事件を正しく解決するわけではない。四回失敗したことがあると、彼自身が認めている。ホームズ物語を読むとき読者は、彼が解決できるのかどうか、確実にはわからずにいる。名探偵でも時には間違いを犯すからだ。そして彼のもうひとつの欠点は、有名な薬物依存だが、それに関する議論はのちの章ですることにしよう。

ホームズの人気を持続させているもうひとつの主要な要素は、あざやかな推理を行う能力だ。読者は毎回、彼がその推理手法で正しい結論に達することに魅了される。たとえば〈緋色の研究〉の冒頭で、ホームズがワトスンに向かって初めて言った言葉は、「あなた、アフガニスタンに行っていましたね？」だった。ワトスンはこの事実を誰かがホームズに教えたのだろうと思うが、のちにホームズが説明したところでは、ワトスンの外見から推理した結論だったのだ。また、一九二七年に発表された最後のホームズ物語、〈ショスコム荘〉でもそうだった。サー・ロバート・ノーバートンが妹のかわいがっていたスパニエル犬をよそにやってしまったことに世間は当惑するが、ホームズだけはそうでなかった。犬がいなくなったことから、ホームズは妹のレディ・ビアトリス・フォールダーが死んで、その事実をサー・ロバートが隠していると推理するのだ。そこからたちまちすべての謎が意味をなすようになり、ホームズは簡単に事件を解決してしまう。つまり一八八七年から一九二七年の四〇年間に、ホームズ物語のほかの部分がどう変化しようとも、ドイルがホームズの推理について変えることはなかったわけだ。

ホームズのキャラクターを魅力的にし、物語を成功させたもうひとつの強力な要素も、やはり四〇年間変わらなかった。それが科学の知識と、彼が頻繁に用いる科学的手法であると示すのが、本書の目的である。ドイル自身、『ティットビッツ』誌一九〇〇年一二月一五日号に、自分がそれまでに読んだものよりもリアルな探偵小説を書こうとした動機について書いている（文献62）。

「私はそれまでいくつか探偵小説を読んでいたが、どう控えめに言ってもナンセンスなものばかりだった。謎を解決にもっていくうえで、著者はいつも偶然に頼っていたからだ」

そこで彼は、偶然の要素を減らすため、自分の探偵に科学と推理の手法を使わせて、謎を解かせることにしたのだった。ポーのデュパンを念頭に置いてはいたが、ドイルはホームズを多少異なる存在にした。

「ホームズがデュパンと違うのは、過去の教育の結果として蓄えた膨大で正確な知識を、頼りにしていることだ」

ホームズのもつ科学の知識は、大勢のファンに議論の題材を与えるとともに、彼のすばらしい推理

（訳注）本文中ではおもにこの略称を使う。なお、ホームズ物語に登場する浮浪児たちのグループは「ベイカー街不正規隊」または単に「イレギュラーズ」としている。

力に対して信頼性を添えることになった。実際、ホームズを主人公とする人気作品の中でも、みごとな推理力を発揮しているだけでなく、そこに科学の要素ももつものこそが、高い評価を受けているのだ。

前述のように本書は、シャーロック・ホームズの科学的側面に焦点をあてたものだ。まず最初の章で、ホームズ物語がいかにして生まれたかを説明する。次の第二章では、主要登場人物、つまりホームズとワトスン博士、モリアーティ教授、ホームズの兄マイクロフトについて紹介する。第三章では、ホームズが捜査のうえで科学と法科学の手法をいかに使ったかを見ていく。第四章と第五章は、事件解決に使われなかったすべての科学を扱う。第四章は物語全体に行き渡る化学について、第五章は物語に現れるその他六分野の科学についてである。そして最後に、ホームズが科学を利用し、物語に不朽の魅力を与えたことについて結論をまとめることにする。

## ホームズ物語の作品名

シャーロッキアンによる論文などでは、長い事件名を何度も繰返し書くことを避けるため、コナン・ドイルが書いたホームズ物語六〇編（〝正典〟とよばれる）の題名からアルファベットと数字四文字でつくった略称を使うことが多い。本書ではその原題の略称は使わず邦題を使うが、長いタイトルの場合は初出以降、左記の略称を使うことにする。

# ホームズ物語の作品名

| 作品番号（発表順） | 作品（事件）名 | 略称 | 発表・掲載年月（イギリス版） |
|---|---|---|---|
| 1 | 〈緋色の研究〉 | 〈緋色〉 | 一八八七・一一 |
| | ……同題名の長編として刊行（『緋色』、一八八八年） | | |
| 2 | 〈四つの署名〉 | 〈署名〉 | 一八九〇・二 |
| | ……同題名の長編として刊行（『署名』、一八九〇年） | | |
| 3 | 〈ボヘミアの醜聞〉 | 〈ボヘミア〉 | 一八九一・七 |
| 4 | 〈赤毛組合〉 | 〈赤毛〉 | 一八九一・八 |
| 5 | 〈花婿の正体〉 | 〈花婿〉 | 一八九一・九 |
| 6 | 〈ボスコム谷の謎〉 | 〈ボスコム〉 | 一八九一・一〇 |
| 7 | 〈オレンジの種五つ〉 | 〈オレンジ〉 | 一八九一・一一 |
| 8 | 〈唇のねじれた男〉 | 〈唇〉 | 一八九一・一二 |
| 9 | 〈青いガーネット〉 | 〈ガーネット〉 | 一八九二・一 |
| 10 | 〈まだらの紐〉 | 〈まだら〉 | 一八九二・二 |
| 11 | 〈技師の親指〉 | 〈技師〉 | 一八九二・三 |
| 12 | 〈独身の貴族〉 | 〈独身〉 | 一八九二・四 |

| 作品番号 | 作品（事件）名 | 略　称 | 発表・掲載年月 |
| --- | --- | --- | --- |
| 13 | 〈緑柱石の宝冠〉 | 〈緑柱石〉 | 一八九二・五 |
| 14 | 〈ぶな屋敷〉 | 〈ぶな〉 | 一八九二・六 |
| ……以上一二編は短編集『シャーロック・ホームズの冒険』として刊行（『冒険』、一八九二年） | | | |
| 15 | 〈名馬シルヴァー・ブレイズ〉 | 〈シルヴァー〉 | 一八九二・一二 |
| 16 | 〈ボール箱〉 | 〈ボール箱〉 | 一八九三・一 |
| 17 | 〈黄色い顔〉 | 〈黄色〉 | 一八九三・二 |
| 18 | 〈株式仲買店員〉 | 〈株式〉 | 一八九三・三 |
| 19 | 〈グロリア・スコット号〉 | 〈グロリア〉 | 一八九三・四 |
| 20 | 〈マスグレイヴ家の儀式書〉 | 〈マスグレイヴ〉 | 一八九三・五 |
| 21 | 〈ライゲイトの大地主〉 | 〈ライゲイト〉 | 一八九三・六 |
| 22 | 〈背中の曲がった男〉 | 〈背中〉 | 一八九三・七 |
| 23 | 〈入院患者〉 | 〈入院患者〉 | 一八九三・八 |
| 24 | 〈ギリシャ語通訳〉 | 〈ギリシャ〉 | 一八九三・九 |
| 25 | 〈海軍条約文書〉 | 〈海軍条約〉 | 一八九三・一〇&一一 |
| 26 | 〈最後の事件〉 | 〈最後〉 | 一八九三・一二 |

……以上のうち〈ボール箱〉を除く一一編は短編集『シャーロック・ホームズの回想』として刊行（『回想』、一八九三年）〈ボール箱〉はアメリカ版の『回想』初版に収録されたが、すぐ発売中止になり、再版以降は除かれた。

27 〈バスカヴィル家の犬〉 〈バスカヴィル〉 一九〇一・八〜一九〇二・四

……同題名の長編として刊行（『バスカヴィル』、一九〇二年）

28 〈空き家の冒険〉 〈空き家〉 一九〇三・一〇

29 〈ノーウッドの建築業者〉 〈ノーウッド〉 一九〇三・一一

30 〈踊る人形〉 〈人形〉 一九〇三・一二

31 〈美しき自転車乗り〉 〈自転車〉 一九〇四・一

32 〈プライアリ・スクール〉 〈プライアリ〉 一九〇四・二

33 〈ブラック・ピーター〉 〈ピーター〉 一九〇四・三

34 〈恐喝王ミルヴァートン〉 〈ミルヴァートン〉 一九〇四・四

35 〈六つのナポレオン像〉 〈ナポレオン〉 一九〇四・五

36 〈三人の学生〉 〈三学生〉 一九〇四・六

37 〈金縁の鼻眼鏡〉 〈金縁〉 一九〇四・七

38 〈スリー・クォーターの失踪〉 〈クォーター〉 一九〇四・八

| 作品番号 | 作品（事件）名 | 略　称 | 発表・掲載年月 |
|---|---|---|---|
| 39 | 〈アビィ屋敷〉 | 〈アビィ〉 | 一九〇四・九 |
| 40 | 〈第二のしみ〉 | 〈しみ〉 | 一九〇四・一二 |

……以上一三編は短編集『シャーロック・ホームズの生還』として刊行（『生還』、一九〇五年）

| 作品番号 | 作品（事件）名 | 略　称 | 発表・掲載年月 |
|---|---|---|---|
| 41 | 〈ウィステリア荘〉 | 〈ウィステリア〉 | 一九〇八・九&一〇 |
| 42 | 〈ブルース・パーティントン型設計書〉 | 〈ブルース〉 | 一九〇八・一二 |
| 43 | 〈悪魔の足〉 | 〈悪魔〉 | 一九一〇・一二 |
| 44 | 〈赤い輪団〉 | 〈赤い輪〉 | 一九一一・三&四 |
| 45 | 〈レディ・フランシス・カーファクスの失踪〉 | 〈カーファクス〉 | 一九一一・一二 |
| 46 | 〈瀕死の探偵〉 | 〈瀕死〉 | 一九一三・一二 |

……以上六編は16の〈ボール箱〉および48の〈最後の挨拶〉とともに短編集『シャーロック・ホームズ最後の挨拶』として刊行（『挨拶』、一九一七年）

| 作品番号 | 作品（事件）名 | 略　称 | 発表・掲載年月 |
|---|---|---|---|
| 47 | 〈恐怖の谷〉 | 〈恐怖〉 | 一九一四・九～一九一五・五 |

……同題名の長編として刊行（『恐怖』、一九一五年）

| | | | |
|---|---|---|---|
| 48 | 〈最後の挨拶〉 | 〈挨拶〉 | 一九一七・九 |
| 49 | 〈マザリンの宝石〉 | 〈マザリン〉 | 一九二一・一〇 |
| 50 | 〈ソア橋の難問〉 | 〈ソア橋〉 | 一九二二・二&三 |
| 51 | 〈這う男〉 | 〈這う男〉 | 一九二三・三 |
| 52 | 〈サセックスの吸血鬼〉 | 〈吸血鬼〉 | 一九二四・一 |
| 53 | 〈三人のガリデブ〉 | 〈ガリデブ〉 | 一九二五・一 |
| 54 | 〈高名な依頼人〉 | 〈高名〉 | 一九二五・二&三 |
| 55 | 〈三破風館〉 | 〈三破風〉 | 一九二六・一〇 |
| 56 | 〈白面の兵士〉 | 〈白面〉 | 一九二六・一一 |
| 57 | 〈ライオンのたてがみ〉 | 〈ライオン〉 | 一九二六・一二 |
| 58 | 〈隠居した画材屋〉 | 〈画材屋〉 | 一九二七・一 |
| 59 | 〈ヴェールの下宿人〉 | 〈下宿人〉 | 一九二七・二 |
| 60 | 〈ショスコム荘〉 | 〈ショスコム〉 | 一九二七・四 |

……以上一二編は短編集『シャーロック・ホームズの事件簿』として刊行（『事件簿』、一九二七年）

# 訳者より

・以上の作品（事件）名、および正典からの引用は、光文社文庫版『新訳シャーロック・ホームズ全集』（日暮雅通訳）を使用した。ただし、本書著者の文意に合わせて多少のアレンジをしている箇所もある。

・六〇編の正典作品、および本書中で引き合いに出される古典ミステリー作品については、結末やトリックに触れる場合もあるので、ご注意願いたい。

・本文中で特に［訳注］という明記のない注釈は、すべて原著者によるものである。また、（文献1）、（文献2）などは巻末の引用文献リストにあるアルファベット順に並んだ文献の番号に対応している。

・アーサー・コナン・ドイルの「コナン・ドイル」は一種の複合姓であり、彼の代は「ドイル家」でなく「コナン・ドイル家」であった。つまり、彼を指す場合は「ドイルは」と言わずに「コナン・ドイルは」とすべきかもしれないが、本書では特に区別を必要としない場合、便宜的に「ドイル」で彼のことをあらわしている。また、一種の複合姓であっても原語はConan Doyleであり、Conan-Doyleではないので、日本語でも「コナン＝ドイル」のような表記にする必要はないと考える。

・雑誌名、書籍の題名は『　』，作品（事件名）は〈　〉で、団体名や法則は《　》、強調、会話文、引用は「　」で表している。

# 「正典」の分析

世界中でもぼくひとりしかいない。
つまり諮問探偵なんだ。
――シャーロック・ホームズ〈緋色〉

ホームズはワトスン博士と同居を始めたばかりのころ、記録に残る最初の事件の冒頭で、自分の職業が何であるかを彼に明かした。ワトスンはその後、ホームズが扱った合計六〇の事件を記録することになる(注1)。事件の種類としては殺人が最も多く、六〇作品のうち二七の作品で起きている。だが興味深いことに、二番目に多いのは「結局犯罪ではなかった」という結末で、一一の作品がこのカテゴリーに入るのだ(注2)。残りの二二作品は、殺人以外の一三種類の犯罪に分かれている(文献163)。

ホームズの依頼人は、さまざまな背景をもった人物たちで、八つのタイプに分類される。ビジネスマンまたは専門職(二三編)、警察(八編)、悩みを抱えた貴婦人(八編)、窮地にある紳士階級(八編)、政府の要人(四編)、貴族階級(四編)、労働者階級(三編)、無職(二編)だ(文献163)。

(注1) ホームズ物語(正典)全体の事件を記述する中で、ワトスン博士はこの六〇件以外の事件についても、頻繁に言及している[訳注　前述の〝語られざる事件〟]。しかしここでは、アーサー・コナン・ドイルによって出版された六〇のストーリーだけを扱うことにする。

(注2) 犯罪が成立しない作品は一二だとする研究者もいる(文献10)。

ホームズが犯人を突き止めたケースは三七あるが、なんと、そのうち一三回にわたって相手を見逃している。警察に引き渡しているのは、残りの二四回だ。犯罪者が捕まる前に死亡するケースも多い。またホームズ自身、四回失敗したと言っている(注3)。名探偵のホームズさえ時には失敗すると言われても、読者はどう考えていいか戸惑うだろう。

こうした数多くの犯罪タイプと、数多くの依頼人タイプ、そして失敗も含めた、さまざまに異なる数多くの結果が、バラエティに富むストーリーをつくり出し、生き生きとした再読に耐えるものにしているのである。

本書は、このホームズ物語六〇編における科学を扱っている。六〇編のすべてが、何らかの科学に言及しているからだ。単なる分子の話である場合も、科学的手法について語っている場合もある。科学が事件解決の重要なキーとなることもあれば、雰囲気づくりのためだけのこともある。科学に興味をもつ人なら、ひとつひとつのホームズ物語に、何らかの興味ある部分を発見できることだろう。コナン・ドイルが創造しようと試みたのは、自分の仕事に科学を積極的に取り入れる探偵であった。その結果が成功であったことは、議論の余地がないだろう。

(注3) 失敗の数は、「失敗」をどう定義するかによって変わってくる(文献10)。

# 第1章　ホームズはどのようにして創られたか

## 1　アーサー・コナン・ドイル

「鋼《はがね》のごとき真実、剣《つるぎ》のごとき道徳」
サー・アーサー・コナン・ドイルの墓碑銘

シャーロック・ホームズがいかにして生まれたかという点を理解するには、三人の人物による貢献を振り返る必要がある。コナン・ドイル自身、エドガー・アラン・ポー、そして大学の医学部時代におけるドイルの師であるジョゼフ・ベル博士だ。まずはじめに、コナン・ドイルの人生において、ホームズ物語を書き始めることになった経緯から見ていこう。

アーサー・コナン・ドイルは、一八五九年五月二二日にスコットランドのエディンバラで生まれた。父親のチャールズ・アルタモント・ドイルはイングランド人で、母親のメアリ・フォーリーはアイルランド人だった。父親はアルコール依存の問題を抱えていたため、コナン・ドイルの幼少期にプラスの影響を与えたのは母親のほうだった。チャールズはその後、精神病院で最期を迎えることになる（文献160）。メアリは息子に読書の楽しみを教え（文献164、108）、それが後年、ドイルがホームズを発想することにつながった。ドイルの広範にわたる読書は、ホームズ物語に大きな影響を与えたのだった（文献47）。

ドイルはカトリック教徒として育ち、イエズス会のホダー・スクール（一八六八～一八七〇年）で学んだあと、ストーニーハースト校に入ったが（一八七〇～一八七五年）、そこは彼にとってきわめて過酷な場であった。「体罰と儀式的な屈辱を与えられるという脅迫観念」（文献36）ばかりで、思いやりや温情といったものを大切にしない学校だったからだ。次に彼は、オーストリアのフェルトキルヒにあるイエズス会系のカレッジ、ステラ・マトゥティナで一年間学ぶ（文献108）。アルコール依存症の父親は収入が少なかったため、この留学のための費用を出したのは裕福な伯父たちであった。カトリックの教育が終わったころ、ドイルはキリスト教の信仰を捨てたと言われている（文献160）。厳格すぎることのないフェルトキルヒの学校にいたころ、しだいに宗教を離れ、理性と科学へと心が向いていったのだろう（文献19）。このころはまた、彼が探偵小説を含むエドガー・アラン・ポーの作品を読んだ時期でもあった。シャーロッキアンたちはホームズの〝出生地〟について議論をたたかわせているが、ホームズ発想の地はオーストリアだったと言うこともできるのである。

一八七六年、コナン・ドイルはスコットランドでも名高いエディンバラ大学で、医学を学び始める。これは、ホームズ物語が形づくられるうえで重要な役割を果たした時期でもあった。なぜなら、当然ながら第一に、ドイルはこの時期ずっと科学に接していた。本書ではホームズ物語六〇編におけるその科学の存在を、解き明かしていく。第二に、恩師のジョゼフ・ベル博士に出会ったのも、この時期だった。ドイルはベル博士が患者の身の上などを言い当てるみごとな推理に感銘を受けて、それをホームズ物語に応用したのだ。そして医学の教育を終えたドイルは、いざ開業せんと、ロンドンの伯父たちに会いに行く。伯父たちには、裕福な知り合いたちを通してロンドンのカトリック・コミュニティの中でドイルを開業させる準備ができていた。しかし彼は、カトリックの信仰を捨てたことを伯父たちに告げ、せっかくのチャンスを逃してしまう。伯父たちに対して、トマス・ハクスリーがつくり出してまだ間もない用語を使い、自分は不可知論者であると言ったのだ（文献160）。チャンスを逃すとわかっていたが、まだカトリック教徒であると言って自分を偽ることができなかったのだった。彼の墓碑銘が示すように、ドイルはその強い道義心を一生貫いたのである。結局伯父たちは援助を拒否し、ドイルは困難な出発を余儀なくされることとなった。その後一八八二年、彼はロンドンでなくポーツマスのサウスシーという町で診療所を開いた。医学部時代およびその後の論文において、ドイルはある種の病気の原因について先見的なことを書いているが、これはかなりのちにならないと完全には説明されない手法によるものだった（文献108）。だが、サウスシーで一八九〇年まで開業したものの、結果はよくなかった。最初の年の収入は一五四ポンドで、その後も三〇〇ポンド以上になることはなかった（文献27、160）。ドイルが最初の年に提出した納税申告書は役所から突き返され、税務官はその申告書に「不満なり」と書いてきた。機転の利くドイルは、申告書に「まったく同感」と書いてそのまま再送したのは、有名な話だ（文献19）。

コナン・ドイルが心霊主義《スピリチュアリズム》に興味を抱いたのも、このころだった。一九一七年までは心霊主義の信奉を公にしなかったが、しだいに不可知論を放棄していき、のちの彼の人生は心霊主義に支配されることになる。もうひとつポーツマス時代で重要なのは、「トゥーイ」ことルイーザ・ホーキンズと出会ったことだ。ドイルは彼女の弟ジャックが脳膜炎と診断されたとき、セカンド・オピニオンを求められたのだった。ドイルはジャックを自分の診療所の入院患者として迎えたが、ジャックはその数日後に亡くなってしまう。ちなみに、二三番目の正典のタイトルは〈入院患者〉だ。ドイルはその後もトゥーイと交際を続け、数カ月後の一八八五年八月六日に結婚する。トゥーイには自分自身の収入が多少あったので、ドイルの貧困はある程度救われることになった。だが、彼女は健康状態が思わしくなく、一九〇六年に四九歳で死を迎えることになる。ドイルはその前、一八九七年にジーン・レッキーという女性と出会い、恋愛関係にあったが、この微妙な問題を恥ずべき結果にしないよう努力していた。そして、トゥーイの死から一四カ月後に、ジーンと再婚したのだった（文献160）。

ドイルはポーツマスでの診療を一八九〇年にあきらめ、高度な眼科の知識を得るためウィーンに行き、帰国するとロンドンに診療所をかまえた。だがのちに彼は、「ひとりの患者も来なかった」と書いている。このことから、ホームズ物語は患者がまったく来ないために暇をもてあましたドイルが書き始めた、という有名な逸話が生まれたが、実際にはそれほどひどい状態ではなかったようだ（文献99）。生来のストーリーテラーであるドイルは、それまでに一八七九年の『ササッサ谷の怪』をはじめとする小説を発表していた。そこへ今度は、探偵小説を書こうと決めたのである。それにはポーの探偵であるC・オーギュスト・デュパンがモデルになった。ホームズは非常に高い知性をもっているので、ほかの人が惑わされるような謎を解くことができるが、その解決は論理的でなければならない。ポーの時代（一八四一年）からドイルの時代（一八八七年）までに書かれた犯罪小説では当たり前だった、偶然の要素を使ってはいけないのだ。その結果生まれた『緋色の研究』は、四つないし五つの出版社に突き返されたあと、ウォード・ロック社に採用されたが、二五ポンドで原稿買い切りという条件だった。単行本でなく、『ビートンズ・クリスマス・アニュアル』という年刊雑誌に掲載されたのは、一八八七年のことだった。その後単行本になったが、ドイルが二五ポンド以上の金を受取ることはなかった。彼はのちに、『緋色の研究』はイギリスで何度か版を重ねたが、当地ではあまり人気を得られなかったと述べている。

そこで言われているのが、ホームズ物語が生きながらえたのは、アメリカでの人気によるということだ（文献160）。『緋色の研究』はアメリカでの評判がよく、「ホームズの熱心なファンをつくり出した」のだった（文献95）。つまり、オーストリアで発想され、ロンドンで生まれたホームズは、アメリカで蘇ったのである。その結果、一八八九年、ドイルはフィラデルフィアの雑誌『リピンコッツ』から、オスカー・ワイルドとともにロンドンでの会食に招待された（文献36）。二人の作家はロンドンのランガム・ホテルで、『リピンコッツ』のエージェントであるジョゼフ・ストッダートおよびアイルランドの国会議員トマス・ギルと食事をした（文献108）。ドイルはこのときのことを「すばらしい夕べだった」と記している（文献64）。その結果決まったのは、二人が同誌に小説を執筆するということだった。このときワイルドが書いたのが、彼の唯一の長編小説、『ドリアン・グレイの肖像』だった。ドイルも会合のすぐあと、予定している小説のタイトル、『六つの署名』を送った（文献19）。彼はずっとホームズのことを考えていて、その彼の活躍する作品の二作目を書こうと決めたのだ。しかも、中心となる登場人物のサディアス・ショルトーをオスカー・ワイルドに似せることで、ある種の敬意を表したのだった。タイトルは最終的に、『四つの署名』となった。『緋色の研究』とともに、ホームズ物語の四つの長編のひとつである。

ホームズ物語の三作目〈ボヘミアの醜聞〉は五六編ある短編の第一作で、月刊誌『ストランド』に掲載された。その後長く続くことになる同誌への連載の始まりだ。連載が始まるとホームズ物語は大人気となり、『ストランド』誌の売上げは五〇万部にまで達した（文献136）。出版者のジョージ・ニューンズは、ホームズ物語が載るたびに売上げが一〇万部は増えたと語っている（文献160、108）。ドイルが低収入にあえいでいた日々は遠い昔のこととなったのだ。しかしドイルはすぐホームズに飽きてしまい、シリーズ八作目を書いたところで彼を葬ろうと考える。ところが、そのころにはドイルの母親が熱心なホームズファンになっており、強硬に反対した。しかも彼女は、ホームズ物語を続けさせるためにプロットを提案したりした。それが作品となったのが、一四作目となる〈ぶな屋敷〉だ（文献160）。とはいえ、ホームズは死ぬ運命にあった。ドイルがもっと愛着をもっていたのは、『マイカ・クラーク』（一八八九年）や『白衣の騎士団』（一八九一年）といった歴史小説だったが、ホームズものに時間をとられるとそうした作品が書けなくなるからだ。しかも、新しいプロットを考え出すのがしだいに難しくなっていた。ドイルは最初の三作のプロットをポーから拝借したあと、若い女性の財産を使い続けるために彼女を未婚のままにしておくというプロットを、五作目の〈花婿の正体〉と十作目の〈まだらの紐〉、一四作目の〈ぶな屋敷〉で繰返し使っている。〈まだら〉の恐ろしい義父グリムズビー・ロイロット、〈花婿〉の情けない義父ジェイムズ・ウィンディバンク、〈ぶな〉の卑劣な父親ジェフロ・ルーカッスルを思い出してほしい。ただし、この三つの作品の雰囲気はそれぞれに異なるし、出来ばえもまったく違う。〈まだら〉は五六編の短編のうちでも、これまでの人気投票でつねに上位に位置してきた人気作だ。同じプロットの〈花婿〉は、こんなふうに評されてきた――「三作目（短編の三作目。全体では五作目）の〈花婿の正体〉は、いささか魅力に乏しい作品である」（文献129）。

シリーズが終わるころまでに、ドイルは人が失踪するというテーマを繰返し使い、ホームズはそうした事件を六回扱うことになった（文献95）。さらに六つの作品、〈四つの署名〉と〈ボスコム谷の謎〉、〈オレンジの種五つ〉、〈グロリア・スコット号〉、〈踊る人形〉、〈ブラック・ピーター〉では、海外からイギリスに帰国した人物が追われたり脅迫されたりするというアイデアを使っている（文献149）。一九〇〇年の一二月、二六作目の〈最後の事件〉を書いてから二七作目の〈バスカヴィル家の犬〉を書くまでのあいだに、ドイルは『ティットビッツ』誌上でこんなことを書いている（文献62）。

「（これまで）二六編の作品を書いてきて、それぞれに新しいプロットをひねり出したが、いちいちプロットを考え出す作業にうんざりしてしまった」

これがホームズを殺した理由のひとつだった。かくしてホームズは〈最後の事件〉で、宿敵モリアーティ教授と対決し、教授ともどもライヘンバッハの滝に落ちて死んでしまうのだ。

しかし、ドイルが二八作目の〈空き家の冒険〉でホームズを復活させたあとも、新たなプロットを考え出さねばならない問題は残っていた。ニコラス・ユーテチン（文献169）は、二九作目と三一作目、三三五作目、四〇作目がそれ以前のホームズもののテーマを使っていると指摘した。それぞれ、三、二四、九、二五作目のものと同じだというのだ。

「〈ノーウッドの建築業者〉は〈ボヘミアの醜聞〉に負うところが大きいし、〈美しき自転車乗り〉

は〈ギリシャ語通訳〉のプロットを、〈六つのナポレオン像〉は〈青いガーネット〉のプロットを借りている。そして〈第二のしみ〉は、〈海軍条約文書〉の双子のかたわれである」

ホームズがライヘンバッハの滝で〝死ぬ〟と、ロンドン中が大変な騒ぎになった。ドイルのもとには抗議の手紙が殺到し、『ストランド』誌の部数は急激に落ち込んだ。二万人が購読をキャンセルしたという(文献160、108)。一〇年後の一九〇三年に発表された〈空き家の冒険〉で、読者はホームズがライヘンバッハの滝に落ちなかったことを知る。シャーロッキアンたちは、物語の中の設定年月を使い、ライヘンバッハの滝の一件があった一八九一年から〈空き家の冒険〉で帰還した一八九四年までの三年間を、ホームズの経歴における「大空白時代」とよんでいる。また、ドイルの二番目の夫人であるジーン・レッキーは、ホームズがどのように死から逃れたかをほのめかしたこともある(文献19)。ホームズが生還したことによって、『ストランド』誌の部数は再び急増し、コナン・ドイルの収入も増えた。彼はホームズをライヘンバッハの滝壺に落としたままにすることができず、一介の医師のままでいることもできなかった。二度とホームズを葬ることができなかったのだ。その後三二作のホームズものを書いたドイルが一九三〇年七月七日に死去したあとも、ホームズは生き続け、引退して養蜂生活を送ることになる。その生涯でドイルは、架空の名探偵として最高のキャラクターを生み出しただけでなく、〝謎めいた手がかり〟という文学的手法も発明した(文献27)。〈名馬シルヴァー・ブレイズ〉におけるホームズのせりふ、「あの夜の、犬の奇妙な行動に注意すべきです」に代表されるものだ。ドイルはまた、〈赤毛組合〉で「骨折り損」のストーリー(注1)とでも言うべきパターンを初めてつくり出した（文献124）。さらに〈恐怖の谷〉は、ハードボイルド探偵ものの先駆けだと言われている（文献44、50、126）。

以上から、ドイルがシャーロック・ホームズを生むに至った要素は、次のようなものだったことがわかる。つまり――読書欲を生んだ母親の影響、宗教からの離脱を招いた学校時代の厳格なカトリック教育、学校時代に育んだ科学と推理への愛情、裕福な伯父たちに援助を拒否されることになる不可知論、開業医としての失敗、生来のストーリーテリング能力、エドガー・アラン・ポーの非凡な才能、ジョゼフ・ベル博士の優れた手法、そしてホームズを生きながらえさせることによる莫大な報酬である。

## 2　エドガー・アラン・ポーの影響

……彼の探偵は小説の中でも最高のものだ。
――コナン・ドイル、一八九四年一〇月一一日
ニューヨーク市において

コナン・ドイルが、診療所でほとんど来ない患者を待つあいだ執筆をしたというのは、嘘ではないだろう。しかし探偵小説を「発明」したのは、一八四一年に『モルグ街の殺人』を発表したエドガー・

（注１）　プロットを生み出そうと苦しむ中で、ドイルはこの「骨折り損」テーマを三つの作品で使っている。四作目の〈赤毛組合〉、一八作目の〈株式仲買店員〉、五三作目の〈三人のガリデブ〉だ。

アラン・ポーだった（文献151、156）。当時はまだ、「探偵《ディテクティブ》」という言葉さえも存在せず、初めてこの言葉が使われたのは一八四三年のことだった（文献151、19）。ポーからドイルまでの四〇年間に、数多くの警察小説が書かれたが、それらはすべて、偶然や推測、死に際の告白というものに頼っていた（文献63）。そしてこれらの作品は、「ドイルが生み出した本物の推理小説とポーのあいだの架け橋」だった（文献37）。ポーを読んでいたドイルは、一八八七年に探偵小説を「再発明」したのである。最初のホームズ物語である〈緋色の研究〉の中でドイルは、知的な探偵と、その反響板としての相棒というコンセプトをポーから拝借している。そのせいで、ホームズはポーのオーギュスト・デュパンをモデルにしており、ワトスンはデュパンの物語の語り手だと指摘されている。

ホームズもの第一作に影響を与えたものは、ほかにもある。まず、題名はエミール・ガボリオが一八六六年に発表した小説、『ルルージュ事件』に似通っている［訳注「ルージュ」はフランス語で「赤」を意味する］。長々とした回想部分は、ガボリオの作品にも見られる（文献47）。モルモン教徒の殺し屋たちは、ロバート・ルイス・スティーヴンスンの『爆弾魔』に見られる（文献19）。〈緋色の研究〉の後半におけるアメリカ西部の物語は、トマス・メイン・リードのアイデアを利用している（文献47）。ウィリアム・メイクピース・サッカレーまでが、コナン・ドイルの作品を形づくるうえでのファクターとされているのだ（文献47）。ただし、最も大きな影響を与えたのがポーであることに、間違いはない（文献47）。

二作目の〈四つの署名〉で、ドイルはホームズをポーのキャラクターのようにしたうえで、再度そのプロットを使っている。ポーの『モルグ街の殺人』では、「登れるはずのない」壁を登ってレスパネエ夫人とその娘を殺し、同じルートで逃げていったのは、オランウータンだった。これは最初の探偵小説であり（文献151）、非常に初期の密室もののミステリーだった（文献113）。ドイルもまた、〈四つの署名〉で密室もののストーリーをつくり上げ、アンダマン諸島から来たピグミーのトンガにオランウータンと同様の離れ業をさせたあげく、ショルトーを殺させたのだった。

三作目の〈ボヘミアの醜聞〉から始まる短編連載で、ドイルは大成功をおさめることになるが、ここでもまたポーのプロットを拝借した。ポーの『盗まれた手紙』では、フランス王宮の貴婦人がもっていた手紙が盗まれ、それをデュパンが捜すことになる。公になればもうひとりの貴婦人の名誉を傷つけるような手紙だ。盗んだ大臣D……はそれをわざと誰の目にもつくような場所に置いて発見を免れていたが、デュパンはそれを見破り、大臣の気をそらしておいて、そのすきに手紙をにせ物とすり替えてしまう。大臣の気をそらすための策略は、ホテルの部屋のすぐ外で銃を撃つというものだった。

ホームズもまた、〈ボヘミアの醜聞〉で似たようなことをしている。この一件で捜すのは、ボヘミア王とアイリーン・アドラーが一緒に写っていて、王の結婚を破談にできるような写真だった。ホームズがアイリーンの気をそらすために使った策略は、ワトスンが窓から発煙筒を投げ入れて、「火事だ！」と叫ぶことだった。写真を失うことを恐れたアイリーンの行動により、ホームズは写真の隠し場所を知ることになる。ドイルは、単なる手紙では写真ほどの害がないということを暗示して、ポーをからかっているようにも見える。

ボヘミア王「筆跡というものがある」
ホームズ　「そんなものは偽造されたものだと言えます」

ボヘミア王「わたし専用の書簡箋が使ってある」
ホームズ　「盗まれたと言えます」
ボヘミア王「わたしの封印が押してある」
ホームズ　「それも偽造だと」
ボヘミア王「わたしの写真がある」
ホームズ　「買ったものだとおっしゃれば」
ボヘミア王「二人で撮った写真なのだ」
ホームズ　「やれやれ！」

この二作には、プロットのほかにも類似点がある。まずは、デュパンと同様ホームズもエキセントリックな性格をしているという点だ。二人の作家は、自分のつくったキャラクターが読者の印象に残るよう、一風変わった部分をつくり出した。いったんホームズ物語の人気が高まってしまうと、ドイルはあまりこの変人ぶりを強調しなくなり、ワトスンを使ってホームズの薬物依存をやめさせている。一方のデュパンは終始変わらないが、これはおそらく、三作しかなかったため、彼を変化させる時間がなかったのだろう。しかも二人の探偵はともに、性格に「二面性」をもっている。これもドイルがポーに拝借している点の一つだ。ポーの作品で、読者はデュパンが「二重の精神」の持ち主であることを知るが、ホームズの場合は事件を捜査しているときの神経を張りつめた人物と、仕事がなくて刺激を得られず、薬物におぼれる怠惰な人物である。ホームズの性格におけるこの尋常でない特性は、

第二章の第一節で見ていくことにする。

ドイルはまた、ポーによって発見された、いくつかの文学的手法も使っている。一つは先ほど触れた策略だ。ドイルはこれを、〈ボヘミアの醜聞〉だけでなく、〈高名な依頼人〉でも使っている。また〈ノーウッドの建築業者〉では、「火事だ！」と叫ぶだけでなく、実際に火をつけて、ホームズが推理していた隠れ場所から犯人が飛び出してくるように仕向けたのだった。ポーの見いだしたもうひとつの手法は、新聞の広告を使って容疑者と連絡をとることだ。『モルグ街の殺人』では、デュパンが『ル・モンド』紙にオランウータンがブーローニュの森で発見されたという広告を出し、やってきた船乗りが逮捕されたのだった。ドイルの場合は、すでに二作目の〈四つの署名〉の冒頭で、新聞に広告を出している。広告に応えて相手がやってくることも何度かあり、〈青いガーネット〉では、クリスマスのガチョウを取戻しにヘンリー・ベイカーがやってきた。〈海軍条約文書〉のように、返事がない場合もある。それでも、返事のないことがホームズにとって有益な情報となることもあった。全体として、六〇編のうち三五編で新聞が言及されているのである(文献166)。

デュパンもホームズも、仕事に際して変装をすることがあった。『盗まれた手紙』の中でデュパンは、変装として緑色の眼鏡を二回身につけている。一回目は手紙がある場所を突き止めるとき、二回目はそれを盗むときだ。ドイルもまた、早くも二作目の〈四つの署名〉で変装の技を使った。〈花婿の正体〉では、義理の娘から正体を隠すため、ウィンディバンクがやはり色付きの眼鏡を使っている。この場合はかなり分厚い眼鏡だ。彼はさらに、頬ひげと口ひげをつけて一緒に住んでいるはずのメアリ・サザーランドをだますことができたのだった。ホームズ自身は一一の作品で一四回にわたって変装をしている（文献20）。この点でドイルは、『ルルージュ事件』でルコック探偵に変装をさせた、エミール・ガボリオにも影響を受けていると言える（文献19）。

ホームズがデュパンから借り受けて成功したもうひとつの手法が、ワトスンの考えの中に入り込むという、一種の読心術だ。デュパンは『モルグ街の殺人』で、まさにそういう行為をしている。

二人それぞれに何か考えこんでいたらしく、一五分間というもの、互いにひと言も発しなかった。そこへいきなり、デュパンがこう話しかけてきた。

「いや、確かにあいつは小男だよ。ヴァリエテ座のほうが向いているだろうさ」

「ああ、そのとおりだね」私は思わず返事をしたが、デュパンが私の考えていたことに調子を合わせていたと気づかずにいた。それから我に返って、ひどくびっくりした。

「デュパン、なぜきみにわかったんだろう。白状するが、実に驚いたよ……」

ホームズがワトスンの心を読むシーンはいくつもあるが、たとえば〈踊る人形〉ではこうだ。

「すると、ワトスン、南アフリカの株に投資する気はないんだね？」

「いったいどうしてそれを？」

「さあ、ワトスン、不意をつかれてびっくりしたと正直に言いたまえ」

「びっくりしたよ」

「そう書いて、署名してもらおうかな」

「なんでまた？」

「五分もしたら、そんなばかばかしいほど簡単なことって言いだすに決まってるからさ」

「そんなこと、絶対に言わないよ」

このあとホームズから説明を聞いたワトスンは、つい、ばかばかしいほど簡単な推理だと言ってしまう。

もう一つの例は、〈ボール箱〉からの引用だ。

「ワトスン、確かにきみは正しい。国際問題の解決策としては、そいつはまさに愚の骨頂だよ」

「そうだ、愚の骨頂さ！」

ここでワトスンは、自分が考えていたことをホームズが繰返したのだということに気づく。

「ホームズ、いったいどういうことだい？　思いもよらないことをしてみせるね」

このときのワトスンは、どうやって考えを読んだのかという説明をホームズに受けても、まだ驚きだと正直に言っている。

ポーの作品の風変わりなところは、四作ある「推論もの」(注2)のすべてにおいて、冒頭で古典の引用をしているところだ。ドイルはこれを初期の作品に応用し、物語の最後で古典を引用させた。しかし、最初の六作のうち五作でそれをしたあとはやめてしまい、一〇年以上あとの作品で二回やったきりだった。

ポーとドイルの作品における警察官たちは、アマチュアであるデュパンやホームズほど賢くないし有能でもない。また、どちらのアマチュア探偵も先達のことを批判している。デュパンはヴィドック［訳注 フランスの犯罪者から世界初の探偵になった］のことを悪く言い、ホームズはデュパンを批判しているのだ。そして二人の作家は、作品の中で賢いアマチュアと警察の関係を同じように改善していった。デュパンもの第一作の『モルグ街の殺人』で、警視総監はデュパンのことを腹立たしく思っていた。第二作『マリー・ロジェの謎』では、総監はデュパンのところを訪れ、第三作『盗まれた手紙』では自分から事件解決を依頼しているのだ。ホームズの場合も、初期にはスコットランド・ヤード（ロンドン警視庁）の側に敵意があった。それが慎重に受け入れる姿勢となり、完全な協力体制となったあと、ホームズに頼るようになったのだった(文献43)。

ドイルに対するポーの影響は初期のホームズものにおいて最大だったが、のちの作品の中にもポーの初期作品との類似を見ることができる。〈海軍条約文書〉で、ドイルは再び書類の紛失というテーマを扱った。ポーの『盗まれた手紙』と同様、政府に大きな影響を与える文書だ。ポーの『黄金虫』は、デュパンが登場する作品ではないが、彼の「推論もの」の四番目の作品だとされることが多い。そしてこの作品は、二つのホームズ物語、〈マスグレイヴ家の儀式書〉と〈踊る人形〉に影響を与えたと思われる（文献71）。これら二つは、それぞれ、数学を扱う節と暗号を扱う節で議論することにしよう。

もう一つ、ポーの探偵小説以外の小説がホームズ物語に与えた影響についても、触れておかねばならない。ポーの『天邪鬼』（一八四五年）において、氏名不詳の語り手は毒のロウソクを燃やした煙を使って殺人をしようとする。ドイルの〈悪魔の足〉では、「悪魔の足の根」の煙によって、モーティマー・トリジェニスが殺人を犯し、トリジェニス本人も同じ方法で殺されてしまう。また、『アッシャー家の崩壊』は二つのホームズ作品と共通要素をもっている。一つは、亡くなった妹と遺産の問題をかかえる男の話である〈ショスコム荘〉（文献51）、もう一つは早すぎた埋葬を扱っている〈レディ・フランシス・カーファクスの失踪〉だ（文献170）。〈マスグレイヴ家の儀式書〉もまた、ポーの『早すぎた埋葬』および『アモンティリャードの酒樽』と共通要素をもっている。

最後に、ポーの作品がドイルのホームズ物語以外にも影響を与えたことを記しておこう。『アモンティリャードの酒樽』の中で、モントレゾール家の地下墓地にあるワインセラーに入ったフォルチュナートは、壁に閉じ込められ、そこで死ぬことになる。ドイルの『新発見の地下墓地』でも、ケネディがジュリアス・バーガーによって、新たに発見された地下墓地に連れ込まれる。彼は真っ暗闇の中で道に迷い、死を迎えるが、一方のバーガーは紐をたどって暗闇の中を戻っていくのである。ポーの『黄金虫』とドイルの処女作『ササッサ谷の怪』のあいだの共通点も、いくつか指摘されている（文献19）。ドイルの『ラッフルズ・ホーの奇蹟』は、ポーの『フォン・ケンペレンと彼の発見』と同様、錬金術

（注2）　ポーの作品に言及するときにしばしば使われる言葉で、推理がおもな要素となっている作品を示す。

の「科学」を扱っている(文献160)。またドイルのチャレンジャー教授ものである『毒ガス帯』は、ポーの『赤死病の仮面』と比較されてきた(文献130)。そして、『大空の恐怖』の中でドイルは飛行機を不可能なほどの高度まで上昇させ、ポーも『ハンス・プファールの無類の冒険』で気球を使って同じことをしているのだ。

こうしたポーとドイルの作品比較について、評論家たちが書いていることを読むと、なかなかに興味深い。この節の締めくくりとして、二人の作家に関するコメントをいくつか見てみよう。ポーの影響が非常に大きかったことについては誰もが認めるところだが、ドイルに対しては好意的なコメントもあればそうでないコメントも見受けられるのだ。

「デュパンは彼自身、あるいは創造主のポーと比べてもあまり重要な存在でないが、ホームズは生みの親のコナン・ドイルより偉大な存在である」(文献63)

このコメントの根拠は、デュパンが今日ほとんど興味をもたれなくなっている一方、ポー自身は今でも広く人気を得ているという事実にある(注3)。アイザック・アシモフが指摘したように、デュパンを懐かしむファンたちの団体はひとつもないし、デュパンのことを覚えている人もわずかになってしまったが、ホームズのほうは「三次元的な実在の人物」になっているのである(文献5)。多くの国が、ホームズの絵と名前を使った切手を発行しているが、コナン・ドイルは無視されたままだということからも、よくわかる(文献112)。ほとんどの切手がホームズにあの有名な鹿撃ち帽をかぶらせているが、これはドイルでなく挿絵を描いた画家の創作なのである(注4)。

「急速に人気を得てしかもそれが持続した理由は、おそらくドイルがユーモアとドラマ性を加味したことにある。どちらもポーには欠けていた要素なのだ。

それら（デュパンものの三作）を読むと、コナン・ドイルがオリジナルの形式を発展させたことの重大さに、気づかずにはいられない」（文献63）

「ポーの三作を注意深く読むと、独創性に富むドイルがそれらを分解し、かけらのひとつひとつを加工して、非常に巧みに自分のストーリーをつくり上げたことがわかる」（文献63におけるロバート・ブラッチフォードからの引用）

「……ポーの作品と同じ構造、ほとんど同じキャラクターを使い、重要と感じたものはすべてコピーし、模倣し、剽窃した。その結果は感動的ですらある、すばらしいものだった」（文献63）

「コナン・ドイルは二つか三つの言葉をつなぎ合わせることも、ほかから借りずにアイデアを一つひねり出すことも、ほとんどできなかった」（文献117）

「『モルグ街の殺人』は密室ミステリーの古典であり、読心術のエピソードを含んでおり、探偵小説の中でも最も印象的な殺人もののひとつと言える。しかし長ったらしく、込み入っており、退屈な作品でもある」（文献63）

（注３）　ニューヨーク市には、彼の名前を冠した道路もある。

（注４）　シドニー・パジェットと、彼よりあとのフレデリック・ドー・スティールが最もよく知られる挿絵画家だが、二人ともホームズに鹿撃ち帽をかぶらせた。

ポーに関するアシモフの意見はこうだ。「彼は過去の存在であり、彼の書いたほとんどの作品は、賞賛する人がいるにせよ、ほかの人にとっては単に耐えられないものなのだ」(文献5)。またドロシー・セイヤーズは、コナン・ドイルはポーの探偵小説を改良したのだと言っている。

「彼は手の込んだ心理学的な説明部分をカットしたり言い換えたりして、きびきびした会話文をつくり出した」(文献144)

ポーの長々とした文章とドイルのきびきびした文章の対比の例は、〈緑柱石の宝冠〉に見ることができる。ポーの『モルグ街の殺人』を使っていると思われる部分だ。

「さて、こういうはっきりした方法で結論を得たからには、ぼくたち推理家としては、それが一見不可能に見えるという理由でしりぞけるべきではない。この一見『不可能』らしく見えることが、実際はそうでないと証明することが、僕たちに残されているというだけのことなんだ」

〈緑柱石の宝冠〉におけるホームズの簡潔な説明は、こうだ。

「ありえないことをすべて取り除いてしまえば、残ったものがいかにありそうにないことでも、真実に違いない」

以上から、いくつかの結論が導き出せる。第一に、ホームズはポーのデュパンを下敷きにしているということ。第二に、ポーは偉大な作家であると一般的に考えられるが、ドイルの探偵小説はポーの探偵を凌駕しているということ。第三に、ポーの探偵小説以外の作品は高く評価されているが、ドイルのほうはあまりそうでないということだ。

## 3　ジョゼフ・ベル博士の影響

シャーロック・ホームズは、エディンバラ大学にいた医学部の先生を文学的に具現化したものである。

——コナン・ドイル、一八九二年五月

ジョゼフ・ベル博士は一八三七年にエディンバラで生まれ、医師としての人生をずっとこの都市で過ごした。詩人、自然崇拝者、スポーツマンとしても知られていた（文献36）。外科医として成功し、『エディンバラ・メディカル・ジャーナル』の編集長を二三年間務めた（文献19）。エディンバラ大学医学部の教授ではなかったが、いくつもの教科書を出版している。また、王立診療所で外科医学を教えていた。ドイルはほかの学生とともに、彼の講義に出席した。毎週金曜日には、診療所で外来患者の診察をおこなったが、そこで推理で患者と生徒を驚かせた。患者の状態を分析して診察するだけでなく、時には相手の職業や、住んでいる場所、どのように診療所まで来たかも言い当ててしまうのだ。一八七八年、ベルはドイルを金曜日の診療の外来患者担当助手に採用した（文献19）。この仕事を通じてドイルは些細なことを観察してそこから論理的に結論を導き出すベルの手法を間近で学んだのだった。

ひとつの例として、小さな子どもを連れた女性がやってきたときのことがある。博士がその女性を見るのは初めてだった。ひととおりの挨拶をしたあと、ベルは一連の質問をしながらその推理を披露した（文献160）。


「バーンティスランドから来るのは大変だったかね？」

「そうでもありませんでした」女は答えた。

「インヴァーリース通りからかなり歩いたんだね？」

「ええ」

「もうひとりのお子さんは？」

「リースにいる妹に預けてきました」

「で、まだリノリウム工場で働いているんだね？」［訳注　リノリウムは床仕上げ材の一種］

「はい、働いています」


挨拶のときの訛り、靴についた赤土、連れている子のコートのサイズが大きすぎること、そして女性の右手の指に皮膚炎があったが、それはリノリウム工場で働く人によく見られるものだということ。そうしたことからの推理だった。ドイルはこうしたベルのすばらしい推理を目の当たりにして、感銘を受けた。

もうひとつ、よく引き合いに出される例として、一般市民の患者をひと目見て、診察する前からいろいろと言い当てた例がある。

「さてと、あなたは軍隊におられましたね」

「そうであります（アイ・サー）」

「除隊してからそれほど経っていませんね」

「そうであります」

「ハイランド連隊でしょう」

「そうであります」

「下士官ですか」

「そうであります」

「バルバドスにおられたでしょう？」

「そうであります」


このケースでの観察と推理は、次のようなことだった。彼は礼儀正しいのに帽子を取らなかったこと。軍隊では帽子を取らないが、除隊してしばらく経っていれば一般人の作法を学ぶはずだ。彼は威厳があるが、それほどのものではないので、下士官と考えられる。また、明らかにスコットランド人なので、ハイランド連隊である。そして、病気は象皮病だが、象皮病はイギリスでなく西インド諸島のもので、スコットランドの連隊はバルバドスに駐屯している。

ドイルは〈ギリシャ語通訳〉の中で、ホームズ兄弟に似たような推理をさせている。

マイクロフト「こっちに歩いてくる、あの二人連れの男を見てごらん」
シャーロック「ビリヤード・ホールの世話係と、その連れのことかい?」
マイクロフト「そうそう。連れのほうをどう思う?」
シャーロック「もと軍人だな」
マイクロフト「最近除隊したばかりだよ」
シャーロック「インド勤務だったな」
マイクロフト「下士官だった」
シャーロック「砲兵隊らしい」
マイクロフト「奥さんを亡くしている」
シャーロック「しかし、子どもがひとりいる」
マイクロフト「いや、ひとりじゃない。子どもはもっといるよ」
ワトスン「ねえ、もういいかげんに種明かしをしてくださいよ」

このシーンは当然ながら、ホームズ兄弟のうちでより優れているのはマイクロフトではないかという議論のベースになるものだ。

ほかの作品でも、ドイルがシャーロック・ホームズにみごとな推理をさせているシーンはたくさんある。代表的なものは〈赤毛組合〉で、彼が依頼人のジェイベズ・ウィルスンに初めて会ったときのひとこまだろう。

「このかたは昔肉体労働をされていた。嗅ぎ煙草を愛用しておられ、フリーメイスンの会員であり、シナにいらしたことがあり、また最近かなりの量の書きものをなさった。これ以外には、明確な事実として推理できることはないね」

というわけで、ドイルがホームズのモデルとしてベル博士の名を挙げたのは、特に驚くべきことではない。彼がホームズのモデルについて初めて言及したのは、一八九二年五月のインタビューのときだった。モデルは医学部時代の先生のひとりだと言ったのだ。一八九二年六月の別のインタビューでは、モデルとしてベル博士の名前を挙げた。そして、最初の短編一二作がまとめられた単行本、『シャーロック・ホームズの冒険』が一八九二年一〇月に刊行されると、献辞にベルの名前を書いたのだった（文献62）。

ドイルが自分の探偵をつくり出そうとしていた一八八六年に、ベル博士の名前が出たという記録はない。この初期のころ、前の節で詳しく見たように、ドイルはポーに負うところが非常に大きかったのだ。そうしたことから、リチャード・ランスリン・グリーンは、「ホームズ現象」におけるベル博士の役割はポーほどに大きくなかったと結論づけている（文献62）。また、ドイルの医学部時代の恩師には、サー・ヘンリー・リトルジョンという人物もいた。医学部で講義をするほか、彼はエディンバラ警察の監察医をしていた。そして、法医学の専門家として、法廷で証言をすることも多かった。実際、ベルも医学判例となる裁判ではイギリス政府の正式なアドバイザーとして、リトルジョンの助手を務めたのだった（文献100）。リトルジョンはホームズ物語の誕生に際してベル博士と同等のファクターだったと考える人もいる（文献83）。一九一一年にベルが死去してから何年かあと、ドイル自身、リトルジョンの影響が大きかったことを認めている。一九二九年のスピーチでは、自分のアイデアを形づくるにあたってベルとリトルジョンの両方が重要な役割を果たしたと言っている（文献62）。

では、シャーロック・ホームズのモデルは本当のところ、誰なのだろうか？　コナン・ドイル自身が現実世界のホームズだったという説もある（文献158）。確かに、コナン・ドイルの息子であるエイドリアン・コナン・ドイルも、父親こそが本当のシャーロック・ホームズだったと信じていた（文献100）。一九四〇年代には、ホームズのモデルはベル博士なのか、それともドイル自身だったのかという議論が公の出版物上でたたかわされたこともあった（文献100）。ベル博士が相手の出自を言い当てたときのような面白い推理は、ホームズ物語の随所に見られる。とはいえ、それもまたポーが先駆者となっていた。一八四〇年の『群集の人』では、名前不詳の語り手が、道行く人の外見からその職業を推理するのだ。ホームズのキャラクターにはポーのデュパンとベル博士が混ざっているという主張も、もちろん正しいだろう（文献19）。しかしベルの影響に基づく要素は、ポーによるいくつかの貢献ほど強い影響力をもたなかったと言える。つまり、知的な探偵というそもそものアイデアと、ポーとドイルの作品における読心術のエピソード、それに『モルグ街の殺人』、『盗まれた手紙』、『黄金虫』のプロットをつくり変えて〈署名〉、〈ボヘミア〉、〈人形〉に使ったことだ。ドイルとしては、ホームズのモデルとして名を挙げることで二人の恩師に報いようとしたのかもしれないが、彼が作家になろうとペンをとったとき最も影響を与えたのは、やはりポーなのである。ベル博士の役割は、ホームズをどうやって天才的人物に見せようかという問題について、アイデアを与えたということだろう。

# 第2章　おもな登場人物たち

## 1　シャーロック・ホームズ

彼は、かつてこの世に存在した中でも
最も完璧な、観察と推理の機械だ。
——ワトスン博士〈ボヘミアの醜聞〉

この章では、シャーロック・ホームズが文学作品の登場人物として注目される原因となったファクターを検証していこう。ファクターはいくつかあるが、まずは彼の身体的な特徴と個性などを見たあと、彼の名声にとって最も重要な要素である、推論の能力について確認することにする。第一章で述べたように、コナン・ドイルが恩師ジョゼフ・ベル博士から恩恵を受けたのが、この要素だ。

ホームズ物語の第一作である〈緋色の研究〉の中でワトスン博士は、ホームズの身長が六フィート〔訳注　約一八三センチ〕以上あり、非常に痩せていて、目は射るように鋭く、肉の薄い鷲鼻だと書いている。声は高いほうで、時に甲高く感じるほどだ〔訳注　ホームズの声が高い、または甲高いという表現は、〈ボール箱〉や〈株式仲買店員〉まで出てこない〕。その後私たちは、彼の目がグレイで、顔は細面、髪が黒いということを知る。長年のあいだ、ほとんどの挿絵画家はこの表現に忠実なホームズの姿を描いてきたのだ（図2・1）。

**図 2・1**　世界最初の“諮問探偵”シャーロック・ホームズ（シドニー・パジェット画、〈唇のねじれた男〉より）

彼の生い立ちなどについては、非常にわずかな情報しかわれわれに与えられていない。そのほとんどは、〈ギリシャ語通訳〉の中で語られているものだ。この二四番目の作品で、ワトスンはホームズにマイクロフトという名の兄がいると聞かされ、驚く。彼に兄弟がいることは、ルームメイトであるワトスンも知らなかったのだ。われわれはまた、ホームズ兄弟の家系が地方の地主で、先祖には戦争画で有名なフランスの画家、オラス・ヴェルネ（一七八九～一八六三年）がいたことを知る。当然ながら、ホームズ家には彼を大学に行かせるだけの財産があったことだろう。実際〈グロリア・スコット号〉から、彼がカレッジに二年間通っていたことがわかる(注1)。

〈マスグレイヴ家の儀式書〉の中で、ワトスンはホームズの生活態度が非常にだらしないと書いている。葉巻を石炭バケツの中にしまったり、パイプ煙草の葉をペルシャ・スリッパのつま先に入れたりするからだ。おまけに、返事を出していない手紙を木製マントルピースにジャックナイフで刺しておいたりするのだ。しかも愛国的なことに(文献166)、彼はベイカー街の部屋の壁にピストルの弾痕で「V

R」（ヴィクトリア女王の意味）という文字を描いている。自分の部屋に関して小うるさいことを言わないわけであるが、〈バスカヴィル家の犬〉では、自分の身のまわりに関してきれい好きなことがわかる［訳注　第一二章「ネコ並みにきれい好き」］。

ホームズは運動のための運動をほとんどしないが（〈黄色い顔〉）、それでも走るのが速く（〈バスカヴィル〉）、必要とあらば二マイル［訳注　約三・二キロ］でも走り続けることができた（〈ミルヴァートン〉）。また、〈まだらの紐〉での出来事が、ホームズの腕力を物語っている。二二一Bにやってきたグリムズビー・ロイロットは、ホームズを威嚇するために暖炉の火かき棒を曲げてみせた。ところがホームズは、ロイロットが帰ったあとにその火かき棒をもとの形に戻すという、もっと腕力の必要なことをやってのけたのだ。〈緑柱石の宝冠〉で彼は、「ぼくは指先の力が人一倍強いほうです」と言っている。

いくつかの作品から、ホームズがボクシングをしていたということがわかる。彼はワトスンに、カレッジにいたころボクシングをしていたと言っている（〈グロリア〉）。ワトスンによれば、ホームズはボクシングの達人であり（〈緋色〉、〈最後の事件〉）、〈黄色い顔〉では「同じ重量級のボクサーのうちで、彼にかなう者にお目にかかったことがない」と言っている。〈署名〉では、ホームズが実際にリングで戦っていたことがわかる。バーソロミュー・ショルトーの家の門番であるマクマードは元プ

（注1）　シャーロッキアンたちはもう百年近くものあいだ、ホームズが学んだのはオックスフォードなのかケンブリッジなのか、あるいはほかの大学だったのかということを議論している。

ロボクサーで、ホームズと一戦交えたことがあったのだ。ホームズは彼にこう言っている。「まさか、ぼくを忘れたはずはないだろう。四年前、アリスン館の試合で三ラウンド戦った相手のアマチュアを覚えていないのかい?」

このボクシングの才能は、彼の探偵としての仕事に何度か役に立っている。たとえば〈最後の事件〉では、棍棒を持った「ごろつき」に襲われたが、なぐり倒して警察に引き渡した。〈海軍条約文書〉で文書を盗んだジョゼフ・ハリスンを二度〝グラス〟した(注2)。〈美しき自転車乗り〉でホームズに殴り倒されたジャック・ウッドリーは、馬車に乗せられて帰って行った。

コナン・ドイルはボクシングの懸賞試合にかなりの興味をもっていた。ホームズ物語以外で人気を得た小説『ロドニー・ストーン』(一八九六年)は、ボクシングを普及させるのに役立ったと言われている。一八九五年、ドイルは『ロドニー・ストーン』執筆の前払い金として四〇〇〇ポンド、イギリスでの雑誌掲載権として一五〇〇ポンド、アメリカでの雑誌掲載権として四〇〇ポンドを受取った。一八九五年当時の五九〇〇ポンドは、一九九五年の三〇万ポンド[訳注　約四四四〇万円]以上に匹敵するという(文献19)。ドイルの財産はホームズ物語だけでなく、彼のすべての執筆活動によってつくられていたわけだ。

ホームズは冷淡で非情な男だと言う人がいるが、これは彼自身の発言によるものだろう。たとえば〈オレンジの種五つ〉では「(ぼくは)客をよぶようなことはしない」と言っているし、〈悪魔の足〉では「ぼくは女性を愛したことが一度もない」と言っている。〈ボヘミア〉を読むと、ホームズが恋愛感情を忌まわしいものと考えていることがわかる。事実、〈署名〉の中で彼は「恋愛なんて、感情的なものだよ。すべての感情的なものは、ぼくがなによりも大切にしている冷静な理性とは、相いれない」と言っているのだ。〈高名な依頼人〉では、「心ではなく頭を使う」のだと誇らしげに言っている。

こうしたホームズの個性というか、その特異性が、彼を忘れがたいキャラクターにしているといえよう。また、家主のハドスン夫人から夕食を何時にしたいかと聞かれて、「七時半にね、あさっての」などと答えたときもあった（〈マザリンの宝石〉）。犯人を追っているときは食事などに邪魔されたくないというわけだ。そして、彼の最も顕著な特性は、性格の「二面性」にあった（文献166）。そのことは八つの作品で触れられている。たとえば第一作〈緋色〉では、こんな具合だ。

ひとたび研究熱にとりつかれるや、信じられないほど精力的に研究に打ち込むが、ときどきその反動で、何日も居間のソファでぐったりして、朝から晩までほとんど口もきかなければ筋肉ひとつ動かそうとしないこともある。

また、ホームズの二面性としてしばしば引用される例としては（文献126）、〈赤毛組合〉の、ワトスンが探偵としてのホームズと音楽愛好家としてのホームズを対比させている部分がある。

（注2）〝グラス（grass）〟は昔のスポーツ用語で、ノックダウンさせることを言う。アメリカ版正典ではここが〝grasp〟（つかむ）となっており、ハリスンがナイフを持っていたことを考えると意味が通らない。

その日の午後いっぱい、彼は特等席にすわって、完璧な幸福感につつまれながら、音楽に合わせて長く細い指を静かに動かしていた。その優しい微笑みを浮かべた顔や、ものうげな夢見心地の目は、あの警察犬のようなホームズ、冷徹にして鋭敏な探偵ホームズのものとは、とても思えなかった。

ホームズ物語が発表された一九世紀後半、人間の二面性というのは大いなる議論の的であった（文献101）。チャールズ・ダーウィンの著書はまだ比較的新しいものであり、社会は彼の発想を理解しようとしている途中だったのだ。

ホームズのすぐれた才能は、ホームズ物語が成功するための最も重要なファクターであったわけだが、ここでは、その彼の性格をよく表している例をもう少し見ていくことにしよう。第一章でわれわれは、デュパンが『モルグ街の殺人』でやったようにワトスンの考えていることを推理した例をいくつか見た。〈緋色〉の冒頭を思い出してほしい。スタンフォード青年がホームズにワトスンを紹介したとき、ホームズがワトスンに向かって最初に言ったのは、「初めまして。あなた、アフガニスタンに行っていましたね？」だった。ワトスンはそれに驚いて、「えっ、どうしてそれが？」と言う。そして物語は始まったのだった。

〈ボヘミアの醜聞〉は、第二作〈四つの署名〉でメアリ・モースタンと婚約してしまったワトスンが結婚したあと、最初に起きた事件だ。すでにベイカー街から離れて暮らしていたワトスンが、たまたまベイカー街を通りかかって訪ねてみる。するとホームズは、彼が開業医に戻ったことと、最近雨に降られてずぶぬれになったこと、彼の家にはひどく不器用で無神経なメイドがいることなどを推理して、ワトスンに聞かせるのだった。その推理の正しさに驚いたワトスンの返答は、「何世紀か前に生まれていたら、きみは間違いなく火あぶりにされたところだよ」だ。

〈ノーウッドの建築業者〉では、初めての客であるジョン・ヘクター・マクファーレンに、こう言った。

「先ほどは、あなたのお名前を当然ぼくが知っているはずという口ぶりでしたね。でも、ぼくにわかっているのは、あなたが独身で、事務弁護士で、フリーメイスンの会員で、喘息をおもちだという、だれにでもすぐわかるようなことだけなんですから」

ありふれた事実からびっくりするような推理をしてみせるというホームズの能力の例は、それこそ至るところにある。〈バスカヴィル家の犬〉の場合は、ホームズとワトスンの二人が、前の晩モーティマー医師がベイカー街に忘れていったステッキから、彼のことを推理する。二人ともモーティマーに会っていないので、彼のことはまったく知らないわけだ。

ホームズのやり方をまねてステッキから事実を〝読み取ろう〟としたワトスンは、モーティマーがそこそこの年配で、評判のいい、成功した医者だと推理する。ステッキには「C・C・Hの友人一同」と刻まれていて、知り合いたちが好意のしるしを贈ってくれるような人物だからというわけだ。そのステッキはかなり使い込まれており、鉄製の石突きもすり減っていた。そこでワトスンは、モーティ

図 2・2 〈バスカヴィル家の犬〉でホームズは、モーティマー医師のステッキを拡大鏡で調べた（シドニー・パジェット画）

マーは田舎の開業医で、よく歩いてあちこち往診してまわるのだとも推理する。銀の帯に刻まれた「C・C・H」は、地元の狩猟《ハント》クラブのことであり、この医者に世話になったクラブの会員たちが、お礼として贈った記念の品だろう、と。

　ホームズの分析は、いささか違っていた（図2・2）。「どうやら、ワトスン、きみの出した結論はおおかたが間違いのようだよ」と彼は言う。モーティマーがよく歩く田舎の開業医であることには彼も同意したが、「C・C・Hはロンドンのチャリング・クロス病院《ホスピタル》の略だろう」と言う。ステッキはモーティマーがロンドンを離れて田舎で開業したときの贈り物であり、チャリング・クロス病院で常勤医になっていたら田舎に引っ込んだりはしないだろうから、彼は「学生に毛がはえた程度の」低い職位にいた医師だろう、と。そこからホームズは、ワトスンの言う年配の男でなく、三〇前の若い医者が来るだろうと推理する。しかも彼は、モーティマーが中型の犬を飼っていると主張するのだった。最後の言葉をワトスンは笑いとばすが、モーティマーが再度訪ねてくると、ホームズが正しかったことがわかる。彼はステッキについて犬の歯形の開き具合から、大きさを推理したのだった。

〈黄色い顔〉でも、ホームズはその推理力を披露している。ホームズに会えなかった依頼人がまたしてもベイカー街の部屋に忘れ物をするのだが、このときはパイプだった。いつもなら推理の理由を言わずにワトスンをまごつかせるホームズだが、ここでは依頼人グラント・マンローのパイプからわかることをすぐに説明している。そして結論づけたのは、マンローががっしりした左ききの男で、歯がじょうぶで、細かいことを気にせず、金には困っていないこと、そしてそのパイプを大事にしているということだった。理由は、琥珀の吸い口を跡が残るくらいぐっと嚙んでいること、高価な葉を入れたパイプにランプかガスで火をつけて焦がしてしまうような無頓着さがあることなどだ。マンローがそのパイプを大事にしているのは、二度も修理に出していることからわかる。どちらもパイプの値段より修理代のほうが高くつくような修理だった（注3）。

〈金縁の鼻眼鏡〉では、死んだ男が握っていた金縁の鼻眼鏡について、すばらしい分析をする。ホームズにその鼻眼鏡を見せたのは、三三、三七、三八、三九番目の正典に登場するスコットランド・ヤードの刑事、スタンリー・ホプキンズだ［訳注　三八番目では名前だけの登場］。鼻眼鏡を観察したホームズは、その持ち主について詳細を書き記した紙切れをすぐホプキンズに渡し、驚かせる。

（注3）　ホームズはこのとき、パイプの琥珀の吸い口について、興味深いことをコメントしている。彼の言葉は〈黄色い顔〉のイギリス版とアメリカ版で異なっているのだが、そのことは本書の「付録」で詳しく論じる。

尋ね人。きちんとした服装の、上品なレディ。鼻はかなり肉厚で、両目のあいだの幅が狭い。ものをじっと見つめる癖あり。おそらく、額にしわがあって、猫背ぎみと思われる。この数カ月に少なくとも二度、眼鏡屋を訪ねたらしい。眼鏡の度はきわめて強い。眼鏡屋の数はそう多くないので、この女性を捜し出すのはさして難しくないはず

これにはワトスンもびっくりしたが、ホームズの説明はこうだった。こんなみごとな細工の高そうな眼鏡をしているなら、上品できちんとした身なりのはずだ。留め金に薄いコルクを貼る修理で、同じ眼鏡店に二度行っていることがわかる。留め金の幅が広すぎるので、鼻柱が太いということになる。レンズの位置から言って、両目がかなり鼻に寄っていることがわかる、と。また、非常に近眼の度が強いことは、じっと見つめる癖や額のしわ、猫背ぎみなことにつながるとした(注4)。

〈青いガーネット〉には、ホームズの推理としてはベストとも言えるシーンが出てくる。クリスマスから二日目の朝、コミッショネア(注5)のピータースンが、通りでのいざこざのあとにクリスマス用のガチョウと古びたフェルトの帽子を拾ってくるのだ。ガチョウの足には「ヘンリー・ベイカー夫人へ」と書かれた小さなカードが結びつけてあり、帽子の裏にも「H・B」という頭文字があった。ホームズはワトスンにその帽子から推理するチャンスを与えるが、ワトスンの答えは「ぼくには何もわからないよ」だった。ワトスンには何もかも見えているはずだと指摘したあと、ホームズは帽子についての推理を披露する。

彼の結論はこうだった。持ち主は非常に知性のある男で、かつてはかなり裕福だったが、今は落ち

ぶれている。もとは思慮深いタイプだったものの、現在では道義心もおとろえてしまった。その理由は、おそらく飲酒癖に染まったためで、奥さんにも愛想をつかされた。まだ少しは自尊心が残っているが、生活は座ったままのことが多い中年だ。二、三日前に散髪したばかりで、ライム入りのヘアクリームを使っている。そしてホームズが最後に「それから、この男の家にはガスが引かれてないということも、ほぼ確実だ」と言ったため、ワトスンは「冗談だろう、ホームズ」と言うしかなかった。

ベイカーが知的だとホームズが言ったのは、帽子のサイズがかなり大きかったからだった。大きな頭の持ち主なら脳も大きく、知性が高いだろうというわけだ。しかし彼は、ベイカーの帽子をかぶってみせたことで、みずからの間違いを証明しているように思える。ホームズがかぶると「頭がすっぽりと隠れ、鼻の上で止まった」というのだが、ホームズは明らかにヘンリー・ベイカーよりも知的能力が高いはずだ。知識が増えると「頭脳という屋根裏部屋」は満杯になってしまうという概念がオリヴァー・ウェンデル・ホームズ［訳注　一八〇九～一八九四。アメリカの作家、医学者。ドイルは彼の著作を気に入っていた］によって支持されていたという事実（文献111）を考えると、コナン・ドイルがそこからアイデアをもらったという可能性はある。このアイデアは、〈緋色〉における、「かんじんの必要な知識がはみ出してしまう」というホームズのせりふにつながった。これは要するにサイズの問題であるし、ホームズは無駄な情報で頭をいっぱいにしたくなかった。そこで、地球が太陽のまわりを公転してい

（注4）　もしこの説明が強引なものに感じるようなら、コナン・ドイルが眼科医でもあったことを思い出されたい。

（注5）　制服を着た退役軍人による組合の一員で、あらゆる用事をこなす便利屋。

るとワトスンから言われたとき、不要な知識は忘れるように努めなくてはならないと言い切ったのだった。

ベイカーの帽子は古びていたが、高級品だった。そこでホームズは、彼がかつては裕福だったが、今はそうでないと推理する。思慮深いタイプだというのは、帽子が風に飛ばされないように止め紐をつける穴を開けていたからだ。その止め紐が切れたのに付け替えていないところから、以前ほど思慮深くはなくなったこともわかると。

また、現代なら性差別主義者と見られてしまいそうな理屈により、ほこりのたまった帽子に奥さんがブラシをかけないところを見ると、ベイカーに対する愛情がなくなったのだろうと結論づけている。座ったままのことが多い中年男であり、最近散髪してライム入りのヘアクリームを使っているというのは、すべて帽子の裏地に付いた毛や汗のしみを見てわかったことだった。まだ少しは自尊心が残っていると言ったのは、帽子のしみをインクで隠そうとしていたからだ。そして、帽子に獣脂のしみが五つ以上もついていたことから、ベイカーの家には「ガスが引かれていない」という結論に達したのだった。当然ながらホームズは冗談を言っていたわけでなく、すべてが正しいと証明されることになる。

著名なホームズ研究家のクリストファー・モーリーは、コナン・ドイルとディケンズのクリスマス・ストーリーの優劣について、こう主張している。「冗談でもなんでもなく私は、不朽の名作と言われる『クリスマス・キャロル』より『青いガーネット』のほうがすぐれた芸術作品だと思っている」（文献139）

ホームズが推理で物事を見抜く最後の例として、〈四つの署名〉の一シーンを見てみよう。ワトスンが、まだルームメイトとして日の浅いホームズの推理力を試してみようとする場面である。ワトスンはこうもちかける。「ここに、最近ぼくが手に入れた懐中時計がある。もとの持ち主の性格とか癖とかで、わかったことがあったら教えてくれないか？」

ホームズはその時計を観察し、こう言う。

「この時計はきみのお兄さんのものじゃないかな。（略）お兄さんは、だらしなくてずぼらな人だった。将来有望だったのに、何度もチャンスを逃して、貧乏したかと思うとときには金まわりがいいこともあったが、結局、酒に溺れて亡くなった」

ワトスンはこれに激しく反応する。

「ホームズ、きみらしくもないぞ。こんなことまでするなんて思いもよらなかった。不幸な兄貴の経歴を前もって調べておいて、いかにもいま、思いもよらない方法で推理したような顔をしているなんて。全部この古時計から推理したなんて言ったって、信用しやしないぞ！」

そして、このシーンは科学に従事する者がみな喜ぶようなせりふで終わる。

「いや、ワトスン、すまなかった。（略）誓って言うけれども、その時計を渡されるまで、きみに兄さんがいたことさえ知らなかったんだ。（略）」

図 2・3　勝ち誇ったように自分の発見をホームズに教えるレストレード警部（D・H・フリストン画、〈緋色〉より）

「でも、まったく当てずっぽうというわけじゃないんだろう?」

「もちろんさ。ぼくは当てずっぽうは絶対にしない。癖になったら論理的な能力がぶちこわしになるからね」


物事に対するのと同じように、ホームズは人間を相手にした推理も行った。その例は、第一作〈緋色の研究〉の冒頭ですでに見ることができる。レストレード警部が壁に書かれた血文字、「RACHE」を発見したときのことだ（図2・3）。名警部は、レイチェル（Rachel）という名前の女性が事件のカギを握っていると息巻いた。だがホームズは、拡大鏡と巻き尺を使ってその部屋を隅から隅まで二〇分ほど調べたあと、去り際にレストレード警部とグレグスン警部にこう告げる。

「犯人は男です。身長六フィート以上の男盛り。長身のわりに足が小さく、先の角ばった靴を履いてトリチノポリ葉巻を吸っている。ここへは被害者と一緒に四輪の辻馬車でやってきたが、その馬車の蹄鉄は右の前足だけが新しく、あとの三個は古い。それに犯人はおそらく赤ら顔で、右手の爪がひどく伸びている」

そして、ホームズは最後にこう言う。

「RACHEというのはドイツ語でラッヘ、復讐という意味だ。くれぐれもレイチェルなんていう女性捜しなどで時間を無駄になさらんように」

また、三番目の事件である〈ボヘミアの醜聞〉の冒頭で、ホームズはおかしな手紙を受取る。

「今晩八時十五分前、きわめて重大な問題についてご相談申しあげるべく、ある人物がそちらへうかがいます。貴殿が最近、ヨーロッパのさる王室に対してなされたご尽力は、いかなる重要事件をも信頼して託せるということを示すものです。その点については、各方面から聞き及ぶところでもあります。前記の時刻にはぜひご在宅くださいますよう、また、訪問者が覆面をしておりましてもご容赦くださいますよう、お願いいたします」

ワトスンが、この手紙をどう思うかとホームズに聞くと、彼の答えは例の科学的な手法にもとづくものだった。

「論拠をもたずに理論を構成しようとするのは、重大な過ちだ。事実に合う理論を生み出すのではなく、無意識のうちに理論に合わせて事実をねじ曲げるようになってしまうからね」

ホームズは〈サセックスの吸血鬼〉でも、「とりあえずの仮説を立てておいて、時間がたって情報が増えるにつれそれを改めていこうとする。良くない癖ですよ」と科学的な手法についてコメントしている。

〈ボヘミアの醜聞〉に話を戻すと、ホームズはこのボヘミア王から送られた手紙についての分析を始める。とても上等な紙を使っていたが、文面から言って、書いたのはドイツ人に違いないという。「その点については、各方面から聞き及ぶところでもあります」という部分を指摘して、「動詞にこんな無礼をはたらいて文章の最後にまわすのは、ドイツ人だ」と言うのだ。また、Eg、P、Gtという字が透かしに入っているのを見て、Gtはドイツ語のゲゼルシャフト（Gesellschaft）の略で、会社という意味をもち、Pも、ドイツ語のパピール（Papier）、紙という意味だと言う。そして、大陸地名辞典を引いたあと、Egはボヘミアのドイツ語が使われている一都市、エグリア（Egria）だということを発見する。そのときベイカー街に馬車の音がして、窓の外を見たホームズは、覆面をした依頼客が上等な四輪馬車で到着したことを知り、「ワトスン、この事件には、たとえほかに何もなくても、金だけはあるぞ」と言うのだ。

最後に、四番目の事件である〈赤毛組合〉をもう一度見てみよう。この事件でも、やはり冒頭からさまざまな謎が提起される。なぜジェイベズ・ウィルスンは、毎日午前十時から午後二時まで家業の質屋を離れ、大英百科事典を筆写するという仕事に雇われたのか？　そんなつまらない仕事で週に四ポンドもくれるというのは、多すぎないか。髪の毛が真っ赤だというだけでその仕事をもらえたのは、なぜなのか？

ある金曜日の朝、いつものようにウィルスンが事務所に来ると、「赤毛組合は解散した」という、突然の張り紙があった。驚くとともに、楽な儲け口をなくしてがっかりしたウィルスンが、ホームズのもとへ相談にやってきたというわけだ。

変わった事件を好むホームズは、この相談を大いに喜ぶ。彼はウィルスンに、「この事件はぼくとしても絶対に手放したくありませんよ」とまで言うのだ。そして、その後ワトスンには「パイプでたっぷり三服ほどの問題だな。悪いが五十分ほど話しかけないでくれたまえ」と言う。

ホームズはウィルスンから、最近雇ったヴィンセント・スポールディングという男は、暇があればいつも質屋の地下室にいるということを聞き出す。ウィルスンの「骨折り損」は、スポールディングが地下室にいられる時間を増やすためのものだと考えたホームズは、トンネルが掘られているのだろうと推理する。そして質屋の周辺を訪れ、店先の敷石をステッキで二、三度たたいてみる。その音から、トンネルは店の裏のほうへ向かって掘られているとわかり、裏にあるのがシティ・アンド・サバーバン銀行だと知ったホームズは、すべてを悟ったのだった。結論を確かめるため、彼は質屋のドアをノックしてスポールディングに会う。道を尋ねながらホームズが見たのは、スポールディングのズボンの膝だった。予想どおりその膝に泥がついているのを確認したあと、彼は警察官たちと一緒に銀行の地下でヴィンセント・スポールディングを待ち伏せする。スポールディングはまたの名をジョン・クレイといい、ホームズに言わせれば「抜け目のなさではロンドンで四番目」の男だった。

シャーロック・ホームズが登場してから、すでに一三〇年以上がたったが、作品はいまだに版を重ねている。その理由はたくさんあるが、筆頭にあげられるのが、みごとに描かれているホームズの性格だろう。そして、現代の読者でさえ、彼の鮮やかな推理に驚き、楽しむことができるという点もある。そうした驚くべき推理の能力をいかに犯罪捜査に使ったか、科学的手法をいかに応用したか。そのことは第三章で述べることにしよう。

## 2 ジョン・H・ワトスン博士

ワトスンはコナン・ドイルによる偉大な創造物である。
——C. R. Putney 他著、『Sherlock Holmes: Victorian Sleuth to Modern Hero』（文献126）

シャーロック・ホームズとワトスン博士は、文学作品の主人公たちの中でもトップクラスに入る二人組《デュオ》といえよう（図2・4）。彼らはこれまで、ローン・レンジャーとトントや、『スター・ウォーズ』のハン・ソロとチューバッカなどの、有名なペアと並び称されてきた（文献126）。しかも、ほかの探偵コンビ、たとえばネロ・ウルフとアーチー・グッドウィン〔訳注　レックス・スタウトの探偵小説シリーズに出てくるコンビ〕、ニック＆ノラ・チャールズ〔訳注　ダシール・ハメット作『影なき男』の主人公である、おしどり探偵夫妻〕、チャーリー・チャンと第一の長男〔訳注　アール・デア・ビガーズの推理小説シリーズの探偵とそのパートナー」よりも、はるかに優れている。ここではワトスンの経歴を探り、この黄金コンビのパートナーシップがいかに形成されたのかを見ていこう。

ワトスンはイングランドの学校を出て、一八七八年にロンドン大学で医学博士号を取得した。その後、セント・バーソロミュー病院（通称〝バーツ〟）で正職員の外科医として働いた。そして陸軍医療部隊に所属して軍医としての研修を受けた。イギリスはそのころ、第二次アフガン戦争として知られる戦争（一八七八〜一八八〇年）のさなかで（文献92）、ワトスンは第五ノーサンバーランド・フュージリア連隊に配属される。一八八〇年七月二七日のマイワンドの戦いで、数においてはるかに勝っていたはずのイギリス軍は、大敗を喫してしまう（注6）。そのマイワンドでワトスンはジェザイル銃（注7）の銃弾を受け、当番兵のマリィによってなんとか救出されたのだった。ホームズ物語の第一話〈緋色の

**図 2・4**　文学史上最も有名な二人組、ホームズとワトスン（シドニー・パジェット画、〈ボヘミア〉より）

（注6）www.britishbattles.com を参照。
（注7）ジェザイル銃は、銃身が長くて重いマスケット銃。

研究〉の中で、コナン・ドイルはワトスンが銃弾を受けたのは肩だと書いているが、第二話である〈四つの署名〉では、脚ということになっている（注8）。ようやく傷が癒えたところで彼は腸熱にかかってしまい、衰弱した状態のままイギリスに帰された。このときの彼は、げっそり痩せこけているのに、顔や手は日に焼けてまっ黒だった。

ワトスンはイギリス政府から、一日につき十一シリング六ペンスという傷痍軍人恩給を与えられた。そして、イングランドに身寄りがないにもかかわらず（スコットランド出身と考えられる）、ロンドンに吸い寄せられていった彼は、仕事にもつかず、すぐ経済的に危うくなる。ストランドのプライベート・ホテルで暮らすのはもうやめようと決心したその日、彼はクライテリオン・バーでスタンフォード青年とばったり会う。スタンフォードはかつて、バーツでワトスンの〝ドレッサー〟（注9）をしていた男だ。ワトスンが手ごろな家賃の部屋を探していると言うと、スタンフォードは同じく部屋を探している人がもうひとりいると言うのだった。スタンフォードに連れられたワトスンがバーツに行ってみると、その「もうひとり」であるホームズは、何かの研究をしているところだった。ワトスンに会ったホームズの第一声は、「初めまして。あなた、アフガニスタンに行っていましたね？」だった。

つまり、スタンフォードはその後の五九編の話に二度と現れないが、第一話である〈緋色の研究〉で、非常に重要な役割を果たしたわけだ。スタンフォードとの別れ際に、ワトスンが「ぼくがアフガニスタンから帰ってきたと、あの男にどうしてわかったんだろう？」と言うと、相手は微笑みながら「あの人をじっくり研究してください」と言ったあと、「まあ、あなたが研究するより、逆に研究されることのほうが多いんじゃないでしょうかね」と続けたのだった。

ベイカー街二二一Ｂに引っ越してまもなく、ワトスンはホームズの事件捜査に同行するようになる。しかも第二話の〈四つの署名〉では、ホームズの依頼人であるメアリ・モースタンと結婚までしてしまう。そして、六〇話のうち五六話において、彼の事件記録者をつとめることになるのだ（注10）。だが、ホームズがワトスンの書き方をいつも喜んでいたわけではなかった。〈アビィ屋敷〉の中で、彼はこう言っている。

「科学的にでなく、ひたすら興味という面でものごとを見るきみの癖は、困りものだよ。本来なら学ぶべきところのある、古典的でさえあるはずの謎解きが、いくつもそれで台無しになった。なるほど、読者をはらはらさせはしても、薬にもならないセンセーショナルなことにこまごまとこだわってばかりだ。繊細にして絶妙な仕事ぶりについて書くことをおろそかにしているんだな」

これにいらついたワトスンは、「じゃあ、自分で書いたらどうなんだい」と言い返すのだ。ホームズは〈ぶな屋敷〉でも、「きみは一連の推理学講義になったはずのものを、たんなる小説にしてしまったんだよ」と言っているが、〈白面の兵士〉で自分が語る側になると、教訓を得たらしく、こう書い

（注８）　シャーロッキアンたちは、このワトスンの傷の位置に関して、今でも楽しそうに議論をしている。
（注９）　手術助手のこと。
（注10）　第四八話と第四九話、つまり〈最後の挨拶〉と〈マザリンの宝石〉は、第三の人物の筆によるもので、第五六話と第五七話である〈白面の兵士〉と〈ライオンのたてがみ〉はホームズが執筆した。

ている。「正直なところ、自分でペンをとってみて初めて、読者を飽きさせないように書かねばならないということが、私にもわかってきた」

第一話〈緋色の研究〉でのワトスンは痩せこけて日に焼けていたが、ほどなく彼は変わっていく。六話目の〈ボスコム谷の謎〉で、ワトスン夫人はこう言っているのだ。「あなた、このところ顔色が少し青白いわ」。そして、その後は体重も回復したらしい。〈恐喝王ミルヴァートン〉での彼は、「中肉中背、がっしりした身体つき、顎は角張っていて首が太く、口髭をはやしている」と記述されている。活発で敏捷なところもあるワトスンだが、〈四つの署名〉では脚をひきずっており、コナン・ドイルはアフガンでの負傷を肩から脚に移したらしい。ところが〈バスカヴィル家の犬〉のころには、足が速いと自分で言っている。実際、〈恐喝王ミルヴァートン〉のラストでは、ホームズと二人でミルヴァートンの屋敷を出たあと、二マイルもの距離を走り抜けているくらいだ。もちろん、警察官たちから逃れるためとあれば、走る気にもなろうというものだが。

六〇編の最後として一九二七年に発表された〈ショスコム荘〉では、ワトスンがまだ傷痍軍人恩給を受取っていることがわかる。その半分を競馬につぎ込んできたと彼は言っているのだ。一方、〈踊る人形〉からは、彼の小切手帳がホームズの机の引き出しに入っていることがわかる。このころはワトスンが競馬に入れ込み過ぎていたのではないかと推測する人もいるくらいだ。そこで注目すべきは、スポーツ愛好家としてのワトスンだろう。〈サセックスの吸血鬼〉で彼は、かつてのラグビー・スターであるボブ・ファーガスンのことを「リッチモンドのチーム始まって以来、最強のスリー・クォーター」として思い出している。ワトスン自身、強豪のブラックヒース・ラグビークラブでプレイをしていたことがあった（文献166）。

ワトスンはハンサムな男だったと思われる。〈四つの署名〉で「三つの大陸でさまざまな国の女性を経験してきた」と自慢そうに書いている一方、ホームズは彼に向かって、「女性のことならきみの専門分野だ」と言っている。しかもホームズは、〈隠居した画材屋〉で、「きみはもともと恵まれてるじゃないか、どんな女性だって味方について協力してくれる」とも言っているのだ。

女性を評する場合も、ホームズとワトスンのあいだには、はっきりとした違いがある。〈四つの署名〉の冒頭では二人そろってメアリ・モースタンに会ったわけだが、のちに彼女と結婚したのはワトスンだった。彼女に対する反応の違いは、「魅力的な人だな！」と言うワトスンに、ホームズが「そうだったかね？　気がつかなかった」と返す場面によくあらわれている。だが、ひとたび推理の段階になると、観察力の違いは逆転する。ほんの些細な手がかりも見落とさないホームズは、ワトスンに厳しくこう言うのだ。「きみは見ているだけで、観察していないんだ。見ることと観察することとは、まるっきり違う」［訳注　〈ボヘミアの醜聞〉］

ワトスンは女性の姿かたちに、つねに興味をもっている（文献150）。以下は、彼が女性たちをどう表現してきたかを抜粋したものだ。

アイリーン・アドラー〈ボヘミアの醜聞〉「ホールからの明かりを受けてその美しい姿を際立たせながら……」

ネヴィル・セントクレア夫人〈唇のねじれた男〉「光を背にして立っているので、身体の輪郭がくっきりと浮かびあがっていた」
グレース・ダンバー〈ソア橋の難問〉「色の濃い髪にすらりと背の高い上品な身体つき」
イザドラ・クライン〈三破風館〉「非の打ちどころのない姿」
メリロー夫人〈ヴェールの下宿人〉「いかにも大家といった豊満なタイプの女性」
ユージニア・ロンダー〈ヴェールの下宿人〉「今なお、ふっくらとしたなまめかしさがある」
レディ・ブラックンストール〈アビィ屋敷〉「優雅でしとやかで、まばゆいくらい美しい、めったにお目にかかれないような女性」
レディ・ヒルダ・トレローニー・ホープ〈第二のしみ〉「ロンドンでもっとも魅力的な女性」「女王のような気品」

一方、ホームズがレディ・ヒルダを観察した結果は、こうだ。「あの様子はどうだい、ワトスン。あの落ち着きのない態度、動揺を必死で抑えつける様子、あの食い下がり方」

ホームズにとって、女性の外見や容貌は推理への手がかりを与えるものとして重要だが、ワトスンが気にするのは、彼女がどんな体をしているかということなのだ。

一方、ワトスンの医師としての能力についても、さまざまに書かれてきた。彼はホームズの事件捜査に加わりながら、医者としても活躍してきたのだ。意識を回復させるための処置を施すことも多かった。〈ウィステリア荘〉でアヘンを飲まされたミス・バーネットに使ったのは、濃いコーヒーだけだったが、通常はブランデーを処方することが多い。〈青いガーネット〉のジェイムズ・ライダー、〈プライアリ〉のソーニークロフト・ハクスタブル、〈技師の親指〉のヴィクター・ハザリー、それに〈ギリシャ語通訳〉のメラス氏は、いずれもブランデーで意識を取り戻している。最もドラマチックなのは、盗まれた文書が目の前に現れたショックで気を失いそうになったパーシー・フェルプスに、ブランデーを飲ませて気を落ち着かせたシーンだろう。今日のような薬剤がない時代、ブランデーを使うのは一般的かつ妥当な方法だったのだ。ブランデーは「気付け薬として、精神安定剤として、また鎮痛剤として」用いられたのだった（文献148）。

ワトスンの医師としての活躍は、ほかにもいろいろある。彼は〈技師の親指〉でヴィクター・ハザリーの親指のあった場所に、消毒した包帯を巻いた。人工呼吸と思われる処置を二回、〈株式仲買店員〉の悪党ベディントンと〈カーファクス〉のレディ・フランシス・カーファクスに施した（文献152）。〈高名な依頼人〉でキティ・ウィンターが硫酸を顔にかけたグルーナー男爵には、モルヒネの注射をはじめ、できるだけの手を施している。

こうした医学的処置からわかるのは、ワトスンがりっぱな一般医であるということだ。しかも彼は、最新の医学知識を得るよう、努力している。〈株式仲買店員〉で彼は、『ブリティッシュ・メディカル・ジャーナル』を読んでいた。今日でも高く評価されている医学情報誌だ。また〈四つの署名〉では「最近の病理学論文」に目を通している。〈金縁の鼻眼鏡〉では外科論文を、〈入院患者〉では神経障害についての論文を読み、〈瀕死の探偵〉では熱帯地方の病気について、〈六つのナポレオン像〉では現代フランスの心理学について調べていることがわかる。

文献をよく読むワトスンは、ときとして外見からだけで妥当な診断を下せることがある。〈サセックスの吸血鬼〉で彼は、ジャッキー・ファーガスン少年の「背骨の障害」に気づいた。〈まだらの紐〉では、グリムズビー・ロイロット博士が「胆汁質」とよばれる怒りっぽい気質であることを見抜いている(文献152)。また、〈唇のねじれた男〉では、アヘン中毒のアイザ・ホイットニーについて、その外見を語っている。〈緋色の研究〉におけるジェファースン・ホープの大動脈瘤の診断の遅れは批判されたが、〈四つの署名〉で不調を訴えるサディアス・ショルトーに関しては誤らなかった。簡単な診察をしたワトスンは、彼の心臓に問題はまったくないと判断したのだ。一方、〈六つのナポレオン像〉で偏執狂《モノマニア》という診断を持ち出したときは、いささか自分の専門領域を踏み外していたようであり、事件の手がかりに関する誤った解釈に基づいていた。ただし、彼には精神医学の領域でも能力があるとする意見が、少なくともひとつはある(文献88)。

ワトスンの応急処置の知識に関しては、「本領を発揮している」という意見の研究者もいれば(文献152)、彼にはその知識が「皆無」だという意見の者もいる(文献162)。おそらく彼の医学面における一番の功績は、ホームズの薬物依存をやめさせたことだろう。それには八年間かかったという指摘がある(文献162)。しかしホームズのような激しい個性の人間にとって、習慣を変えるのは非常に難しい問題だったはずだ。〈四つの署名〉の冒頭でワトスンは、「今日はモルヒネかい？　それともコカインかい？」と不快そうに尋ねている。このときは、あの有名なコカイン七パーセント溶液だった(注11)。また、一話目の〈緋色の研究〉でワトスンは、ホームズが「ふだんの生活の節制と潔癖ぶりを見ていなかったら、なにかの麻薬中毒患者かと怪しむところだ」と書いているが、その疑いが間違いでなかったことが、第二話〈四つの署名〉冒頭で確認されるのである。

シャーロック・ホームズは、暖炉のマントルピースの隅にある瓶を取り、なめらかなモロッコ革のケースから皮下注射器を出した。白く長い、神経質そうな指で、かぼそい注射針を整えてから、ワイシャツの左の袖をまくる。その目はしばらく、余分な肉のない筋肉質の前腕と手首をじっと見ていた。一面に注射の跡がある。やがて、鋭い針先をぐっと突き刺し、小さなピストンをゆっくり押し下げると、ビロード張りの肘掛け椅子に深々と身を沈めて、満足そうな長いため息をもらした。

ワトスンはこの儀式を、日に三度ずつ、もう何カ月も見てきていた。コカインが〝驚異の麻酔剤〟として登場したのは、一八八四年、ホームズとワトスンが出会うわずか三年前であった（文献155）。その年、ジークムント・フロイトが患者にコカインを使い始めている（文献136）。当時はモルヒネもコカインも完全に合法的なものだったのだ（文献44）。ただしワトスンは、コカインの常用が危険であることを早いうちに見抜いていたひとりであった。彼はホームズにその悪習を断たせようと決心し、それに成功したことをわれわれは〈スリー・クォーターの失踪〉で知るのである。

ここまでで、ワトスンの経歴と外見、それに医学面の能力を見てきたが、最後に彼が愛されるキャラクターになるに至った理由、つまり、ホームズに対する献身的な行為について、見ておこう（図

（注11）この溶液が有名になったのは、一九七四年にベストセラーになったニコラス・メイヤーの小説『シャーロック・ホームズ氏の素敵な冒険』（原題 *The Seven-Per-Cent Solution*）に負うところが大きい。

図 2・5　信義にあついワトスンは、つねに名探偵の手助けをする準備ができている（シドニー・パジェット画、〈アビィ屋敷〉より）

2・5）。まず明らかなのは、ホームズの誘いがどんなものであろうと、ワトスンが自分の興味をさしおいて、ホームズの誘いに進んで従うという点だ。〈這う男〉でホームズは、いささか身勝手な電報をワトスンに打っている。

ツゴウヨケレバ　スグコイ。ワルクテモコイ。

〈アビィ屋敷〉の冒頭では、こうだ。

「さあ、ワトスン、獲物が飛び出したぞ！　何も言わずに服を着て、出かけよう！」

そして、ワトスンはつねに好意的な返事をするのだ。「ぼくも参加させてくれ、ホームズ」（〈マザリンの宝石〉）

少なくとも五つの事件で、ワトスンはホームズのために自分ひとりで現場に出向いている。〈バスカヴィル家の犬〉の場合、サー・チャールズ・バスカヴィルの死を調べにバスカヴィル館へ行ったのは、ワトスンが先だった。〈美しき自転車乗り〉でホームズは、ヴァイオレット・スミスの話を確かめるためにワトスンを送り込んだ。レディ・フランシス・カーファクスが失踪した〈カーファクス〉でも、ワトスンはローザンヌで彼女を捜すためにひとりでスイスへ向かう。あるいは、ホームズのために中国陶器の勉強を一週間したこともあった（〈高名な依頼人〉）。その後ワトスンはコレクターを装ってグルーナー男爵の家を訪れ、彼の気をそらそうとする。グルーナーはワトスンが偽物であることを見破るが、時すでに遅し、ホームズが彼の日記を盗むだけの時間を与えてしまう。その結果、疑うことを知らぬヴァイオレット・ド・メルヴィルが邪悪な男爵と結婚するのを、阻止することができたのだった。第五八話の〈隠居した画材屋〉でも、ホームズはワトスンに使命を与えて送り出している。このときは、ルイシャムのジョサイア・アンバリーを訪ねたワトスンの報告を聞いたあとで、ホームズは彼に向かってこう言う。「大事なことをことごとくきみが見落としているのは事実だ」。〈カーファクス〉でも、ホームズはこう言っている。「きみが見落としているへまを見つけるほうが、難しいくらいだ」。つまり、心優しきドクターはつねに進んで手助けをしているのに、いつもうまくいくとは限らないし、感謝されるとも限らないのだ。

ほかの多くの事件でも、ワトスンはホームズの期待に応えて、さまざまな場所を一緒に訪れている。〈プライアリ〉では、ホームズとともに北部イングランドへ赴いた。〈三人の学生〉では、「有名な大学町」で数週間を過ごしている。〈金縁〉では列車でケント州のチャタムまで行った。モリアーティ教授の手から逃れるホームズについてヨーロッパ大陸へ行ったのは、〈最後の事件〉だった。〈ショスコム荘〉ではバークシャーの《グリーン・ドラゴン》亭にホームズと泊まり、〈ブラック・ピーター〉

の事件が終わったあとは二人でノルウェーに行って、しばらく過ごした。〈ボスコム〉でホームズからの電報が届くと、ワトスン夫人はヘレフォード州へ行くホームズに合流しなさいと勧めるのだった。〈ミルヴァートン〉では、ミルヴァートンの家に侵入するというホームズの計画を聞き、彼と運命をともにしたいという強い気持ちから、一緒に行けないなら警察にばらすとまで言った。これ以上忠実な助っ人がいるだろうか。

〈ミルヴァートン〉は、ホームズとともにいることで生じる危険にワトスンが進んで立ち向かったケースの、ほんの一例である。〈四つの署名〉では、アンダマン諸島の先住民であるトンガの毒矢に危うく当たりそうになった。〈まだらの紐〉で侵入したストーク・モランにある屋敷の庭には、チーターやヒヒがうろついていた。〈悪魔の足〉では、二人が命を落としそうになった毒煙の中から、ワトスンがホームズを引っ張り出した。危険な状況になりそうなとき、ワトスンがリヴォルヴァーを持参したケースも何度かあった。〈ブルース・パーティントン型設計書〉でホームズがワトスンに送った手紙は、こうだ。

ケンジントン、グロスター・ロードのゴルディーニ・レストランで食事中。すぐに来てくれ。組み立て式のかなてこ、ランタン、のみ、それとピストルをもって。

中には〈赤毛〉や〈まだら〉、〈ソア橋〉のように、ワトスンが銃を使わなくても済んだケースもある。だが〈ぶな屋敷〉では、飼い主であるジェフロ・ルーカッスルの喉に噛みついたマスティフ犬のカルロを撃ち殺した（図2・6）。〈四つの署名〉では殺人者のトンガを撃っている。〈ピーター〉の場合は、パトリック・ケアンズのこめかみに銃口を突き付けた。〈空き家の冒険〉では、「ロンドン第二の危険人物」でモリアーティ教授の右腕だったセバスチャン・モラン大佐の頭を、銃の台尻でなぐっている。

この節の冒頭に引用した文章は、正しくないと思われた向きも多いことだろう。確かに、コナン・ドイルによる偉大な創造物は、シャーロック・ホームズのほうだ。これまでずっと、ホームズは架空の探偵の人気投票でトップをとってきた。ポーの作品が登場したあと四〇年間ほど衰えていた推理小説のジャンルを蘇らせたのは、ワトスンでなくホームズだった。当初のワトスンは、ホームズ物語の中で、ポーのデュパン作品三作における無名の語り手と同じ役割をするはずだった。だが、ホームズがデュパンを凌駕したのと同じように、ワトスンもまた、ポーの作品における語り手を上回る、生き生きとしたキャラクターになった。彼はホームズの忠実な助っ人であり、友人であり、事件記録者になったのだ。もしコナン・ドイルがワトスンのことをホームズの「いささか間

図 2・6　〈ぶな屋敷〉でマスティフ犬カルロを撃つワトスン（シドニー・パジェット画）

抜けな友人」にしようと考えていたのなら（文献155）、著者が失敗したという実例であろう。これまで見てきたように、結果としてできあがったのは、もっと複雑な、中身のちゃんとしたキャラクターだったのだ。〝正典〟はホームズのものであるが、ワトスンがいなかったら、はるかにつまらないものになっていただろう。

## 3　ジェイムズ・モリアーティ教授

ワトスン、あの男はいわば犯罪界のナポレオンだよ。
——シャーロック・ホームズ〈最後の事件〉

シャーロック・ホームズ最大の敵は、モリアーティ教授だった（図2・7）。彼は「フィクション史上最初の犯罪の大家」（文献155）とか、「文学全体の中で最も忘れがたいアンチヒーロー」（文献101）、あるいは「探偵小説全体で最も偉大な悪役」（文献44）などと言われてきた。コナン・ドイルは教授に悪の雰囲気をもたせることに成功したが、その理由のひとつは外見的な不気味さにある。モリアーティは背が非常に高く、がりがりに痩せていて、青白い顔の両目は深く落ちくぼみ、白い額が丸くせり出しているのだ。しかもその顔を前に突き出し、爬虫類のように左右にゆっくり揺らしているという。

諮問探偵として何年も活動してきたホームズは、ロンドンの犯罪界を牛耳る人物の存在に気づき、巨大な犯罪組織の中心にいるのがモリアーティ教授であることを突き止める。そして、「あの男はいわば犯罪界のナポレオンだよ」とワトスンに言う（〈最後の事件〉）。モリアーティのずる賢いやり方をよく知るようになったホームズは、彼の犯罪を見抜けるようになったのだった。

「絵筆の跡を見ただけで巨匠の絵画がわかるように、ぼくにはモリアーティの仕事がひと目で見抜けるのです」〈恐怖の谷〉

モリアーティと実際に対面する前、ホームズは教授の部屋を三回訪れたことがあったが（〈恐怖の谷〉）、犯罪につながるようなものは何ひとつ発見できなかった。しかし調査を続けた結果、ついにモリアーティの組織に対して網を仕掛ける準備ができたのだ（〈最後の事件〉）。

教授の最大の特徴は、その知的能力にある。ホームズみずから、自分に勝るとも劣らない頭脳の持ち主だとワトスンに向かって言っているほどだ。〈最後の事件〉で初めて会ったとき、モリアーティは大胆にもベイカー街のホームズの部屋にひとりで現れた。ホームズの仕掛けた罠に気づいていたのだ。その結果、二つの偉大な知性が対決する迫真のシーンが展開されることになる。

図 2・7　ホームズの最大の敵、モリアーティ教授（シドニー・パジェット画、〈最後の事件〉より）

ホームズ　「まあ、かけたまえ。話があるのなら、五分だけおつきあいしよう」
モリアーティ「私の言いたいことはすでにわかっているはずだ」
ホームズ　「だったら、ぼくの返事もわかっているはずだ」
モリアーティ「あくまでもやるつもりか？」
ホームズ　「もちろん」

ホームズがモリアーティとの対決を最大の挑戦と考えていたことは、この二人の対面の最後に明らかになる。ホームズに自分を倒すだけの頭脳があるなら、自分にもホームズを破滅させるだけの頭脳がある、とモリアーティに警告されたホームズは、こう言うのだ。

「きみを確実に破滅させることができるのなら、世の人々のために、ぼくは喜んでこの身の破滅を受け入れるさ」

モリアーティ教授の名が登場するのは、全ホームズ物語の中の七編にしかすぎない。しかも、そのうち四作、〈ノーウッドの建築業者〉、〈スリー・クォーターの失踪〉、〈最後の挨拶〉、〈高名な依頼人〉では、名前が出るだけで本人は登場しない。

〈最後の事件〉で、ベイカー街の部屋でホームズと対面したあと、モリアーティはホームズを追ってスイスへ向かい、ワトスンとともにマイリンゲンの英国旅館《エングリッシャー・ホーフ》にいることを突き止める。そして、有名なライヘンバッハの滝の上における格闘の結果（注12）、二人とも転落して死んだことになるのだ。〈最後の事件〉が『ストランド』誌に掲載されると、ロンドン中の人々が落胆した。その後八年間、ホームズものは書かれなかった［訳注　八年後に〈バスカヴィル家の犬〉が連載されるが、過去の話だった］。ようやく十年後に書かれた〈空き家の冒険〉で、ホームズはモリアーティがどうやって自分たちをスイスまで追跡してきたか、ライヘンバッハの滝で何があったのかを、ワトスンに説明する。読者はそこで、ホームズがどうやって生き延びたかを知るのだ。それより前の事件である〈恐怖の谷〉で、フレッド・ポーロックからの暗号を解いたホームズは（第三章六節参照）、ジョン・ダグラスの死のうしろにはモリアーティがいると考え、いつの日か彼を倒すと誓っている（注13）。

コナン・ドイルは、モリアーティ教授の経歴について、いくつかのことを記している。まず、彼は数学者として大きな成功を収めた。二一歳で、二項定理についての論文を書いて評判になったというのだ。二項定理、つまり二項式の累乗 $(a+b)^n$ の展開については、すでに紀元前三〇〇年という昔にユークリッドが言及している。その後、多くの数学者がこの定理に関する研究をしており、たとえばアイザック・ニュートンは定理を一般化して、分数および負の $n$ に対する公式を得た。最終的には、一八二〇年代にノルウェーのニールス・ヘンリック・アーベルが、すべての $n$ に対して拡張してい

（注12）滝の上の道には、格闘場所を示すプレートが複数設置されている。
（注13）ジョン・ダグラスは、船による旅行中、暴風の最中に海へ落ちて行方不明になったが、ホームズはモリアーティの仕業だと考えた。

る(文献2)。そうしたことはすべて、モリアーティの時代より前にあったことだ。では、この古い問題をモリアーティはどうしたというのだろう? 何を発見したにせよ、〈最後の事件〉によれば、その論文で彼は「ヨーロッパ中に名をとどろかせた」という。そのおかげで、イングランドのある小さな大学で数学教授のポストを得たというのだ。

その後発表された〈恐怖の谷〉では、モリアーティが数学的に難解な論文『小惑星の力学』(*Dynamics of an Asteroid*)の著者であることもわかる。シャーロッキアンの中には、題名にある"an"を見落として、モリアーティの論文がすべての小惑星の動きに関する一般的アプローチをしていると考える者もいた。しかし著名な作家であり化学者でもある熱心なシャーロッキアン、アイザック・アシモフは、題名からして、モリアーティが議論しているのは特定の小惑星だと考えた。そして、モリアーティの本が扱っているのは、現在火星と木星のあいだに小惑星帯をつくっている破片が散り散りになる前の、もとの惑星の動きであると主張した(第五章四節参照)。これは残念ながら、誇張と言わざるを得ない。題名に書かれているのは「ひとつの小惑星(アステロイド)」であって、「ひとつの惑星(プラネット)」ではないからだ。「アステロイド・プラネット」という呼び名では説得力がない(文献145)(注14)。

このように研究者としての輝かしいスタートを切りながら、教授がなぜ悪の道に転落したのかは、謎のままだ。ただ、「大学周辺で黒い噂が広がりはじめた」ことで、大学を辞めざるをえなくなったという。その後モリアーティは、ロンドンでアーミー・コーチ〔訳注 昇進試験を受ける陸軍軍人の個人教師〕という、あまり報酬のよくない仕事をしていた。にもかかわらず、彼は六つの銀行に小切手口座をもっていた(〈恐怖の谷〉)。そしてホームズは、教授がロンドンで発生する犯罪のほとんどをコントロールする巨大組織の中心人物だと結論づける。その組織は偽造や強盗、さらには殺人も手がけていた。ホームズがモリアーティの違法性の証拠として挙げたもののひとつが、グルーズの絵を所有しているという事実である。

ジャン・バティスト・グルーズ（一七二五〜一八〇五）は、「物語画のような感傷的な絵」を特徴とするフランスの画家だ（文献165）。彼の最も有名な作品『村の花嫁』（一七六一年）は、ルーヴル美術館に所蔵されている。一七六一年のサロン・ド・パリで展示されたときは、大勢の観客を集めたという（文献165）。グルーズの絵はコナン・ドイルの時代にふたたび人気を得て、オークションで記録的な値段となった（文献44）。年収七〇〇ポンド程度の一介の教授だった人間が、なぜ、そんなに高価な芸術作品を手に入れられたのか？　当然ながら、盗んだのでなければ、別の莫大な収入があったということになる。

〈恐怖の谷〉でホームズがモリアーティのことをジョナサン・ワイルドになぞらえたことも、注目に値する。一七二五年に絞首刑になった、ロンドンの犯罪王だ（文献155）。ワイルドの手口は、自分で盗んだものをもとの持ち主に戻し、〝発見者〟として報酬をもらうというものだった。だがコナン・ドイル自身は、もっと時代の近い人物であるアダム・ワースを、モリアーティのモデルとして挙げてい

（注14）　私自身がこの問題を扱った論文、'Moriarty Vindicated'（*The Baker Street Journal*, 33(1), 37 (1983)）では、教授の本はユカタン半島の近くに落ちた小惑星を扱っているとした。地球への衝突により恐竜が絶滅したとされる、有名な小惑星だ。

たという（文献101）。ワイルドやモリアーティのように、ワースもロンドンの泥棒界に大規模なネットワークを築いていた。彼は現実に、スコットランド・ヤードの犯罪捜査部門の長であったサー・ロバート・アンダースンから、「犯罪界のナポレオン」とよばれていたのだ（文献101）。

ワースは一八四四年のプロイセン生まれで（文献44）、彼が五歳のときに一家はアメリカに移住してきた。やがて南北戦争で北軍の兵士となった彼は、第一次ブルランの戦いを生き延びるが、戦死者名簿に名前を載せられてしまう。それを行方をくらますチャンスととらえたワースは、ボストン地域で盗みを始め、経験を積んでいく。一八六九年一一月にボストン最大の銀行であるボイルストン国法銀行を襲ったときは、莫大な稼ぎを得た。ウィリアム・A・ジャドスンという偽名で銀行に隣接したビルの部屋を借りると、金庫の壁の位置を計算して割り出し、夜中にドリルを使って金庫の背面をはがしたのだ。そのときの稼ぎは一五万ドルから二〇万ドルと言われている（文献101）。ドイルは似たようなプロットを〈赤毛組合〉で使ったが、そこでの泥棒たちは銀行の地下室までトンネルを掘っている。

銀行側は有名なピンカートン探偵事務所を雇ってワースを追わせたが（文献44）、それを知ったワースはヨーロッパへ逃亡する。逃亡先で彼はヘンリー・J・レイモンドという偽名を使ったのだが、これはおそらく、そのころ亡くなった『ニューヨーク・タイムズ』の創立者兼編集人の名をとったのだろう（文献101）。彼はその後死ぬまで、この偽名を使っていた。ドイルはワースがロンドンでつくった犯罪組織に興味を引かれ、「犯罪界のナポレオン」という異名を使ったのだった。

ワースが最も世間を騒がせた犯罪といえば、トマス・ゲインズバラの絵画『デヴォンシャー公爵夫人』を盗んだ事件だろう。公爵夫人はすばらしい美人で、その性生活は「きわめてだらしのないもの」

だったと言われている（文献101）。彼女は夫の愛人が一緒に暮らすのを許し、いわゆる三人婚（メナージュ・ア・トロワ）を楽しんだのだった。著名な画家だったゲインズバラが一七八七年に公爵夫人の肖像画を描くと、大衆の彼女に対する興味を大いにそそることとなった。この絵自身、非常に興味深い歴史をもつもので（文献101）、一八七六年の五月にクリスティーズのオークションに出品されたときは、美術商のウィリアム・アグニューが一万六〇五ポンドで落札した。肖像画の落札価格としては、それまでの最高額だ。アグニューはそれをすぐ、J・S・モルガンに売却し、裕福な実業家である彼の息子、J・P・モルガンへのプレゼントになるはずだった。ところが絵が渡される前の一八七六年五月二七日に、ワースがアグニューのギャラリーに押し入って盗み出してしまったのだ。

その後すぐ、ワースはアグニューに何通かの手紙を書き、絵の買い戻しを要求する。おそらくワースも、コナン・ドイルと同様、ジョナサン・ワイルドの手口をよく知っていたのだろう。ワースが最初に提案した値段は二万五〇〇〇ドルだった（彼はアメリカから手紙を出していた）。だが交渉は決裂し、ワースはその後二五年間、公爵夫人の肖像画を所有し続けることになる。

一九〇一年になると、ピンカートン探偵事務所が仲介人として動き、ワースは絵の返還に同意した。彼が受取ったのは、二五年前と同じ二万五〇〇〇ドルだったと言われる（文献155、101）。ただし、別の金額を記載している文献もある。アグニューはただちにその絵を、六四歳になっていたJ・P・モルガンに売った。それからずいぶんたった一九九四年七月一三日、モルガン家はロンドンのサザビーズでこの絵をオークションに出した。二六万五五〇〇ポンドで競り落としたのは、デヴォンシャー公爵だったという。

犯罪界の大物二人、モリアーティとワースの類似点は、明らかだろう。ともに大きく広がるロンドン犯罪界の環の中心にいて、一流画家の高価な作品を所有している。モリアーティ教授がもっていたグルーズの絵の題名は架空のもので、「コナン・ドイルによる最も楽しい洒落のひとつ」だと言われている(文献101)。ホームズがマクドナルド警部に言った題名はLa Jeune Fille a l'Agneauで、「子羊を抱く少女」という意味だった。だが、多くのホーメジアンは、このフランス語のagneau(アニョー。子羊の意味)と、公爵夫人の肖像画を盗まれた画商アグニュー(Agnew)との類似点に、気づくことだろう(文献101)。

モリアーティ教授は、探偵小説における登場人物の「二面性」の、もうひとつの例でもある。第一章のポーの節で、ホームズの人格における二面性がポーのデュパンに由来することを見た。最近になって、この初期の探偵小説における二面性についての研究が発表されている(文献38)。その著者クレイギルは、この二面性を、ポーの『モルグ街の殺人』(一八四一年)におけるデュパンから、チャールズ・ディケンズの『荒涼館』(一八五三年)におけるバケット警部や、ウイルキー・コリンズの『月長石』(一八六八年)におけるカフ巡査部長を経て、ロバート・ルイス・スティーヴンスンの『ジキル博士とハイド氏』(一八八六年)に至るまで調べているのだ。このリストに当然加えられるべきモリアーティは、犯罪王アダム・ワースをベースとした犯罪の天才という悪い面と、実在の天文学者サイモン・ニューカムをベースとした科学者という、良い面を兼ね備えている。

モリアーティは二項定理と小惑星の問題だけでなく、ほかの天体の動きにも興味をもっていた。〈恐怖の谷〉では、マクドナルド警部に日食の理論を説明しているのだ。カナダ生まれのアメリカ人天文学者であるサイモン・ニューカムも、モリアーティと同じことに興味をもっていた。一八三五年にノヴァスコシアで生まれたニューカムは、アメリカで研究者人生を送り、アメリカ海軍天文台で数学および天文学の教授となった。一八九七年に引退するまでそこにいたが（Dictionary of Canadian Biography のウェブサイトによる）、一八八四年からは、当時まだ「小さかった」ジョンズ・ホプキンズ大学で非常勤の数学教授もしていた。モリアーティと同様、ここを退職せざるを得なくなるのだが、「黒い噂」があったわけではなかった。

ニューカムの初期の研究は、モリアーティが興味を抱いていた二つのテーマに集中している。二項定理についての研究で書いた論文は出版されずに終わったが、最初に出版された論文は力学の手法を扱ったものだった（文献145）。『タイムズ』に載った彼の死亡記事は、初期の論文に小惑星の軌道に関するものがあったことを指摘している。そして、一八六〇年代に個々の小惑星における力学についての論文をいくつか出版している。小惑星855は、彼にちなんで「ニューカミア」と命名されたものだ。また彼は、一八六〇年代と一八七〇年代に、日食観測隊を率いている（文献145）。つまり、モリアーティとニューカムの二人は、同じ二項定理と小惑星の動き、さらには日食について、興味をもっていたわけである。二人の科学的キャリアが似ているということは、ずっと注目されてきたのだった（文献145）。

ホームズ物語において、ほとんど登場場面がないと言っていいほどのモリアーティ教授。彼をこれほどまでに鮮明な悪意のキャラクターとして後世に残すことができたのは、まさにコナン・ドイルの才能のおかげなのである。

## 4　その他の重要な登場人物

### マイクロフト・ホームズ

兄は英国政府そのものなのだと言っても、ある意味では正しい。
――シャーロック・ホームズ〈ブルース・パーティントン型設計書〉

シャーロック・ホームズに七歳上の兄がいることを、ワトスンとともに読者が知ったのは、〈ギリシャ語通訳〉事件においてであった。ワトスンが自分の兄のことを語ったのは、二作目〈四つの署名〉である。コナン・ドイルがホームズを葬り去る〈最後の事件〉の二つ前の事件になって、やっとわれわれは、マイクロフト・ホームズという人物のことをちょっとだけ知ることになるのだ（図2・8）。とはいえ、読者にとっては喜びだろう。マイクロフトは、ホームズ物語の中でも一番際だったキャラクターなのだから。

外見的に、ホームズ兄弟はかなり異なっている。マイクロフトは背が高くて恰幅がよく、でっぷりと太っているのだ。シャーロックは、事件を追うときは精力的に動きまわり、ロンドンだけでなくイギリス各地をめぐり歩いた。ところがマイクロフトは、シャーロックによると「情熱も野心もない」という。「推理で出した答えを確かめに出かけるのさえ、億劫がってやりたがらない。そんなことをするくらいなら自分が間違っていると思われたっていいと言う」のだ。また、あまりにも社交嫌いなため、「ロンドンで一番変わったクラブ」であるディオゲネス・クラブ創立の発起人のひとりでもあった。その会員は「ロンドンでも一番人づきあいが悪く、一番社交嫌いの人間たち」であり、ほかの会員のことを知りたいと思ってはいけないし、話しかけてもいけないのだ。実際、〝部外者室〟という面会用の部屋でだけ、会員が訪問客と静かに話すことが許されているという。

ホームズ兄弟の共通する部分といえば、その驚くべき推理能力だろう。しかも観察力という点については、どうもマイクロフトのほうがシャーロックの能力を上回っているように思える。第一章の三節で見た、マイクロフトがシャーロックを出し抜くシーン（〈ギリシャ語通訳〉）を思い出してほしい。その前に、ホームズがワトスンを連れてディオゲネス・クラブの部外者室に来たとき、すでにマイクロフトはその能力を見せている。

**図 2・8**　コナン・ドイルが生んだユニークなキャラクターのひとり、マイクロフト・ホームズ（シドニー・パジェット画、〈ギリシャ語通訳〉より）

「ところでシャーロック、マナハウスの事件のことで、先週、ぼくのところへ相談にくるのかと思っていたんだがね。少々手こずっているんじゃないかと思って」

「いやいや、もう解決したよ」ホームズは笑いながら答えた。

「もちろん、アダムズだったろう?」

「うん、アダムズだった」

「初めからそうに違いないと思っていたよ」

これはどういうことだろう？　あまりにも難解な事件のときは、さすがのホームズもさらに知性の高い人物の助言が必要だったということだろうか。確かに、〈ギリシャ語通訳〉の中でホームズはこう言っている。

「難しい問題を兄に説明してもらったところ、あとでそれが正しかったとわかったことが何度もある」

君の推理力はきちんとした訓練で身につけたものなんだろう、とワトスンに言われたホームズは、ある程度まではそうだが、遺伝による部分もあると答えた。ワトスンは、さらに疑問を呈する。

「どうしてそれが、遺伝だとわかるんだい？」

「兄のマイクロフトが、同じ才能をぼく以上にもっているからだよ」

とはいえ、この兄弟はライバルというよりパートナーのように感じられる。ライヘンバッハの滝でシャーロックがモリアーティ教授を崖から落としたあと、彼が生きていると知っていたのはマイクロフトただひとりだった。年俸四五〇ポンドという控えめな収入でありながら、マイクロフトはシャーロックが「大空白時代」にチベットやペルシャ、メッカ、フランスなどを旅してまわる費用を、まかなっていたはずだ。そして、全正典のうちで唯一彼だけが、ホームズを「シャーロック」というファーストネームで呼んでいる。長年のルームメイトであったワトスンでさえ、彼を「ホームズ」としか呼ばないのだ。この点はシャーロッキアンのあいだでも神聖な問題であり、ミステリー作家のローリー・キングも、長寿パスティーシュ・シリーズの中でその点を踏襲している(注15)。主人公メアリ・ラッセルは、シャーロックの妻になったというのに、やはり「ホームズ」としか呼んでいないのだ(訳注)。

しかし、マイクロフト・ホームズがそんなにも体を動かすのを厭うのなら、どんな仕事ができるのか？　彼は英国政府の公務員だった。一八九三年発表の〈ギリシャ語通訳〉で初めて登場したとき、彼は「国のいくつかの省で会計検査をやっている」とのことだった。しかし一五年後に発表された〈ブルース・パーティントン型設計書〉で、ホームズは「兄は英国政府そのものなのだと言っても、ある意味では正しい」と言い、「この国の政策が彼のひとことで決まったことも一度や二度ではない」とまで言っている。マイクロフトの専門的知識はあらゆる分野にわたっているのだろうか。

(注15)　ローリー・キングは、シャーロック・ホームズと（のちの）妻メアリ・ラッセルのパスティーシュ長編を一ダース以上書いている。

(訳注)　当時、ある程度教養のある男性どうしでは、長年の友人でもファーストネームでは呼び合わなかった。家族や兄弟では当然ファーストネームで呼んでいたが、メアリ・ラッセルの場合は例外か。また、これは面と向かった場合のことなので、正典中でも〈四つの署名〉ではシャーマン老人が、「ミスター・シャーロックの友だちなら、いつでも歓迎だ」と言っている。

無気力無関心と言われながらも、緊急時にはマイクロフトも体を動かすことができるようだ。〈最後の事件〉で、モリアーティ教授の手から逃れる計画を立てたホームズは、ワトスンにこう言っている。

「朝になったら、（君は）だれかに辻馬車を呼びにやらせる。ただしそのとき、最初の二台はやりすごすようにと、言い含めておくんだ」

三台目の辻馬車の御者が、マイクロフトだった。彼は弟の危機を救うため、いつものものぐさから脱したのだ。また〈ギリシャ語通訳〉では、シャーロックの援助を求めた彼が奮起したのか、初めてベイカー街の下宿を訪れている。

コナン・ドイルは、マイクロフト・ホームズを登場させたころ、作家としての絶頂期を迎えていた。マイクロフトという名がファーストネームに使われることはめったにないが、ドイルはおそらく、有名なクリケット選手であるウィリアム・マイクロフト（一八四一〜一八九二）からその名をとったのだろう。彼はおもにダービシャーでプレイしていたが、ロンドンのマールバン・クリケット・クラブにもいた。ドイル自身、優れたクリケット・プレイヤーで、マールバンのクラブでも試合をしたことがある（文献108）。マイクロフトは、全部で四つの作品（〈ギリシャ〉、〈ブルース〉、〈最後〉、〈空き家〉）にしか登場しない。ところが、正典中で記憶に残る人物としてはトップクラスと言える。その理由は、映画やパスティーシュ小説など、あらゆるスピンオフ作品に頻繁に姿をあらわしているからだ。たとえば、ロバート・Ａ・ハインラインのＳＦ小説『月は無慈悲な夜の女王』（一九六六年）には、マイクロフトという名の全能コンピューターが出てくる（文献130）（訳注）。また、ポーのデュパンをモデルにしたのはシャーロックでなくマイクロフトだったという説もある。シャーロックは単にデュパンやマイクロフトより活動的なだけだというのだ（文献125）。多くの読者は、ホームズ物語にもっとマイクロフトが出てほしかったと思っていることだろう。

## ハドスン夫人

……ハドスン夫人は、忍耐強い女性だ。
――ワトスン博士〈瀕死の探偵〉

ベイカー街二二一Ｂの家主がハドスン夫人だったことは、ホームズとワトスンにとって幸運だったと言えよう。彼女の外見については語られたことがなく、せいぜい「寝室へ向かう女主人の堂々とした足音」（〈緋色〉）といった記述があるくらいだった。したがって、その落ち着いた品のあるイメージは、コナン・ドイルよりもその後の挿絵や映画によるところが大きい。とはいえ、六〇編のうちほ

（訳注）語り手であるコンピューター技師のマニーは、月の行政府で使われているマスター・コンピューターHOLMES IV が自意識を得てユーモア感覚を発達させたことを知る。そして、マイクロフト・ホームズにちなんで「マイク」という名を付け、友人になる。

ぼ四分の一に出演しているのだから、彼女のことはよく理解できるだろう。

ベイカー街二二一番地における彼女の立場上［訳注　ハドスン夫人は二二一番地の家主であって、家政婦ではない。未亡人として、賄い付きの下宿人を営んでいるという立場だ］、ハドスン夫人は、ホームズのもとに来る依頼人やスコットランド・ヤードの刑事たちを頻繁に取次いだ。〈三人のガリデブ〉では、ジョン・ガリデブこと殺し屋エヴァンズの名刺をトレイに載せてきた。〈踊る人形〉では、「シカゴで最も危険なギャング」であるエイブ・スレイニーに関してニューヨークから回答してきた重要な電文を、ホームズに持ってきた。〝踊る人形〟の暗号を使ってエルシー・キュービットにメッセージを送ってきたのが彼である（第三章六節参照）。当然ながらハドスン夫人は、例の一七段ある階段を登って、さまざまな種類の客たちをホームズの部屋へ案内する役をこなしてきた。その中には、〈ブラック・ピーター〉事件で二二一Bに来た水夫たちや、〈ウィステリア荘〉のグレグスン警部とベインズ警部、〈恐怖の谷〉のセシル・バーカー、それにボヘミア王もいた。しかし、ハドスン夫人が取次いだ最も重要な客は、〈四つの署名〉のメアリ・モースタンだろう。そう、その後ワトスン夫人となるメアリだ。

二二一の下宿は賄い付きだったので、ハドスン夫人は料理をつくってホームズたちに提供するという役割もこなしていた。〈海軍条約文書〉でホームズは、「彼女の料理はバラエティにはいささか欠けるが、朝食の工夫に関してはスコットランド女性も顔負けだ」と言っている。〈マザリンの宝石〉でホームズは、二人分の夕食を当然のように彼女に頼んだ。ハドスン夫人は〈海軍条約文書〉でカレー味のチキン料理を、〈青いガーネット〉では山シギ料理を出している。そして、ホームズは実際に彼女の「すばらしい朝食」を〈ブラック・ピーター〉と〈海軍条約文書〉事件で熱心に味わっているのだ。その朝食としての彼女の得意メニューは、トースト付きハムエッグとコーヒーだと思われる（文献159）。

ホームズにとって幸運だったのは、忍耐強いのがハドスン夫人の長所だということだ。第一章の三節で見たように、コナン・ドイルは読者にアピールするため、わざとホームズをエキセントリックな人物にした。そのためハドスン夫人は、彼の奇妙な行動に対処しなくてはならなくなったのだ。ホームズは、「ロンドンでも一番ありがたくない下宿人」と言われていた（〈瀕死の探偵〉）。生活が不規則なことや、下宿の壁で射撃練習をするといった行為に耐えてきたうえ、時間などおかまいなしに押しかける「風変わりな客、それもしばしば好ましからざる人物」も扱わなければならなかった（〈瀕死の探偵〉）。暴力沙汰や命の危険が感じられることも、珍しくなかった。化学の実験で部屋中を悪臭を放つガスでいっぱいにすることも、よくあったのだ（第四章参照）。

しかしそのハドスン夫人も、ベイカー街不正規隊に対しては辛抱しなかったようだ。彼らはホームズの時代に〝ストリート・アラブ〟とよばれたホームレスの浮浪児たちのグループで（文献44）、最初の二作品、〈緋色の研究〉と〈四つの署名〉に登場する。ホームズは、彼らに小遣いを払って捜査のための情報を集めていた。「あの子たちならどこへでも行けるし、何でも見られるし、だれの話だって立ち聞きできる」からというのだ。彼らが街中で見逃されがちだったのは、当時のロンドンには親に見捨てられた子どもが三万人もいたからだった。しかもその多くが、「生活のために盗みをしていた」のだ（文献44）。ハドスン夫人が彼らに不快感を抱くのも、理解できるだろう。ただ、ホームズの信任は厚いものの、彼らの成果はよくも悪くもない程度だったようだ。〈緋色の研究〉で初めて登場したとき、彼らはジェファースン・ホープの馬車をみごとに捜し当てた。しかし〈四つの署名〉では、モーディケアイ・スミスの蒸気艇オーロラ号を捜すように頼まれたものの、失敗して、ホームズ自身が捜索に出ることになるのだ。その後はジョナサン・スモールとトンガを追って、蒸気艇によるテムズ河上のドラマチックな追跡劇が展開されることになる。

ハドスン夫人は不正規隊の面々が来ると、〈緋色の研究〉では嫌悪感をあらわにし、〈四つの署名〉では狼狽した。彼女にとっては汚らしくて騒がしい子どもたちの一団でしかなかったのだ。手に負えない集団であることは、明らかだろう。彼らの後援者であるホームズでさえ、統制できないのだから。〈緋色の研究〉で登場したとき、ホームズはリーダーのウィギンズに対し、彼ひとりが報告にやってくるようにと命じた。全員がどやどやとホームズの部屋に入ってくる必要はないということだ。が、次の〈四つの署名〉でも、ホームズはウィギンズに向かって、一ダースの連中が一緒に入ってくる必要はないと言わねばならなかった。その第二作以降、彼らがあらわれなかったので、ハドスン夫人はさぞ喜んだことだろう。残る五八話の中で、彼らの名が出るのは一回だけ。〈背中の曲がった男〉で、不正規隊のひとりがヘンリー・ウッドという男の見張りにつくのだ。〝背中の曲がった男〟であるウッドが姿をあらわしたことで、彼のかつての上官だったバークリ大佐はショック死したのだった。ただ、この事件のときは、問題がなかった。〝ストリート・アラブ〟はひとりであり、ベイカー街に来てハドスン夫人を悩ませることもなかったからだ。しかも、彼は任務を成功させた。年月とともに不正規隊も進歩したのだろう。

問題の多い下宿人であるホームズを、なぜハドスン夫人は追い出さなかったのか？　理由のひとつは、ワトスンの言う「とても気前のいい」支払いだろう（〈瀕死の探偵〉）。しかも彼女は、ホームズ

図 2・9　〈海軍条約文書〉でハドスン夫人は、ホームズがパーシー・フェルプスに仕掛けたいたずらの手伝いをした（シドニー・パジェット画）

に対し畏敬の念を感じるとともに、好意も抱いていたことが、正典からはわかる。彼の健康状態を気にかけてもいて、「ホームズさんのお身体が心配なんです」とワトスンに言っている〔訳注　〈四つの署名〉の第九章〕。死んだと思っていたホームズが〈空き家の冒険〉であらわれたときは、「気絶するほどびっくり」しているのだ。一方、ハドスン夫人がホームズの依頼人になったことは一度もないし、事件に直接巻き込まれたこともなかった。我々としては、彼女自身がかかわる事件をコナン・ドイルに書いてほしかったところではある。実際彼は、下宿のおかみが絡むホームズものを二つ書いているのだが、残念ながらベイカー街の事件ではないし、ハドスン夫人ではないおかみが関係している。〈赤い輪団〉のウォレン夫人と、〈ヴェールの下宿人〉のメリロー夫人だ。

ハドスン夫人が客を招き入れたり料理を出したりする以外のことをしている作品は、わずかしかない。〈海軍条約文書〉では、パーシー・フェルプスにちょっとしたいたずらを仕掛けるホームズに協力した（図

2・9〉。彼女はフェルプスに蓋付きの皿で料理を出したが、その皿に料理は載っていなかった。蓋を開けたフェルプスは、そこにホームズが取戻した外交文書を見つけ、驚愕するという寸法である。しかし、ハドスン夫人にとって最高の瞬間が訪れたのは、〈空き家の冒険〉だった。この事件で彼女は、危険を承知でホームズのために重要な役割を果たしたのだ。ホームズの役に立てたことを、きっと彼女は喜んだことだろう。「ロンドン第二の危険人物」〈空き家の冒険〉であり、故モリアーティ教授の「参謀長」〈恐怖の谷〉だったセバスチャン・モラン大佐が、ベイカー街二二一Bの真向かいにある空き家にやってくる。彼の目的は、高性能の空気銃でホームズを暗殺することだ。モラン大佐は「わが東方帝国インドが生んだ、猛獣狩りの名人」〈空き家の冒険〉として知られていた。だが、ホームズは自分そっくりの蝋人形をつくらせていた。モランは窓越しにその胸像をホームズと思って狙い、一方ホームズとワトスンは彼のいる同じ空き家に潜む。待つことしばし、胸像が動いたので、ワトスンはびっくりする。「動くに決まってるじゃないか、ワトスン。人形だってすぐにわかるようなものを置いてヨーロッパ一悪賢いやつの目をあざむこうとするほど、ぼくがおめでたい間抜けだって思うのかい?」というホームズの答えが、いかにも彼らしい。ホームズに頼まれたハドスン夫人が、危険をかえりみず膝をついて這っていき、一五分ごとに人形の向きを変えていたのだ。しかも彼女は、モラン大佐が発砲したあと、人形の頭を突き抜けて壁に当たり、絨毯の上に落ちた銃弾を、証拠のために拾っておいたのだった。

ホームズが「英仏海峡のみごとな風景を一望できる」サセックス州の小さな家〈ライオンのたてがみ〉に引退することになったとき、おそらくハドスン夫人も同行したのではないだろうか。彼はみずから書いたこの作品で、「年寄りの家政婦」が一緒に住んでいると述べている。ホームズについてはベイカー街での暮らししか情報がないことから、多くの人が、これはハドスン夫人のことだろうと主張しているのだ。ホームズへの献身的な態度から、ハドスンは正典全体の登場人物の中でも、一般的に高い人気を得ている。研究者の中には、本来は〈ボヘミア〉のアイリーン・アドラーのための称号である〝ジ・ウーマン〟(「あのひと」)を、ハドスン夫人に使っている人もいるくらいなのだ(文献32)。

## スコットランド・ヤードの警官たち

僕に言わせれば、デュパンはずっと落ちるね。
——シャーロック・ホームズ〈緋色の研究〉

コナン・ドイルの狙いは、ホームズの優れた才能を作品のセールスポイントにすることだった。そのため、一作目の〈緋色の研究〉では、ホームズに架空の探偵としての先輩であるデュパンとルコックを批判させている。そして、シリーズ全体を通してワトスンを、あまり鋭くはない事件記録者にした。〈白面の兵士〉の中でホームズはこう言っている。

新しいことがあるたびに絶えず驚きを忘れない、未来のことはまだページを開いていない本だと思っている人物とくれば、相棒として理想的なのだ。

そうしてホームズをデュパンやルコック、ワトスンと対比させて引き立たせたあと、ドイルはさらに警察官たちを使ってホームズの天才ぶりを強く印象づけている。始まりの〈緋色の研究〉からすでに、ホームズはスコットランド・ヤードのレストレード警部やグレグスン警部と対立している。犯罪現場に到着したホームズは、警官たちが小道を踏み荒らして手がかりを消してしまったことに不平を漏らす。「たとえバッファローの群れが通ったとしても、ああまでめちゃくちゃには踏み荒らされないでしょうに」(注16)と言うのだ。そして、ワトスンに自分がいかにヤードの面々より優れているかを説明したあと、自分が事件を解決しても手柄は彼らのものになってしまうことを嘆いた。確かにホームズは、壁に書かれた「RACHE」という血文字がレイチェル(Rachel)という女性を指していると主張するレストレード警部を鼻で笑った。それでも協力を続け、容疑者の細かい特徴を彼らに与えるのだが、去り際に、レイチェルなんていう女性を捜して時間を無駄にしないようにと、つい捨て台詞のように言い残してしまうのだ。

二作目の〈四つの署名〉でも、似たような展開となる。アセルニー・ジョーンズ警部は、ホームズの手法をけなし(文献44)、「事実は理論にまさる」のであって、この事件には理論の入り込む余地などないと言い捨てる。その結果、間違った結論を出して無実の男を逮捕してしまう。だが結局、物語の最後でワトスンが、自分は妻を、ジョーンズは名誉を得たが、ホームズは何も残っていないと、不公平さを嘆く。それに対してホームズは、自分にはまだ「コカインの瓶がある」と言うのだ。

四つ目の作品である〈赤毛組合〉では、ピーター・ジョーンズ警部がホームズの手法を否定し、ホームズのほうは彼のことを「まったくの能なしだ」とワトスンに言っている。六作目〈ボスコム谷の謎〉

でも、ホームズはレストレード警部のことを能なしとワトスンに言い、レストレードのほうは、ジェイムズ・マッカーシーの無実を晴らすと請け負ったホームズに向かって「恥知らずですな、あんたも」と責める。レストレードはジェイムズを父親殺しの犯人と決めつけていた。ジェイムズの父親に長年ゆすられてきたジョン・ターナーが犯人だが、そこには正当性があると信じるホームズは、犯人の名前でなく、特徴だけをレストレードに教える。

「……背が高く、左ききで、右脚が悪い。底の分厚い狩猟用の靴を履き、グレイの外套を着て、ホルダーを使ってインド産の葉巻を吸い、ポケットに刃先の鈍ったペンナイフを忍ばせている男だ」

まごつく警部は、なかなか飲み込めない。

レストレード「じゃ、犯人は誰です？」
ホームズ「ぼくがいま説明したような男だ」
レストレード「わたしは実際的な男ですからね。右脚の不自由な左ききの男を追い求めて、この田舎を駆けまわるなんて、とてもできっこありませんよ」

（注16）ホームズは六作目の〈ボスコム谷の謎〉でも「バッファロー」を使って同じようなことを言っている。

正典全体では、四二作の中にヤードの刑事が二一人登場する（文献44）。登場回数の多いのは、レストレード警部が一四作で一位、次いでグレグスン警部が五作、スタンリー・ホプキンズが四作だ。そのほかの刑事のほとんどは、ひとつの作品にしか登場しない。時が経ち、実績を重ねるにつれて、世界でただひとりの「諮問探偵」というホームズの職業が認められていき、ヤードの刑事たちは彼が味方であることを納得し始める。両者の関係はスムーズになり、自分の功績が認められずにホームズがいらつくことも、なくなっていく。一六作目の〈ボール箱〉で彼は、「この事件ではぼくの名前を出さないでおいてほしい」と言っている。二五作目の〈海軍条約文書〉ではフォーブズ刑事が、警察が提供する情報を利用して手柄を立てると言ってホームズを責めるが、彼はこう答える。

「とんでもない。それどころか、最近手がけた五三の事件のうちで、僕の名前が出たのはたった四件にすぎません。あとの四九の事件については、すべて警察の功績になっているんですよ」

フォーブズは態度をがらりと変えて、こう言う。

「ヒントのようなものを二、三与えてくだされば、非常にありがたいんですが」

両者がお互いを攻撃することは、しだいになくなっていった。〈ノーウッドの建築業者〉では、レストレード警部がホームズに「スコットランド・ヤードとしてもあなたには借りがあるわけですから」

と認めている（図2・10）。〈六つのナポレオン像〉のころになると、ほとんど友だち関係という感じになり、ワトスンは、こう記している。「スコットランド・ヤードのレストレード警部が夕方わたしたちのところに顔を出すのは、よくあることだ。……ホームズも警部の来訪を歓迎していた」そして、事件解決のあとにレストレードはこう言う。

図 2・10　ぎすぎすした関係から始まったホームズとレストレードは、友人関係になった（シドニー・パジェット画、〈ノーウッドの建築業者〉より）

「……これほどみごとな解決は初めてですよ。スコットランド・ヤードでも、これをやっかむ者はいないでしょう。それどころか、われわれはあなたを心から誇りに思います。明日おいでくだされば、古参の警部から新米の巡査に至るまで、あなたと握手しようと思わない人間はひとりもいないでしょう」

ヤードの刑事たちに関するホームズのコメントも、時とともにやわらかくなっていった。〈バスカヴィル家の犬〉では、レストレード警部のことを「彼はもっとも優秀な刑事だと思う」と言っている。〈ブルース・パーティントン型設計書〉では、レストレードの推理をほめて、「結構だ、レストレード君、たいへん結構」と言っているし、〈ボール箱〉でも粘り強さをほめている。〈赤い輪団〉では、ワトスンがグレグスン警部の度胸を賞賛している。

後のほうの事件になると、スコットランド・ヤードはホームズに仕事をまわしているようだ。〈スリー・クォーターの失踪〉では、シリル・オーヴァートンに相談されたスタンリー・ホプキンズ警部が、ホームズのところへ行くようにアドバイスした。〈隠居した画材屋〉でも、ヤードはジョサイア・アンバリーをホームズに紹介している。逆にホームズは、ヤードの刑事たちに捜査の方向をアドバイスしている。〈恐怖の谷〉ではマクドナルド警部と州警察のメイスンに、自転車に乗った男を追うのをやめるように言ったし、〈ブラック・ピーター〉ではホプキンズに、煙草入れを捜査のとっかかりにするよう助言した。協力を断ったのは、〈恐喝王ミルヴァートン〉のときだけだ。このときレストレードは、ミルヴァートンの殺人現場から逃げて、もう少しのところで取り逃がした二人の男を追っていた。その二人とは、もちろんホームズとワトスンである。

シリーズのスタート時点で、スコットランド・ヤードの面々は、ホームズの推理のすばらしさを目立たせるものとして使われていた。しかしホームズのみごとな推理に読者がなじんでくると、ドイルは彼と警察との関係を変えていった。もはやホームズは、警察を馬鹿にする必要がなくなった。両者の関係は、もっとずっとリアルな印象をもてるようなものに、進化していったのである。

# 第3章　科学捜査のパイオニアとしてのホームズ

## 1　ベルティヨンの手法

彼はベルティヨンの人体測定法を話題にして、
このフランスの学者を熱心に賞讃していた。
――ワトスン博士〈海軍条約文書〉

ホームズはベルティヨンの業績を評価していたらしいが、〈バスカヴィル家の犬〉のときは、腹が立つのを抑えられなかった。ジェイムズ・モーティマー医師からベルティヨンがヨーロッパで第一の専門家だと聞かされて、その格付けにむっとするのを隠さなかったのだ。では、それほど高く評価されたベルティヨンとは何者なのだろう？

アルフォンス・ベルティヨンは一八五三年に生まれたフランスの人類学者だ。学業成績がふるわなかった彼は就職に苦労したが、一八七九年に、著名な医師で人類学者の父ルイが、パリ警察事務員の職を世話してくれた（文献172）。一八七九年三月に仕事を始め、常習犯（注1）、つまり犯罪を繰返す累犯者

（注1）〝常習的犯行〟（リシディヴィズム）という言葉が英語に取り入れられたのは、一八八六年のことだ（文献31）。

の識別という問題に、関心をもつようになる。常習者を隔離地区へ追放するのが、当時のフランスの方針だった（文献31）。ところが、彼らを識別するための手続きがない。指紋による識別法はまだ存在しなかったし、顔写真をとることすら使われていなかった。再逮捕された常習犯が偽名を使えば、もうそれまでだったのだ。ベルティヨンは、ケトレーというベルギーの統計学者が一八四〇年に出したアイデアをもとに、身元識別システムを開発しようと考えた（文献172）。彼は警察での職務を退屈に感じながら、ほとんどが二度とは利用されない無用の情報を大量に集めて、整理保存していた。そこで一八七九年一〇月一日（文献31）、人体測定による身元識別法を提案する報告書を提出したのだが、日の目を見ることはなかった（文献172）。

だが、ルイ・ベルティヨンは息子の提案を気に入った。ルイ自身、骨の長さを測定して人の識別ではなく分類を試みたことがあったので、人体測定による犯罪者の識別法というアルフォンスのアイデアに心ひかれるのも当然だった（文献31）。一八八二年、有力な父親の後ろ盾により、アルフォンス・ベルティヨンに二人の助手と財源がつき、累犯者を識別してみせるのに三カ月という期間が与えられた。残り一週間となったところで、成果が出た。ある犯罪で有罪になったデュポンと名乗る男の体の寸法が、以前有罪になったマルタンという男の寸法とまったく同じだったのだ。証拠を突き付けられたデュポンは、自分がマルタンだということを認めたのだった。

この時点でベルティヨンが考案していた人体測定法は、三部構成のシステムだった。第一部で、体の一一箇所の寸法をカリパスでそれぞれ三回ずつ測定し、平均値を出す（注2）。第二部では、特に耳を強調して人相風体を正確に描写する。そして最後に、体に目印となるような特徴があれば記録する。

これに写真を二枚添えて、前科者の説明書の完成だ（文献31）。

一八八〇年、パリ警察には七万五〇〇〇枚をアルファベット順に並べた、犯罪者の写真カタログがあったが、そんな意味のない並べ方ではまるで使いものにならないことがわかった。そこで、ベルティヨンの方法をもとに、カードが測定値に従って並べられることになる。カードはまもなく、およそ一二のグループに分けられて一二万枚になった（文献31）。そして、このシステムで現に人の身元や人相が確認できるようになった。ベルティヨンのシステムを通年使った最初の年である一八八四年、パリ警察は常習犯二四一人の身元を識別した（文献31）。成果はあがりつづけ、一八八八年にはアルフォンス・ベルティヨンを主任とする犯罪者識別課が設けられることになる。ベルティヨン法ともよばれるこのシステムは、世界を席巻した。アメリカが一八八七年に、イギリスは一八九四年に、この方式を採用している（文献31）。

その一方で、指紋による身元識別法もまた、確立されつつあった。ベルティヨンは指紋識別法を使おうとしなかったが、徹底して避けたわけでもない（文献172）。それどころか、ヨーロッパでは初めてベルティヨンが、一九〇二年一〇月、指紋識別法によって殺人事件を解決している。識別法における優位をめぐるベルティヨン法と指紋識別法とのせめぎあいは、四〇年ばかり続いたが（文献31）、一八九四年のドレフュス事件と一九一一年のモナリザ盗難事件でベルティヨンがしくじったことが要因となって、最終的には彼の方法がすたれてしまった。

（注2）　寸法を測定する一一箇所のリストは、文献172または文献31を参照。

一八九四年にアルフレッド・ドレフュスが有罪判決を下されたのは、筆跡に関するベルティヨンのあいまいな証言が決め手となった(文献172)。ドレフュスは、フランスの軍事機密をドイツ側に渡したとして反逆罪に問われ、流刑植民地の〝悪魔島〟に送られる。その後、作家エミール・ゾラがフランス大統領フェリックス・フォールに宛てた公開質問書、「私は弾劾する」を発表。その気鋭の抗弁が、ドレフュスを擁護する世論形成に大きく働いた。有罪の証拠が薄弱だったため、抗議の声は一八九九年の再審に結実する。ところが驚いたことに、ドレフュスはまたも有罪とされた。だが最終的に一九〇六年、無罪が確定し、名誉を回復している。この事件がベルティヨンにとってやりにくかったのは、自分の専門領域から足を踏みはずしたからだ。彼は評判を落とし、おおかたのフランス人はドレフュスの無罪を信じるようになった。

その後一九一一年八月に名画モナリザが盗まれ、ベルティヨンはまたも面目をなくす。モナリザが展示されていたケースのガラスについた左手親指の指紋から、間違いなく窃盗犯を特定できたはずだ。ところが、彼にはできなかった。犯人のビンセンツォ・ペルージャには、フランスでの逮捕歴があり、ベルティヨンのもとにはちゃんと指紋の記録があった――だが、右手親指のものしかなかったのだ(文献172)。

こうしたつまずきから、ベルティヨン法の凋落が始まった。最終的には指紋による識別法のほうがベルティヨンのシステムより信頼性が高いとわかるのだが、アルフォンス・ベルティヨンは一九一四年に他界した。

# 2　指紋の活用

「同じ指紋の人間が二人といないということはご存じですね？」

――レストレード警部〈ノーウッドの建築業者〉

ベルティヨンの人体測定法を「熱心に賞讃」していたにもかかわらず、シャーロック・ホームズはそれを一度も使っていない。しかし、指紋による識別法はしっかり活用した。ホームズ物語六〇編のうち七編で、指紋が言及されている。

## 指紋活用の歴史

はるか昔の中国では、文書に指紋を押印した像が特有の署名になったという。紀元前三世紀中国の売渡証に、認印として指紋が押印してある。紀元前二〇〇〇年ごろ、バビロニアでも契約書に指紋で印が押されていた(文献11)。現代のような指紋の利用法を始めたのは、オランダ人のホヴァルト・ビドロー［訳注　オランダの解剖学者（一六四九～一七一三）。著書『人体解剖図』は、生々しい写実的な解剖図一〇六点を収録］やボローニャ大学の解剖学教授マルチェロ・マルピーギだったらしい(文献87)。それぞれ一六八五年と一六八七年に、この二人が指紋の重要性に気づいている。イギリスの木版画家トマス・ビューイックは一八〇四年と一八一八年に、トレードマーク用として自分の指紋を木版に刻んだ(文献87)。一八七〇年代にイギリスで起きたティッチボーン事件以来、信頼できる身元識別システムの必要性に対して多大な関心が寄せられるようになった。ティッチボーン準男爵家をめぐる詐欺(なりすまし)事件だ。跡取りであるロジャー・ティッチボーンが海難事故で行方不明になってから一一年後、オーストラリアのアーサー・オートンが、自分こそはそのロジャーだと主張し、訴訟に決着がつくまで三年もかかった。この一件が大いに宣伝となって、迅速に身元を識別する方法が必要だという意識が高くなったのだった。そのころまで指紋利用以前の身元確認手段といえば、推薦状や公文書、そして写真であり、前述のとおり、犯罪捜査では指紋に先立ってベルティヨン法という人体測定システムが利用されていた。

イギリスで、そしてやがては世界の大部分で犯罪者識別に指紋が活用されるようになったもとをたどれば、『ネイチャー』誌編集発行人に宛てた一八八〇年一〇月二八日付けの手紙に行き着く。書いたのはヘンリー・フォールズという、東京の築地病院に派遣されていたスコットランド人医師だ［訳注　一八四三〜一九三〇年。長老派スコットランド教会の医療宣教師として一八七四年に来日し、築地病院で医療活動をするとともに日本人医学生を指導した］。ある窃盗犯が壁に指紋を残していたが、第一容疑者の指紋とは一致しない。もうひとりの容疑者が、指紋が一致したあとで自白した。フォールズは、サルにも人間と似たような指紋があると書いた。また、指紋の形状に遺伝が影響するとも主張している。指紋によくある特徴のひとつは渦状紋だと、今も使われている用語で述べているのだ。犯罪者の身元識別に指紋が役立つのではないかと思われる、指紋が利用された事例を二つ知っているという。フォールズはまた、指紋は一生変わることがない「指に刻まれた永久不変の溝」だという重要発言もしている(文献172)。ジキル博士がハイド氏に変身しても指紋は変わらないだろうという、奇抜な指摘まであった(文献31)。

ただ、のちにフォールズは、同じ指紋は二つとないという説には反論することになる(文献31)。フォールズの手紙への返信が、『ネイチャー』一八八〇年一一月二五日号に掲載された。書き手はW・J・ハーシェルというイギリス人［訳注　ウィリアム・ジェイムズ・ハーシェル。天文学者ウィリアム・ハーシェルの孫］で、インドのベンガル地方で公務についていたとき、二〇年以上にわたって指紋による身元識別をしていたという。政府の年金を受けとるのに、同じ人物が二回あらわれることがあったので、受給者の身元確認のため一八六〇年に始めたという。指紋をとる形式にしたとたん、二重受給の企てがやんだので、収監されている犯罪者にもそのやり方を広げることにしたのだった。ただハーシェルは、指紋から民族性や遺伝的関係まで浮かんでくるのではないかというフォールズの説に、異議を唱えた。彼の見てきたところ、血族のあいだでも指紋は大きく違っているという。指紋をもとに民族や性別を見分けるのは無理だろうと、彼は考えていた。

一八八〇年、フォールズは指紋研究についてチャールズ・ダーウィンに手紙を書いた。ダーウィンはその手紙をいとこのフランシス・ゴルトン［訳注　イギリスの人類学者、統計学者、探検家（一八二二～一九一一年）］に転送する(文献31)。指紋をめぐる考察に感銘を受けたゴルトンが『ネイチャー』誌の編集発行人に指紋識別法発見者の住所を問合わせたところ、ハーシェルの名前を教えられた。ハーシェルを訪ねたゴルトンは、資料をそっくり譲り受ける。一方、一七八八年にJ・C・A・マイヤーというドイツの解剖学者［訳注　一七四七～一八〇一年］が、人の指紋には二つと同じものがないと主張していた。ゴルトンは三年間の研究で、マイヤーの主張を立証しようとする(文献92、11)。

一九〇〇年代初め、『サイエンティフィック・アメリカン』誌の記事に、二つの指紋がそっくりになる確率は$10^{60}$分の1だと報告された（文献31）。まずどんな用途であれ、確率は事実上ゼロということだ。指紋が唯一無二だということは、今日でも犯罪者識別のうえで大きな重要性をもっている。その後ゴルトンは、一八〇〇年代末に、広範囲にわたって指紋を収集した。彼はもともと遺伝学者だったが、やがて指紋について初めての教本を著し、まったく同じ指紋はないし、指紋は一生変わらないままだと主張した（文献92）。また、ひとりの人物の指紋を五〇年間にわたって繰返し測定までしている。

ただ、一〇〇年あまり何の疑いもなく法廷で利用されてきた指紋だが、最近になって新たに厳しい目が向けられるようになった。ゴルトンが出した結論に疑問がもたれているのだ。指紋が唯一無二であることの検証は充分だっただろうか？ もっとしっかりした論拠のうえで指紋を利用できるよう、研究するべきなのではないだろうか？（文献28、157） 二〇〇二年一月七日、イェール大学とペンシルヴェニア大学のロースクールで学部長を務めた経歴もあるルイス・H・ポラック裁判官が、フィラデルフィアで起きた殺人事件の裁判で、指紋の利用を制限するという裁定を出した。その後二〇〇二年三月一三日になって、ポラック裁判官はその決定を無効にしたので、指紋が認められるようになった。これまでのところは、それで一件落着したようだ。

一八九二年、ゴルトンの著書『指紋』の影響で、指紋による犯罪者の身元識別法を採用する妥当性について検討する委員会が設けられることになる。その委員会が一九〇一年に採用した指紋分類体系が、のちにスコットランド・ヤードの総監となる委員のサー・エドワード・リチャード・ヘンリーにちなんで、ヘンリー式指紋分類法とよばれるようになった（文献87）。イギリスの公務員だったヘンリーは当時カルカッタに赴任中で、指紋の分類法に大いに貢献した。一八九七年七月には、犯罪者識別に限って指紋識別法を採用するようインド総督を説得。一八九七年八月までに、指紋を活用して数々の事件を解決し、一九〇〇年には、自分の指紋識別法を発表した。彼の方法は各方面から賞賛され、イギリスに戻ったあと、一九〇一年五月三一日にスコットランド・ヤードの副警視総監に任命された。一九〇五年のストラットン事件では、殺人に関して指紋を証拠とした初めての有罪判決が出た(文献134)。一九一〇年までには、ヘンリーのシステムがヨーロッパ中で採用されていた。にもかかわらず、一九〇九年、オスカー・スレイターがマリオン・ギルクリストの殺害で不当な有罪判決を下された。事件現場の椅子に血まみれの手形が残されていたというのにだ。ということは、つまり、このころまでにスコットランド・ヤードが全面的に指紋を活用していたわけではないのだ。コナン・ドイルは『オスカー・スレイター事件』を出版して、スレイターの無実の証明に直接関わった(文献108)。だが、裁判のやり直しを求めても拒まれ、スレイターは一八年間獄中にあった。

アメリカでは、国際警察署長協会が一八九六年に指紋記録の整理保管を始めた。ニューヨーク州当局が収監者の指紋登録を始めたのが一九〇三年。ただし、ニューヨークがすべての犯罪者から指紋を採取するよう求めたのは一九二八年になってからだ。一九〇四年一一月二日、カンザス州レヴンワースの連邦刑務所長に、収監者の指紋をとる権限が与えられた。一九一一年、イリノイ州最高裁判所が指紋による犯罪者識別の合法性を支持した。一九七〇年代初めには、アメリカの治安当局に二億を超える指紋記録がたまっていた。やがて、FBI(連邦捜査局)が日々指紋の要請を受けるようになった。

しかし、指紋による識別を始めたばかりのころ、既存の指紋記録の中から手作業で合致するものを探し出すにはいたずらに労力がかかり、とんでもない足手まといになった。無数の指紋記録を相手に目当てのものを見つけ出すには、気の遠くなるような時間が必要になる。そのうえ、記録には不鮮明なものや質の良くないものが多かった。だが、自動指紋識別システム（ＡＦＩＳ）が開発されると、迅速に指紋識別ができるようになり、この方法がはるかに有用なものとなった。ＡＦＩＳが手作業に取って代わると、犯罪者識別の成功率は五倍に跳ね上がったのだ。

その変化がもたらされるには、サンフランシスコ市警のケン・モーゼズ警視正の功績が大きかった。彼は、一九七八年にサンフランシスコでナチスの強制収容所を生き延びた四七歳の女性が殺害された事件に憤りを感じていた。証拠となるのは、二階の窓の下枠に三つ残された指紋ひと組だけ。そこで彼は、四〇年あまりのあいだにサンフランシスコで採取された四〇万人分の指紋と照合する作業にとりかかる。一九七八年に着手したが、六年後にもまだ、ほかの任務のかたわら時間を見つけては指紋を探し続けていた。モーゼズは一九七八年当初、コンピューターによる指紋識別システムのことを読んだ覚えがあったので、そのシステムの導入を要請して、首尾よく課内予算も獲得した。ところが、緊縮財政のため導入が見送られてしまう。そこでモーゼズは、許可を得て地域で資金調達を試みることにした。その問題について市民団体に講演して回るといった努力は資金調達につながらなかったものの、確実に市民の意識が高くなった一九八二年には、その問題を投票にかけることが叶い、賛成八〇パーセントで可決され、資金が得られた。一九八四年、サンフランシスコのＡＦＩＳが稼働し、モーゼズが証拠の指紋を入れると、わずか六〇秒で合致するものが見つかった。その二日後に長らく捜していた殺人犯が逮捕され、一九八五年、第一級殺人に対して有罪を認めたのだった（文献53）。

## ホームズの場合

ホームズ物語の中には、指紋が話題になりながら誰かの逮捕に利用されるわけではないという事件が、いくつかある。第一の例は〈四つの署名〉だ。この事件でホームズは、サディアス・ショルトーからメアリ・モースタンに届いた手紙の封筒に親指の指紋がついていることに気づき、郵便配達人のものだろうと考える。だがショルトーがメアリ・モースタンに身元を明かすので、その指紋を調べる必要はなくなった。〈唇のねじれた男〉では、ネヴィル・セントクレアから妻への手紙が入っていた封筒に、汚れた親指の指紋がついていた。だがこれは、手紙を投函したネヴィルの知り合いのものなので、役に立たなかった。結局ホームズは、別の方向から事件を解決する。〈ボール箱〉でホームズは、ジム・ブラウナーからスーザン・クッシングのところに届いたボール箱の底に「はっきりした」親指の跡が二つあることに気づく。ここでもその指紋は利用されないまま、彼は別の方法で事件を解決する。さらに〈三破風館〉では、事件を担当した警部が、指紋が出るかもしれないといってダグラス・メイベリーの小説原稿の一枚を大事にとっておいた。ここに挙げたどの物語でも、ホームズにしろ警官にしろ指紋の形跡を探し求めているのだが、役に立ちそうな指紋は見つからない。

一方、ホームズが指紋のないことに着目する事件は二つある。〈三人の学生〉では、ヒルトン・ソームズの試験用紙の校正刷りに指紋がついていないことを確認した。〈赤い輪団〉では、ウォレン夫人への伝言を書きつけた紙がちぎりとられていたが、ホームズは指紋でもついたからだろうと推測する。〈ノーウッドの建築業者〉では、レストレード警部が壁に、第一容疑者ジョン・ヘクター・マクファーレンの血染めの指紋を見つけ、得意満面でホームズに問いかける。

「同じ指紋の人間が二人といないということはご存じですよね？」

もちろんホームズは知っているが、その指紋がついたのはマクファーレンが拘置されたあとだということも、彼にはわかっている。ホームズだけは前日のうちにその壁を念入りに調べていたからだ。指紋は、ジョナス・オウルデイカーがジョン・ヘクター・マクファーレンを罪に陥れようとして、夜のうちにつけたものだった。オウルデイカーは、遺言状に封をする蝋に指を押しつけるよう仕向けて、マクファーレンの指紋を手に入れていた。ジョナス・オウルデイカーもやはり指紋のことをよく知っていたに違いない。さもなければ、壁につけるのは誰の指紋でもよかっただろうし、わざわざ蝋でマクファーレンの指紋をとったりはしなかったはずだ。

コナン・ドイルが〈ノーウッド〉でこのように親指の指紋を利用する着想を得たのは、『ティットビッツ』誌一九〇三年六月二七日号に掲載された「みずから有罪を証明する犯罪者たち」という記事からではないだろうか。ヨークシャーの事件で、一冊の本を手にとって見たばっかりに、汚れた親指の指紋を残してしまった泥棒の話だ。〈ノーウッド〉が発表されたのは一九〇三年一一月だった（文献47の『シャーロック・ホームズの帰還』）。指紋を偽造するというアイデアが文芸作品で使われたのは、これが初めてのようである。

## まとめ

アーサー・コナン・ドイルは、指紋による身元識別という新興の技術をいち早く作品に取り入れた作家のひとりだ。〈ノーウッド〉は、警察が指紋を利用して初めて成果をあげるより二年も前に発表されている。指紋をもとに殺人犯が有罪となったのは、一九〇五年のストラットン事件が初めてだった(文献134)。だが、指紋の話はコナン・ドイルよりも早くマーク・トウェインの作品に出てくる。トウェインが最初に指紋に言及したのは、自伝的作品『ミシシッピ河上の生活』(一八八三年)の中の、ひとつの章だ。ある男が血染めの指紋をもとに、妻と子を殺した犯人を突き止めるという話が書かれている。また『ノータリン・ウィルソンの悲劇』(一八九四年)という小説でも、さまざまな機関が指紋による身元識別法を取り入れるかなり前に、指紋を大いに活用している。作中、ウィルソンは、ミシシッピ河畔の町ドーソンズ・ランディングで、誰かれかまわず指紋をたびたび採取する趣味のため変人扱いされている。ところが、ウィルソンはその指紋コレクションをもとに、殺人罪の濡れ衣を着せられたイタリア人の無実を証明することができたのだ。その裁判はさらに、奴隷の子チェンバーズが赤ん坊のとき、ゆりかごにいた主人の息子トムと取り替えられたことを証明してみせるという、もっと重大な出来事に発展する。本物のトムは奴隷として育てられ、かすかに色黒なだけで異母兄弟そっくりなチェンバーズが相続人となっていたのだが、ウィルソンの指紋コレクションがすべての誤りを正すことになる。この物語のポイントのひとつは、もとは奴隷の赤ん坊だった主人が黒人奴隷たちを冷遇することにある。

ホームズ物語で指紋による身元識別に言及している七箇所からは、旺盛な読書習慣をもつコナン・ドイルがつねに知識を吸収していたことがうかがえる（注3）。スコットランド・ヤードで指紋による身元識別法が採用された一九〇一年までに、コナン・ドイルはその方法が出てくる物語をすでに三作書いていた。さらに、一九〇三年の〈ノーウッドの建築業者〉では、指紋が作品の重要な要素となっている。ベルティヨン法よりも指紋を優遇している（言及箇所は七対二）ところからして、ドイルは四〇年ほど競い合っていた二つの方法の勝者側についていたわけだ。

## 3　足跡の分析

「足跡ですか？」「足跡です」「男性の？　それとも女性の？」

「いいえ、ホームズさん。巨大な猟犬の足跡だったのです！」

――〈バスカヴィル家の犬〉

### はじめに

一八八七年に発表された最初のホームズ物語、〈緋色の研究〉で、ホームズは早くも足跡を捜査に活用している。彼がランス巡査の行動をあまりにも正確に語るため、当のランスは思わず、「いったい、どこに隠れて見てたんだ」と口走る。一九二六年発表の〈ライオンのたてがみ〉でも、ホームズは相変わらず足跡を活用している。この作品で彼は、浜へ下りる小道にフィッツロイ・マクファースンの足跡しかついていないことを確かめる。つまり、ドイルはほぼ四〇年にわたって、シャーロック・ホームズに足跡を活用した捜査をさせてきたのだ（訳注）。一八九〇年ごろ、足跡は犯罪捜査ツールとしてかなり重視されていて、『タイムズ』紙に、指紋は足跡とほぼ同じくらい役に立つのではないかという手紙が寄せられたほどだった（文献52）。

## 足跡分析の歴史

ダニエル書（旧約聖書中の一書、宗教宗派によっては聖書外典のひとつ）の中では、ペルシャの王が毎夜、偶像神ベル（バール神）に大量の食物を供える。ベルの神官たちが王に、ベルは毎晩訪れて供え物をいただくと説いたのだ。ところが、ある晩ダニエルが床に灰を撒いて、供え物をいただいているのは神官たちだと王に教える。それほど古くから足跡活用の例があるにもかかわらず、足跡による身元識別の〝科学〟は発達しなかった（文献109）。

一九八〇年代に、ノースカロライナ大学グリーンズボロ校のルイーズ・ロビンズ教授が科学的な足跡分析を試み、研究書を著した（文献137）。彼女は足跡の専門家として、少なくとも二〇件の裁判で証言

（注3）これと対照的な見解については、文献120を参照。

（訳注）ドイルがホームズ物語を書いたのはちょうど四〇年間だったが、物語の中のホームズは一八七七年ごろ探偵を開業して一九〇三年には引退している。〈ライオンのたてがみ〉事件があったのは一九〇七年なので、実際にホームズが足跡を推理の手がかりとしたのは、〈緋色〉が最初だと仮定すると約二〇年間である。

に立ってきた。ところが、彼女が身元を識別できたと証言したことが判決の重要なファクターとなったのに、州の犯罪研究所が確証できなかったというケースが、何度かあった。以来、著書にある彼女の方法は、手厳しい批判を浴びてきた（文献109）。あるウェブサイトでは、一九八七年にアメリカ法科学会議が彼女の研究を科学的根拠なしと認めたと報告し、彼女は「恥ずべきにせ者」だと表現している（文献179）。また、ある法学系の教授は彼女の研究を、「ナンセンスのレベルにも達していない」と評している。つまり、足跡には指紋ほどの信頼性がないわけだが、身元識別のテクニックとしては最も古いものだと言えるだろう（文献54）。

足跡証拠の例としては、O・J・シンプソン事件［訳注　アメリカの元人気フットボール選手であるシンプソンが、一九九四年、前妻とその男友だちを殺害した容疑で逮捕された事件］の民事裁判のときのものが、なかなか興味深い。この事件の現場に残った足跡は、サイズ一二のブルーノ・マリ、ロレンツォ・スタイルの靴のものだった。一九九四年の刑事裁判で、シンプソンはそんなレアものの高価な靴など買ったこともないと言った。検察側は彼がブルーノ・マリの持ち主だと実証できなかった。ところが、その後の民事裁判までに、彼が一九九三年九月二六日にその靴を履いている写真が多数見つかり、証拠に採用された。刑事裁判で証拠不十分につき無罪だったシンプソンは、民事裁判で有罪判決を受けたのだった（文献114）。足跡の証拠が決定的要因となって評決に差がついたというわけではないが、ある程度の影響力はあっただろう。

一方、〝ユナボマー〟（本章5節参照）ことテッド・カジンスキーは、足跡が証拠になることを心配していたようだ。二〇〇六年一一月二九日のフォックス・ニュースが報じたところによると、モンタナ州の彼の住まいで見つかった靴の底には、サイズの小さいソールが取り付けてあった。その靴をはいて、当局の追跡をはぐらかそうとしたのだ。長いあいだ足跡はケースバイケースで証拠と認められてきた。シャーロック・ホームズの捜査には足跡がどのように活用されていただろうか。

## ホームズの場合

ホームズは事件の解決に、指紋よりも足跡のほうを利用することが多かった。前述のとおり、ホームズ物語六〇編のうち、当時の新興科学である指紋による身元識別法に言及しているのはたった七箇所だ。それに対して、足跡のほうは六〇のうち二六の事件で取上げられている（文献166）。足跡が彼の主要な捜査ツールだったのは明らかだろう。コナン・ドイルは、足跡が残されるものとして、さまざまな素材を使っている。粘土質の地面（〈緋色の研究〉）、雪（〈緑柱石の宝冠〉）、絨毯（〈入院患者〉）、埃（〈四つの署名〉のトンガの足跡）、泥（〈四つの署名〉のジョナサン・スモールの足跡）、血（〈赤い輪団〉）、カーテン（〈背中の曲がった男〉のマングースの足跡）、煙草の灰（〈金縁の鼻眼鏡〉）などだ（文献171）。ホームズはそのすべてを証拠として使っている。

ホームズが足跡をもとに何かしらの成果を出した事件は、いくつかある。最初の二話、〈緋色の研究〉と〈四つの署名〉で彼は、人がとった行動を正確に突き止めて本人を驚かせている。〈四つの署名〉の場合は、〈緋色の研究〉のジョン・ランス巡査のときのように、ジョナサン・スモールとトンガの行動を正確に特定した。ジョナサン・スモールはホームズに図星を指されて、「まるで見ていなさったように、よくよくご存じじゃないか」と驚いているのだ。このときのホームズはもちろん、二人連れのひとりがアンダマン諸島から来た背の低い人種、もうひとりは片足が義足ということに、助けられてはいる。ホームズが埃の積もった床についたトンガの足跡をランプで照らし出したとき、ワトスンは衝撃を受けて、「こんなおそろしいことをやったのは、なんと、子どもなのか?」と言う。当然ながらホームズは、違うことを思いついていた。

〈四つの署名〉では、二人の足跡にこのような際立った特徴があって、ホームズはついていた。〈緑柱石の宝冠〉でもホームズは幸運に恵まれる。四人の残した足跡があったのだ。サー・ジョージ・バーンウェルの靴跡、ルーシー・パーの靴跡、アーサー・ホールダーの裸足の足跡、そして片足が木の義足のフランシス・プロスパーの足跡。ホームズは「目の前の雪の上に、長い込み入った物語が書き記されていたのです」と、足跡からことのなりゆきを解き明かしていく。彼の観察によると、ルーシー・パーもアーサー・ホールダーも走っていた。メイドのルーシー・パーは、恋人のフランシス・プロスパーと会っているところを見つかって、急いでかけ戻ったのだった。その二人は、盗まれた宝冠に関わっていない。宝冠を盗んだのはサー・ジョージ・バーンウェルで、アーサー・ホールダーが裸足のまま彼を追いかけた。主として足跡をもとにホームズが犯行の場面を再構築してみせたことで、被疑者アーサー・ホールダーの無実が立証される。走っていてついた足跡というのは、〈バスカヴィル家の犬〉の冒頭にも出てくる。バスカヴィル館のイチイ並木に残されたサー・チャールズの足跡は、並木道の途中からつき方が変わっていた。爪先立って歩いていたようだと言われていたが、ホームズはそれを、巨大な猟犬から走って逃げていた形跡だと推理するのだ(注4)。

〈悪魔の足〉でも、ホームズははっきり区別がつく二種類の足跡に出会っている。モーティマー・トリジェニスのありふれた靴の跡と、レオン・スターンデールの履き慣れて底が畝模様になっているテニスシューズだ。足跡を証拠の一部として、ホームズはモーティマー・トリジェニスが妹のブレンダを殺したと推理する。秘密にしていた相愛の女性ブレンダを失ったレオン・スターンデール博士は、復讐のためモーティマー・トリジェニスを死に追いやったのだった。ホームズが犯罪をあばきながら犯人を見逃すケースはいくつかあるが、これもそのひとつで、彼はスターンデールのとった行動を正当と判断している。一方、〈入院患者〉のホームズは、足跡の重なり具合から犯人たちがどういう順番で階段を上っていったかを推理してワトスンを驚かせ、続いて、部屋でブレッシントンを絞首刑にするまでの彼らの行動を、こと細かく説明してみせる。

ホームズが足跡を〝現像〟するケースも、二つある。ひとつは〈悪魔の足〉で、彼はモーティマー・トリジェニスの靴の跡を手に入れるため、じょうろにつまずいてひっくり返した。もうひとつの〈金縁の鼻眼鏡〉では、ダニエル書にある古来の方法を借用して煙草の灰をまき散らし、アンナ・コーラムがそこにいることを証明した。ホームズがあまりにも続けざまに煙草を吸うので、彼の目論見を知

（注４）魔犬から逃げてイチイの小道を走ったサー・チャールズの、心臓発作による死は、ある医学用語を生み出した。極度の精神的ストレスによる心臓発作を、「バスカヴィル効果」とよぶことがあるのだ。コナン・ドイルが最初に心臓発作のことを書いたのは、〈四つの署名〉の中だった。メアリ・モースタンの父であるモースタン大尉の死因が、これだった（文献122）。

らないワトスンは困惑するが、コーラム教授の部屋を出てほどなく戻ってきてみると、その灰にアンナの足跡がついていたというわけだ。こうして、彼女はやむなく潜伏場所から出てくる。また、庭の小道にアンナの足跡がなかったことも、ホームズにとって証拠の一部となった。それにより、彼女は夫の部屋で背の高い本棚の裏に隠れているのではないかという疑いを抱き、証明してみせたのだ。足跡の不在が推理の要因になるケースは、ほかにも〈ブラック・ピーター〉や〈オレンジの種五つ〉、〈ライゲイトの大地主〉、〈海軍条約文書〉、〈三人の学生〉がある（文献166）。

また、ホームズがほぼ全面的に足跡を頼りにして事件を解決するのが、〈ボスコム谷の謎〉だ。ジョン・ターナーが恐喝者のチャールズ・マッカシーを殺した事件だが、マッカーシーの息子ジェイムズに父親殺しの嫌疑がかかった。マッカーシー家のメイドが、ホームズに頼まれるまま、マッカーシー親子の靴を見せてくれる（図3・1）。ホームズは二足の靴の寸法を念入りに測ると、殺人現場のボスコム池へ向かう。現場ではまず、事件関係者以外のたくさんの足跡を除外しなくてはならない。もちろん、レストレード警部の足跡もだ。

ホームズ　「なんだって池の中なんかに入ったんだね？」

レストレード「熊手で池の底を探ってみたんですよ。凶器のような手掛かりでも見つかるんじゃないかと思いましてね。でも、いったいどうしてそんなことが――」

ホームズ　「ふん、そんなことを説明している暇はないよ。内側に傾いたきみの左足の跡が、いたるところにあるじゃないか」

マッカーシー親子の行動だけでなく、ターナーの行動まで、ホームズはたどっていく。ジェイムズ・マッカーシーが三往復した足跡から彼が導いた、一度は急いで走っていたという推理は、叫び声を聞いて父親のもとにかけ戻ったという本人の主張と、ぴったり合致していた。マッカーシー青年は父親を殺していないと確信するホームズは、第三の独特な靴跡から、ジョン・ターナーを真犯人とする証拠を集めようとする。「いったい何だろう？　抜き足差し足だ！　しかも、角ばっているぞ。非常にめずらしい靴だ！　やって来て、去っていき、またやって来ている」ターナーは、現場から逃げるときに落としてしまった外套をとりに引き返したのだった。

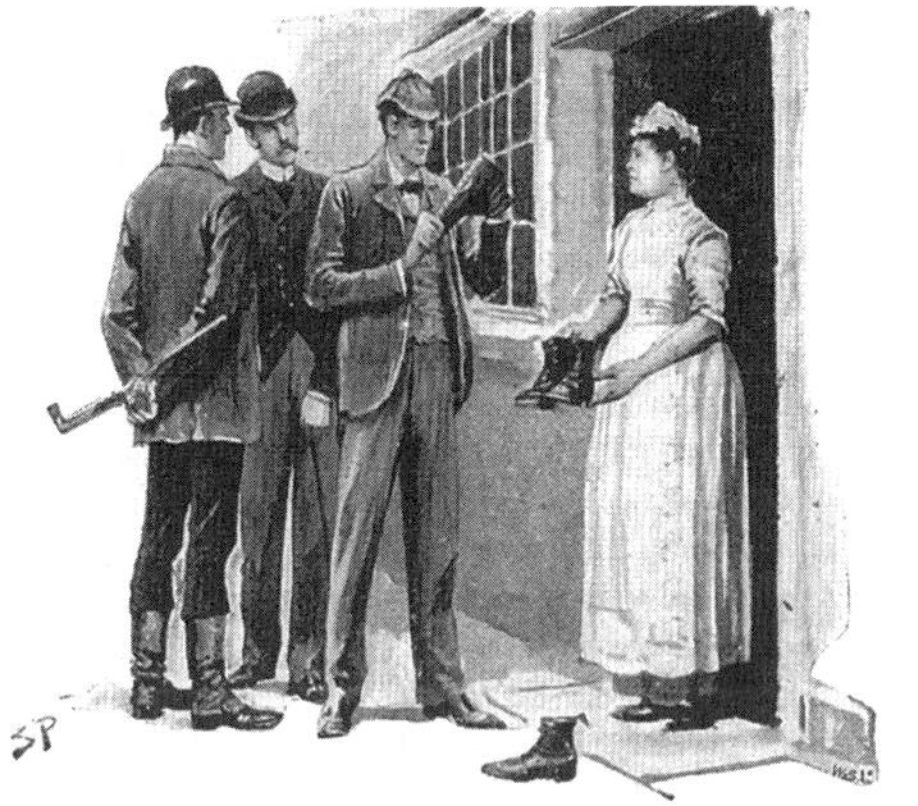

**図 3・1**　ホームズは〈ボスコム谷の謎〉で足跡をみごとに利用した（シドニー・パジェット画）

ホームズの説を軽視して、まだジェイムズ・マッカーシーが父親を殺したと思い込んでいるレストレードは、ホームズが以下のように犯人の特徴を説明しても、なかなか納得しようとしない。第二章でも引用した箇所だ。

「背が高く、左ききで、右脚が悪い。底の分厚い狩猟用の靴を履き、グレイの外套を着て、ホルダーを使ってインド産の葉巻を吸い、ポケットに刃先の鈍ったペンナイフを忍ばせている男だ」

せっかく知恵を授けてもらったのに、レストレードはターナーを捕まえられない。上述のような詳しい手掛かりをレストレードに教えたあとで、ホームズはこの事件でも犯人を見逃すことにする。余命いくばくもないターナーに同情したのだ。

最後にぜひとも取上げておかねばならない足跡は、〈恐喝王ミルヴァートン〉に出てくるものだ。殺人現場となった「ロンドンで最も危険な男」チャールズ・オーガスタス・ミルヴァートンの家の庭で、レストレードが見つけたものである。ホームズとワトスンが家の中でミルヴァートン殺害を目撃していたことなど、警部はまったく知らない。この事件でもまた、ホームズは犯人のレディ・エヴァ・ブラックウェルを見逃してやっている。

## まとめ

現代のような手法がろくにないにもかかわらず、ホームズが事件をみごとに解決してみせたことは、賞賛に値する。とりわけ、二〇年間にわたってずっと足跡を利用してきたところが印象的だ。足跡の分析に長けたホームズは、〈ウィステリア荘〉で、「なるほど。十二号の靴だ」と、ひと目でサイズを見分けている。〈四つの署名〉によると、彼は足跡の調査について論文まで書いている。惜しいことに、たとえば指紋やDNAの分析ほどには、足跡は実用的でない。二〇一一年四月一八日に初回が放映されたテレビドラマ『HAWAII FIVE-0』［訳注　一九六八年から八〇年にかけて放送されたアメリカのテレビドラマ『ハワイ5-0』のリメイク版。元海軍シールズ（特殊部隊）にいたスティーヴ・マクギャレットをリーダーとする、ハワイ州知事直轄の特別捜査班の活躍を描く」で、その点が指摘されたことがある。ハワイの犯罪組織と闘う特別捜査班のリーダー、スティーヴ・マクギャレットが、手間暇かけて容疑者たちの靴を大きなビニール袋に集めて回るのだが、犯罪現場の足跡と一致するものがひとつもないのだ。今どきの大量生産された靴は個別に見分けることが難しい。だがホームズの時代、靴はひとつひとつ手作りされていたため、それぞれに違っていた（文献172）。ホームズが長年にわたって足跡をうまく活用できた裏に、そういう時代背景があったのは確かだと言える。実用性が限られている足跡は、最近の犯罪捜査法についての文献にはほとんど取上げられていない（文献141、109）。

## 4　手書き文書

「ご存じないかもしれませんが、筆跡から年齢を推定することは、専門家のあいだではかなり正確に行われるようになっています」
——シャーロック・ホームズ〈ライゲイトの大地主〉

### はじめに

アレグザンダー・カーギルは一八九〇年に、'Health in Handwriting' と題した論文を発表した〔訳注　エディンバラの筆跡研究家。文献26参照〕。手書き文書の筆跡から年齢や性格、場合によっては性別までがわかると主張するものだ。一八九二年一二月、彼はその論文の載った雑誌をコナン・ドイルに送っている。一八九三年六月にコナン・ドイルの発表した〈ライゲイトの大地主〉は、ホームズが筆跡を活用して捜査する作品だ。後述するが、この事件でのホームズの推理は、カーギルが筆跡から判明すると主張している範囲をも超えている。〈赤い輪団〉の記述からすると、筆跡から性別がわかるというカーギルの主張を、コナン・ドイルは認めているらしい。下宿の部屋にひきこもっているエミリアが大家への伝言メモを活字体で書くのは、筆跡から女だとわからないようにするためだという。もともと部屋を借りた夫のジェンナロと彼女が入れ替わっていることを、隠しておきたかったのだ。ホームズは手書き文書分析の知識を利用して、進行中の事態を推理する。だが、筆跡から年齢が判別できるというカーギルの主張には異論もある(文献133)。

手書き文書が証拠となる実在の事件も多く、コナン・ドイルはそのひとつで大きな役割を果たした(図3・2)。また、前出のドレフュス事件(注5)では、一八九四年に機密を漏らす手紙を書いたのは筆跡からしてドレフュスだという意見を述べたアルフォンス・ベルティヨンが、大きく評判を落とした(文献172)。以下、有名な実在事件をいくつか紹介してから、ホームズと手書き文書について述べることにしよう。

## 実際の事件

### ニューヨークの占星術殺人鬼

一九八九年、ニューヨーク市で、ヘリバート(エディ)・セダという男が警察に対し、自分は新たな〝ゾディアック・キラー〟だという手紙を送った。〝ゾディアック〟(天文学や占星術で使う黄道帯)

とは、一九六八年から一九七四年にかけてサンフランシスコで三七人を殺害したと言われる「ゾディアック事件」で犯行声明を出した人物の自称で、事件は未解決のままになっている。占星術における十二星座ごとにひとり殺すというのが、セダの犯行声明だった。最初の手紙が送られたのは一九八九年一一月一七日で、一九九〇年三月八日に第一の事件が起きた。それからの彼は、二一日またはその倍の周期で人を襲うようになった。そのパターンが明らかになり、一九九〇年七月一二日になると、ニューヨーク市のブルックリン区とクイーンズ区に警官が殺到した。だがセダは警戒したに違いなく、一九九二年八月まで鳴りをひそめた。その後何人かを襲ったあと、ニューヨークのゾディアック・キラーは姿を消した。

図 3・2　手紙の筆跡について話し合うホームズとワトスン（シドニー・パジェット画、〈ボヘミアの醜聞〉より）

　一九九六年六月一八日になって、セダは銃で片親違いの姉妹グラディス・レイズの臀部を撃った。グラディスはアパートの隣人のもとへ逃れ、警察に通報。セダは逮捕されて、

（注5）　この有名な事件については数多くの本が出版されている。

彼が所有する数多くの武器も没収された。セダの筆跡に見覚えがあるとジョゼフ・ハーバート刑事が気づいたのは、この事件で彼が供述書を書いたときだ。「tの字は上のほうが左にカーブしているし、iの点を縦線の右に打つ癖があって、やたらとアンダーラインを引く書き方。すぐにあいつだとわかった」

セダの指紋も、新ゾディアック・キラーからの挑発的な手紙についていた指紋と合致した。筆跡証拠がなかったら、警察も指紋を照合しようとはしなかったところだ。さらに、彼が所有する改造ピストルのひとつが、犠牲者のひとりに使われた凶器だったとわかる。セダは三件の殺人事件で有罪判決を受け、八三年と半年の刑期を言い渡された。その後一九九九年七月に、八件の殺人未遂で一五二・五年の刑期が追加された。手書き文書がなければ、ニューヨークのゾディアック・キラーが捕まることはなかったかもしれない。

## リンドバーグ愛児誘拐事件

一九九〇年代にO・J・シンプソン事件が「世紀の犯罪」とよばれるまで、その呼称は一九三二年三月一日に起きたリンドバーグの愛児誘拐事件のものだった〔訳注　チャールズ・リンドバーグ（一九〇二〜一九七四年）はアメリカの飛行家。一九二七年に単葉単発単座のプロペラ機でニューヨーク＝パリ間を飛び、世界初の大西洋単独無着陸飛行に成功〕。チャールズ・リンドバーグ・ジュニアの行方がわからなくなって、ニュージャージー州で大々的な捜査が展開され、さまざまな証拠からブルーノ・リチャード・ハウプトマンに有罪判決が下った。これには筆跡の専門家の協力もあった。子供部屋の窓の下に見つかった足跡は測定不可能で（子供部屋には泥の跡があった）、指紋も残されていなかったのだ。

ハウプトマンは上訴したが、三種類の証拠を理由に棄却された。まず、身代金の一部一万三七六〇ドルがガレージに隠されていたこと（文献8）――身代金として届けられた五万ドルのシリアルナンバーが控えてあった。次に、屋根裏部屋にあった木材が、二階の子供部屋へかけた手製のはしごの材料と同じものだったこと。そして、さまざまな相手に身代金を要求して一〇通以上送られた手紙の、筆跡の分析結果だ。

筆跡の専門家たちは、手紙はどれも同一人物が書いたものだと確信していた。あとから書いた手紙で前に書いたことに触れているうえ、二通目の手紙は最初の手紙から破り取った紙に書かれていて、破れた縁がぴったり合わさったのだ。どれも似た筆跡で、スペルの間違いも全体に一貫していた。たとえば、money（金）を"mony"、boat（船）を"boad"、anything（何か）を"anyding"と綴っていた。そして決定的だったのは、小文字の「i」と「t」に点や横線をほとんど付けない書き方が、どの手紙にも共通していたことだ。身代金要求の手紙は全部、〝ドイツ系の〟同一人物が書いたものだという点で、専門家の意見が一致した。ハウプトマンの大陪審審理で、筆跡鑑定についてのチャールズ・アペルの陳述には、説得力があった。アペルは、一九三二年一一月二四日に新設されたFBI研究所で初めての専任所員だ（文献54）。彼は、一五〇〇点の筆跡サンプルを調査したところ、ハウプトマンの筆跡サンプルと身代金要求の手紙とに共通する独特の癖はほかに見つからなかったと証言した。アペルの出した結論は、「身代金要求の手紙を書いたのはハウプトマン以外にありえない」というものだ（文献54）。また一九三五年のハウプトマンの裁判では、身代金要求の手紙の筆跡に関するアルバート・

オズボーンの証言が、「弁護側にとって大打撃となった」(文献172)。オズボーンは、筆跡による身元識別法では当時最も重要視されていた参考図書の著者である。

## ハワード・ヒューズ

ハワード・ヒューズの父は、おもにテキサス州の油田用に開発したドリルビット(油田を掘るのに用いられる錐)の特許権で財を築き、ハワードは一九二四年に一八歳でその財産を相続した。ヒューズは一九二七年から映画制作者・監督として、さらに富を増やしていった。航空機産業に大きな関心を寄せ、第一級のパイロットでもあった彼は、一九三二年、ヒューズ航空機会社を設立、飛行機をつくり始める(注6)。一九三九年には、のちにアメリカン・エアラインズと合併するトランス・ワールド・エアラインズを買収。一九四八年には映画会社RKOスタジオの管理権を手に入れる。晩年にはラスヴェガスのカジノ・ビジネスにも乗り出した。一九七六年四月五日に亡くなったとき、ハワード・ヒューズの遺した財産は二〇億から三〇億ドルと見積もられた(文献56)。彼の死亡時に両親はすでに亡くなっており、妻も子も兄弟もいなかった。ほどなくして遺言状が出てきたが、出てきた状況が不審なうえに、うさんくさい条項も付いていた。ネヴァダ州ギャブスのメルヴィン・ダマーというガソリンスタンドのオーナーに財産の一六分の一を遺贈するというもので、約一億五六〇〇万ドルを、生前に縁もゆかりもなかった相手に遺すことになるのだ。当然、本物の遺言状かどうかが調べられ、FBIのジム・ライル捜査官による筆跡鑑定で、偽造だという結論になった(文献54)。ライルが指摘したポイントのひとつは、よどみのない自然な書き方かどうかだった。遺言状にはとぎれとぎれに書かれた箇所が多かった。手本をまねて書かなくてはならないとき、よくそうなるのだという。一九七〇年一月に『ライフ』誌の記事で再現された手書きメモを手本に、ダマーはヒューズの筆跡をまねたのだった。そのメモにアルファベットの大文字が一三含まれていて、ダマーはそれを忠実に再現していたが、そのほかにも大文字を九つ使っていて、ヒューズの筆跡に似ているのはそのうち二文字だけだった（文献68）。

筆跡をまねしきれなかったばかりか、ダマーは指紋でも馬脚を現わして（文献56）、重ねた嘘を見破られてしまう。彼は結局、ハワード・ヒューズの遺言状を偽造したと自白した。一九七〇年代のハワード・ヒューズの手書き文書偽造事件は、これが二番目だ。ダマーの前に、クリフォード・アーヴィングが〝自叙伝〟の契約書を手に入れようとした。こちらは筆跡の専門家たちをだましおおせたものの、声紋鑑定によって偽造罪で有罪となったのだった（文献141）。

## アーサー・コナン・ドイルとジョージ・エダルジ

ホームズ物語の著者としてゆるぎない名声を得たとたん、コナン・ドイルは実在の事件で相談をもちかけられるようになる（文献160）。行方不明の血縁者や恋人を捜すのに力を貸してほしいという相談が多かったが（文献19）、宝石がらみのものも何件かあった（文献19）。一度などは、羊を殺したという疑いをかけられた犬を助けたことまでもある（文献160）。

（注６）　現在はオレゴン州にある〝スプルース・グース〟を思い出されたい［訳注　飛行艇ヒューズＨ４ハーキュリーズのニックネーム。飛行艇としては世界最大と言われる］。

コナン・ドイルが手がけた最も有名な事件には、手書き文書の証拠が関わっていた。そのジョージ・エダルジ事件に関しては、いくつかの伝記に詳しく書かれている（文献108、160、27）。ここでは、手書き文書の証拠を中心にエダルジ事件を概観してみよう。

ジョージ・エダルジの父親はインドのムンバイからイギリスに移住し（文献108）、グレイト・ワーリーにあるセント・マークス教会の教区司祭になった。一八八八年、エダルジ一家のもとに、人種差別に基づくらしい、いやがらせの手紙が届き始める（文献108）。筆跡から、一家の使用人が手紙の書き手として告発された。彼女が書いたことを認めると、いやがらせも止んだ。一八九二年、今度は筆跡の違う手紙が、また舞い込み始める。そして一八九五年一二月になると、ぱったりやんだ。

その後一九〇三年二月から八月にかけて、グレイト・ワーリーのバーミンガムに近いエリアで動物が一六匹、殺されたり脚を切断されたりする事件が起きた（文献108）。そして、その事件は事務弁護士をしていたジョージ・エダルジのしわざだという手紙を、警察が受取る。エダルジ一家は、またもやいやがらせの手紙を送りつけられるようになった。地方当局は、ジョージ・エダルジ自身が彼を犯人と名指しする手紙の書き手だと決めつける。また、自分の家族にいやがらせの手紙を書いたのも彼だという。そういうとんでもない主張をもとに、エダルジは逮捕されたのだった。手紙を書いたということと、一九〇三年八月一七日の夜にポニーを傷つけたという疑いにより、彼は告発され、一九〇三年一〇月二〇日に裁判が始まった（文献27）。ポニーが傷つけられた夜のアリバイがあるにもかかわらず、また、エダルジ家のドアの下から手紙がすべり込んできたときに在宅していたにもかかわらず、ジョージは有罪判決を受けた。「この刑事事件は筆跡鑑定の専門家の証言に基づいていた」という（文献160）。だが、その筆跡学者トマス・ガリンには、一八九六年、無実のアドルフ・ベックに有罪判決を下す手助けをしたという過去があった(文献19)。ジョージ・エダルジは重労働七年の刑を言い渡され、採石場で強制労働についた(文献19)。

動物への襲撃は、エダルジが収監されてからも二五年間やまなかった(文献108)。だが、当局はどこ吹く風だった。噂が広まり、世間の関心も高まって、ついにはエダルジの有罪判決に抗議する一万人の署名を集めた請願書が、内務省に届けられた。法的な上訴手続きなしに、委員会に審議が任された。そこで出た結論によると、エダルジは動物襲撃では無罪だが、手紙は彼が書いたものだという（彼自身を告発する手紙なのに！）。エダルジは赦免されなかったものの、一九〇六年一〇月に釈放された。ところが、有罪判決を受けた重罪犯人のままでは、弁護士の活動ができない。コナン・ドイルは、この時点ではまだ関与していなかったが、明らかに不当と思える事態を知ると、すぐさま動き始めた。エダルジが一九〇六年一一月、コナン・ドイルに助力を求める手紙を出したのだ(文献108)。すべての証拠に目を通したドイルは、エダルジと会うと、事件を記事にまとめ、エダルジの無実を訴える講演などを繰返した(文献36)。彼の尽力が実を結び、国会から内務大臣へ、匿名の手紙の筆跡を調べ直してはどうかと進言された(文献108)。ほどなく、エダルジは事務弁護士の仕事を再開できるようになる。その後エダルジは、一九〇七年九月一八日のコナン・ドイルとジーン・レッキーの結婚式に招待された(文献160)。一九三四年になると、イーノック・ノウルズという「鉄工所の工員」が、手紙を書いたことを自白した。だが動物が殺されたり脚を切断されたりした事件では、誰も逮捕されていない。

## ホームズの場合

六〇編のホームズ物語中、筆跡の登場する場面は多い。手書き文書の様式上の特徴からホームズが文書の書かれた年代や出所を識別することも、何度かある。たとえば〈バスカヴィル家の犬〉で、一族に伝わる伝説を記した書類の年代を、ホームズはひと目で的確に判定する。そして、「s」の字が代わる代わる長くなったり短くなったりしているという手掛かりを、ワトスンに指摘している。〈花婿の正体〉のウィンディバンクは、義理の娘メアリ・サザーランドに自分の筆跡が見破られるおそれがあるので、手紙をすべてタイプライターで打った。〈株式仲買店員〉のベディントン兄弟は、ホール・パイクロフトの筆跡をまねる必要に迫られて、バーミンガムのフランコ・ミッドランド金物株式会社への入社誓約書を彼に書かせたうえで、給料のいい新しい仕事をあてがい、パイクロフトを厄介払いした。第二章一節でとりあげたように、「骨折り損」になったわけである［訳注　この「骨折り損」テーマについては、第一章一節の原注一も参照されたい］。そうしておいて、兄弟の片方がロンドンで彼の筆跡をまね、本人になりすまして入社し、社内で金庫強盗を企てるのだ。また〈恐怖の谷〉でホームズは、「e」の字をギリシャ文字イプシロン（ε）ふうにわざとらしい形で書く癖がある筆跡の手紙を受取る。その特徴的な筆跡に気づき、ホームズはこれがモリアーティ教授の君臨する犯罪組織の内部スパイ、ポーロックからの手紙だと知る。ホームズはダグラス氏に危険が迫るという警告を信用し、その後のダグラスの死の背後にモリアーティがいることを悟る。〈四つの署名〉では、メアリ・モースタンが受取った小包の宛名も手紙も、書いたのは全部同一人物だと検証する。サディアス・ショルトーにも「e」

をギリシャ文字のイプシロンふうに書く癖があり、「s」の巻き方にも特徴があった。

近年ではまるで使われなくなったインクの吸取り紙も、ホームズ物語では二作品に出番がある。〈唇のねじれた男〉でホームズは、封筒に宛て名を書いた人物は宛先の住所を知らなかったと言う。インクが自然に乾いた部分と吸取りを使った部分があるところに目をつけた、巧妙な推理と言えよう。書き手は封筒を書きかけのままにして住所を調べなければならず、住所を書き加えるころには、先に書いた部分のインクが吸取るまでもなく乾いていたというわけだ。つまり、とぎれとぎれに書かれたハワード・ヒューズの遺言状のようなケースを、ホームズは五〇年以上も前に見抜いていたことになる。また〈スリー・クォーターの失踪〉では、電報の頼信に使われた吸取り紙を見つけ、紙を裏返して読んだところ、ラグビー選手ゴドフリー・ストーントンが失踪する直前の新たな情報が得られたのだった。

手書き文書の筆跡分析によって、性別や倫理観までも識別できるかもしれないというカーギルの論説に、コナン・ドイルが影響を受けたらしい事件は三つある。〈海軍条約文書〉に、パーシー・フェルプスからワトスンへの手紙を代筆したのは女性、それも「非常に珍しい性格の女性」だという、ホームズのせりふがある。〈ボール箱〉には、切取られた人間の耳を送りつけてきた小包の宛て名は男の筆跡だという、ホームズの推理がある。

そして、筆跡がきわめて重要な役割を果たすのが、〈ライゲイトの大地主〉だ。死んだウィリアム・カーワンがつかんでいた手紙の隅の切れはしから、ホームズは驚くべき推理を導き出す（図３・３）。カーギルの主張（文献26）をかなり拡大して、手紙は二人の人間が書いたものであり、「力強い」ほうの筆跡が首謀者のものだという。さらに踏み込んで、力強い筆跡は青年のもので、書いた二人には血縁関係があるとまで言うのだ。「e」をギリシャ語ふうに書くなどの共通点をもとに、家系独特の癖と断定する飛躍ぶりだ。〈四つの署名〉や〈恐怖の谷〉で、ギリシャ語ふうの「e」から書き手を識別するだけだったのとは、わけが違う。

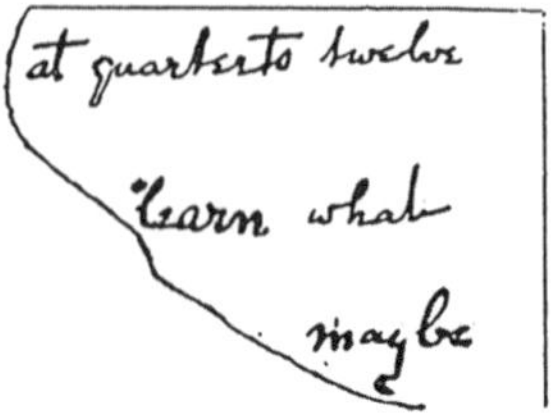


ホームズの出した結論がある程度的を射ているのは、上図をよく見るとわかる。ホームズが指摘するように、"at"や"to"の「t」が力強いのに対して、"quarter"、"twelve"、"what"の「t」は弱々しい。ホームズは、書き手二人のうちの若いほうが力強い筆跡で、首謀者でもあると断言する。単語の間隔を見ると、若者が先に自分の単語を書いて、もうひとりが書き込むための余白を空けておいたらしいからだ。そのために、"quarter"が"at"と"to"のあいだに無理やり押し込まれている。こうして、カニンガム親子に疑いが向けられることになった。元どおりつなぎ合わせた手紙は、やはりホームズの説を裏づけている。

ほかにも二三箇所で、ホームズは手書き文書の筆跡をもとに推理を試みている(文献6)。

最後に、〈ノーウッドの建築業者〉で見せたホームズのみごとな推理について述べておこう。大部分のはなはだしく乱れた筆跡からして、ジョナス・オウルデイカーはロンドンに出てくる列車に揺られながら遺言状の下書きを書いたらしい。きちんとした字もあるが、それは駅

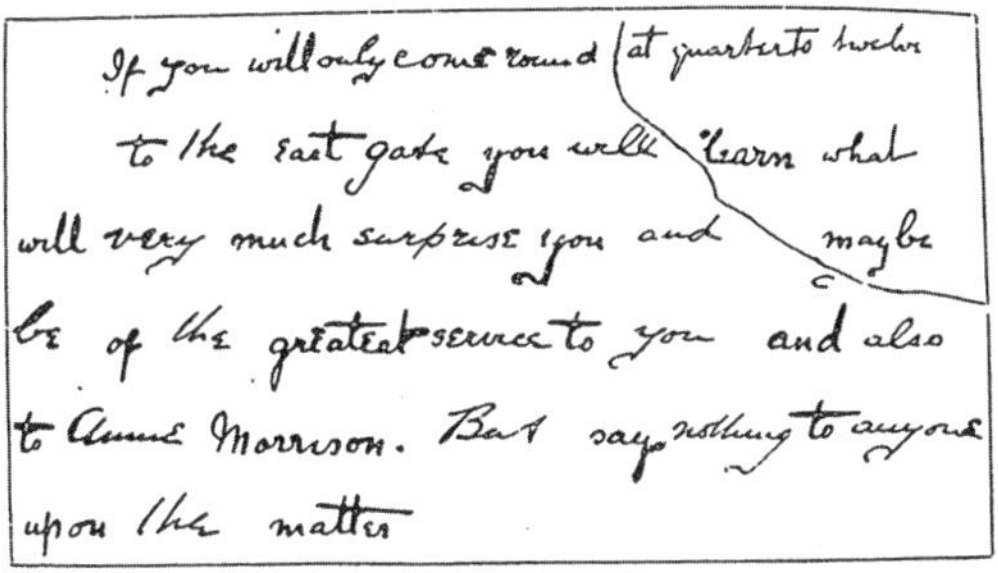
If you will only come round at quarter to twelve
to the east gate you will learn what
will very much surprise you and maybe
be of the greatest service to you and also
to Annie Morrison. But say nothing to anyone
upon the matter

図 3・3 〈ライゲイトの大地主〉に登場する手紙

に止まっているあいだに書いたものだ。ひどくくずれて読めないところは、ポイントを通り過ぎるときに書いたのだろう。重要な遺言状を列車内で書いたりなどしないものだ。……そうホームズは言って、真っ先にジョナス・オウルデイカーを疑うのだ。

## まとめ

手書き文書の分析は、長年にわたって犯罪捜査に重要な役割を果たしてきた。FBIにも一九三二年の創設当初から、文書を扱う部署がある(文献54)。ここではコナン・ドイルの時代からニューヨークの占星術殺人鬼まで、さまざまなケースを見てきたが、現代の企業では雇用の過程で筆跡鑑定を利用している。〝優良な〟人物の雇用につながることを期待して、筆跡鑑定により書いた人物の性格、特性、人柄といったものを判断しようというのだ。とりわけヨーロッパで、なかでもフランスではその傾向が強い(文献128)。

筆跡をもとに書いた人物を推理する先駆者となったのは、一八八〇年代フランスの修道士たちだった(文献47の〈署名〉)。そのうちのひとり、ジャン・ミション修道院長〔訳注　ジャン＝イポリット・ミション(一八〇六〜一八八一)。フランスのカトリック司祭で考古学者。筆跡学(graphology)という言葉を考案し、〝筆跡学の父〟

とよばれる」が一八七一年にパリでフランス筆跡学協会を創設した。筆跡学には二パーセントの確実性しかないにもかかわらず（文献147）、約八〇パーセントの企業が筆跡学者を雇って、求職書類の添え状の筆跡を分析している。手書きの添え状が要求されるのは、まさにそのためだ。フランス政府も、書き手の「ペンを走らせる角度や筆圧から、活力と性的衝動（リビドー）がわかる」と言う筆跡学者への支払いを惜しまなかった。

フランスでは、求職者の筆跡鑑定攻略法が語り草になる。たとえば、なかなか面接にこぎつけられない失業中のエンジニアが、添え状を妻に書いてもらうようにしたところ、たちまち引く手あまたになったとか。また、不採用通知を二五〇回以上も受取った四〇歳のミシェル・マラーは、筆跡学者を雇って筆跡改善に取り組んだという（『ニューヨーク・タイムズ』一九九三年一〇月一九日付）。

アメリカでは、筆跡から資質や人柄を識別できるなどと言おうものなら、科学的な分析として個人の特色を推測できると確証できない以上、うさんくさい目で見られるのがおちだ（文献16）。ある研究者は、「最大限の努力をしたが、筆跡から人物評価ができると証明するには至っていない」と言っている。一八三六年の『南部リテラリー・メッセンジャー』誌、および一八四一年の『グレアムズ』誌（訳注）における一連の記事で、エドガー・アラン・ポーは、筆跡から人柄や性格を識別しようとする人たちをからかった（文献156）。詩人のヘンリー・ワーズワース・ロングフェローら、さまざまな人の筆跡を偽造して、その人物の人柄を「分析」してみせたのだ。最近では二〇〇五年に、イギリスのトニー・ブレア首相の筆跡を鑑定した学者たちが恥をかかされたことがある（文献172）。そのサンプルがマイクロソフト創業者のビル・ゲイツのものだと、知らなかったのだ。

# 5　印刷された文書

「不思議なものでして、タイプライターは筆跡と同じように、ひとつひとつはっきりした癖をもっています。まったくの新品でないかぎり、二台の機械が同じ文字を打つことはありません」
――シャーロック・ホームズ〈花婿の正体〉

## はじめに

シャーロック・ホームズは、個々のタイプライターに特異性があることをいち早く捜査に利用していた。どんな新品のタイプライターにも独自の特徴があるので、科学捜査によって、その文書を作成したタイプライターを突き止めることができるのだ（文献172）。そして、使い古されるほどに、タイプライターを識別しやすくなる。活字が傾いたり、偏ったすり減り方をしたり、欠けたところができたりしがちだからだ。

〈花婿の正体〉でジェイムズ・ウィンディバンクのしたことは、犯罪でこそなかったかもしれないが、間違いなく卑劣きわまりない行為だった。今なお、アルジャー・ヒスやユナボマーの事件（第三章三

（訳注）『南部リテラリー・メッセンジャー』誌は一八三〇年代から六〇年代にかけてヴァージニア州リッチモンドで発行された文芸誌で、当時のアメリカ南部で最も影響力をもっていたと言われる。『グレアムズ』誌は一八四〇年代から五〇年代に発行されたフィラデルフィアに拠点を置く定期刊行物で、文学やアート、ファッションの記事が掲載された。

節）に、ウィンディバンクの所業をあばいたホームズのみごとな推理を彷彿させられる。これから述べるアルジャー・ヒス事件もまた、〝世紀の裁判〟とよばれたものだ（文献70）。二〇世紀に最も世間を騒がせた事件というタイトルは、これで少なくとも三件のあいだで争われることになる――リンドバーグの愛児誘拐事件、アルジャー・ヒスの偽証事件、O・J・シンプソンの殺人事件だ。二一世紀のタイトルは早くも、二〇〇一年に世界貿易センタービルが破壊されて三〇〇〇人近くの人命が奪われた9・11に冠されることになりそうだが。

## 実際の事件

### アルジャー・ヒス

初めてタイプライターが証拠となった有名事件といえば、アルジャー・ヒスの偽証事件（一九五〇年）だろう。事件については大量の文献があるので、ここではごくかいつまんで、タイプライターの扱いという側面に焦点を絞ってみよう。アルジャー・ヒスはハーヴァード大学ロースクール卒業で、指導教官は有名なフェリックス・フランクファーターだった［訳注　ウィーン出身のアメリカの法学者（一八八二～一九六五）。一九三九年から六二年までアメリカ合衆国連邦最高裁判所陪席判事を務めた］。卒業後は最高裁判所裁判官オリヴァー・ウェンデル・ホームズの、秘書の職についた（文献81）。すぐれた経歴の持ち主として、ヒスはほどなく政府の仕事をするようになり、出世の階段を上り始める。農務省を経て司法省へ、そしてまもなく、国務省次官補のオフィスに採用された。給料が二五パーセント減になるのに進んで国務省へ異動したのは、ソヴィエト連邦（当時）が関心をもつ資料に近づくためだったという説もある（文献176）。ヒスは、機密文書を複写して連絡相手のホイッテカー・チェンバーズに渡しはじめた。手書きの文書もタイプされたものもあった。

一九四八年になると、一九二五年から共産党員だったチェンバーズが離党して（文献81）、アメリカ下院非米活動委員会で、アルジャー・ヒスは一九三〇年代に共産党のスパイだったと証言する。旧ソ連への引渡しのためヒスから手渡された文書の複製が、証拠として提出された。手書き文書がヒスの筆跡であることは明らかで、タイプ文書の活字も、ヒス家所有のタイプライターに合致していた。文書の専門家たちは「e」と「g」の特徴に着目し（文献172）、機密文書は彼のタイプライターでタイプされたと証明してみせた。彼から保険会社に、および彼から学校に宛てた連絡文書と照合して、そのタイプライターがヒスのものであることも確かめられた（文献176）。検察側と弁護側双方の専門家が、タイプライターはアルジャー・ヒスに不利な「最もセンセーショナルな」証拠だったと述べている（文献176）（図3・4）。ヒス自身も終始、タイプライターが自分に不利にはたらく最大の証拠だととらえていた（文献81）。

Woodstock 社のタイプライターはヒスの偽証罪裁判で証拠として使われた。これは初め弁護側により呈示された。

**図 3・4**　重要な証拠となったアルジャー・ヒスのタイプライター

一九五〇年、大陪審に嘘の証言をしたとして、二つの訴因でヒスは偽証罪に問われた。だが出訴期限が切れていたせいで、スパイ活動の罪には問われず、四四カ月間服役した(文献70)。釈放後に、彼は弁護士開業免許を取戻した。そして残る人生でずっと、無実を訴え続けた。一九七八年の申し立てで彼の弁護団は、国務省の文書をタイプしたものに合致するタイプライターをFBIがつくったのではないかと提議している(文献176)。FBI犯罪科学研究所について書かれた本には、ヒスのタイプライターとまったく同じものをつくるのは「不可能だと証明された」という記述がある(文献54)。逆に、弁護側ならヒスのものだという見分けがつかないタイプライターをつくることができた、という主張さえある(文献93)。個々のタイプライターに必ずしも特異性があるとは限らないと言いたいのだろう。一九九六年にヒスが亡くなったあと、ヒスは本当に旧ソ連のスパイだったと示唆する情報が新たに浮上した(文献176)。

## ユナボマー

一九四二年に生まれたテッド・カジンスキーのIQは、一六〇以上だった(文献42)。奨学金を支給されて進学したハーヴァード大学を三年で卒業。次に、ミシガン大学で数学の修士号と博士号を取得して、カリフォルニア大学バークレー校の助教授の職についた。とんとん拍子の人生だったが、一九六九年、カジンスキーは唐突に辞職してしまう(文献42)。一九七一年にはモンタナ州の山中に移住。やがて、ひと部屋きりの丸太小屋を建てて、隠遁生活を始めた。郵便小包爆弾を送り始めたとき、電気は引いていないのでタイプライターで、新聞社にメッセージを書き送った。

一九七八年に始まったユナボマー事件では、三人が死亡、二三人が負傷した。当初狙われたのは、大学教授や航空会社だった（犯人の身元がわかっていない時点でFBIが、university, airlines, bombの頭文字から事件にUNABOMというコード名をつけた）（文献54）。一九九五年、ユナボマーが『ニューヨーク・タイムズ』紙に送った〝声明〟が、六月二八日に発表された。それを見たカジンスキーの弟デイヴィッドが、テッドから母親への手紙と似た言い回しがあることに気づき、やがてFBIに通報する。FBIがモンタナ州の小屋でユナボマーを逮捕した際に、タイプライターが三台見つかった。うち一台の活字の特徴が、新聞社へ届いた手紙と一致した。この証拠が、彼の有罪判決につながる最大の決めてだったと思われる。

## ホームズの場合

シャーロック・ホームズが捜査でタイプライターの特異性を利用するのは、〈花婿の正体〉事件のときだけだ。メアリ・サザーランドの不思議な話を聞いて、ホームズは興味をかきたてられる。サザーランド嬢は伯父にかなりの遺産を遺してもらったが、タイピストの収入で充分に生計を立てられるので、遺産の利子は母親と義父のウィンディバンクに使ってもらっていた。ウィンディバンクがメアリを結婚させないようにして、自由に使える娘の金を確保しておきたいと切望するのは、言うまでもない。そこで、義理の娘が社交の場に興味を示し始めると、一計を案じる。

メアリ・サザーランドがガス管工事業界の舞踏会にどうしても出ると言うので、ホズマー・エンジェ

**図 3・5**　メアリ・サザーランドはダンスの相手が義理の父だと気づかなかった——一緒に暮らしているのに！（シドニー・パジェット画、〈花婿の正体〉より）

ルに変装してウィンディバンクも舞踏会に出席した（図3・5）。そこで彼は、自分の義理の娘にエンジェルとして求愛し、筆跡からメアリに義父だとばれてしまうおそれがあるため、ウィンディバンクはタイプした手紙で交際を続ける。さらに彼は、彼女と結婚の約束をしておいて、エンジェルの存在を消してしまう。そして、悲嘆に暮れたメアリ・サザーランドがホームズに相談をもちかけるのだ。彼女から事情を聞き、ホズマー・エンジェルの手紙は署名までタイプしてあることを知ると、ホームズはすぐにウィンディバンクを疑う。ウィンディバンクに来訪を求める手紙を出し、返事を受取ることで、ホームズは証拠を手に入れる。そしてタイプライターの特徴から、真相を明らかにするのだ。ホームズはウィンディバンクにきわめて手厳しい警告を与えるが、残念ながら逮捕できるような法的根拠はないのだった。

## まとめ

コナン・ドイルが一八九一年に〈花婿の正体〉を発表したころ、タイプライターを照合して証拠とすることはまだ実用的になっていなかった（文献172）。ＦＢＩがタイプライターの分析を始めたのは一九三三年だが、それがすぐに、退役軍人病院へ毒入りファッジを郵送した女の逮捕という成果につながった（文献54）。また、ユナボマー事件を思わせるＶＡＮＰＡＣ事件が起きたのは、一九八九～一九九〇年だった（文献54）。犯人が狙った被害者に自家製爆弾を郵送するという事件で、ヴァンス判事（Judge Vance）が爆発物の小包（package）を送りつけられたところから、この事件名がついた。この事件でも、初期段階でＦＢＩの文書分析をする部署が発見したタイプライターの傷が、ウォルター・リロイ・ムーディ逮捕への第一歩となる。また、アルジャー・ヒス事件でもやはり、おもにタイプライターの不整箇所が有罪判決の決め手になった（文献54）。博学なヒスが、個々のタイプライターにはっきりした特徴があるというホームズの名言を知ってさえいれば、彼もスパイ活動にもっと慎重を期しただろう。

タイプライターはコンピューターとレーザープリンターやコピー機にあらかた取って代わられたが、それでも文書にはそれぞれはっきりした特徴がある。レーザープリンターのドラムには不備が起きやすく、文書にプリンターを特定する証拠となるようなしるしがつくことも多いのだ（文献77）。同じことがコピー機にもいえる。「人はコピーした文書は追跡不可能と思っているが、そんなことはない」という、ＦＢＩ捜査官の警告もあるくらいだ（文献54）。

# 6　暗号学

「陸路ならひとつ、海路なら二つ」(訳注)
——ヘンリー・ワーズワース・ロングフェロー
『ポール・リヴィアの疾駆』（一八六一年）

## はじめに

エドガー・アラン・ポーは終世にわたって暗号に興味をもっていた。一八四三年、ポーが一〇〇ドルの賞金を獲得した『黄金虫』では(文献151)、暗号の解読がプロットの中心的要素になっている。コナン・ドイルの〈踊る人形〉も同じ趣向だ。どちらの作家も主人公に、文字の使用頻度の分析によって暗号を解読させている。

ポーは『黄金虫』以前にも、読者への挑戦としていくつか暗号文を発表したことがある。ポーによる最初の暗号学論説が掲載されたのは、『アレグザンダーズ・ウィークリー・メッセンジャー』誌一八三九年一二月号だった(文献156)。次に一八四二年、ポーは『グレアムズ』誌に暗号化した文章を二編発表し、読者にさらなる挑戦を突き付けた。彼は解答を公表せず、暗号文は一五〇年間解読されなかった。一八四二年のポーの暗号文は、なまやさしいものではない。初めの比較的簡単なほうが、やっと一九九二年に解読された。忘れられそうになっていたころ、デューク大学でポーを研究していたテレンス・ウェイレンという大学院生が解読に成功したのだ。その暗号は逆向きに読む方式で、ひとつの文字がただひとつのアルファベットに対応していたのだ。答えは、ジョゼフ・アディソン作の一七一三年の戯曲『ケイトー』からの引用だった。

難解な第二の暗号文の謎が明らかになるには、さらに数年の年月とコンピューターの助けを要した。一九九六年、ウィリアムズ大学のポー研究者、ショーン・ローゼンハイムが、その暗号解読者への賞を設けた。二〇〇〇年に賞金の二五〇〇ドルを勝ち取ったのは、カナダのトロントにいたコンピューター・プログラマー、ギル・ブローザだ（注７）。この手の込んだ暗号文では、たとえば「ｅ」という文字が一四の違った意味をもち、「ｚ」は二つの意味をもつ。ブローザは、三文字の単語は"the"か"and"か"not"のどれかだという仮説からスタートして、"afternoon"に使われている四文字を突き止め、その単語を推測した。この手順で、コンピューターのスピードを借りながら進めていき、とうとう文章全体を解読したのである。

## 実際の事件

暗号はいつの時代も戦争に利用されてきた。コナン・ドイルは、アメリカ軍が戦争に使っていた二種類の暗号を作中で利用している。独立戦争（一七七五～一七八三年）では、イギリスに情報を渡し

（訳注）ロングフェローの長い詩の中の一節。アメリカ独立戦争の勃発時に伝令を務めた独立軍側のヒーロー、ポール・リヴィアの故事を脚色したもの。リヴィアは深夜に馬で疾走して、イギリス軍の進軍を伝えたが、一種のバックアッププランとして、ボストンの高台にある教会の尖塔にランタンを吊させ、独立軍のいる町に警告するよう手配していた。そのときのことが、イギリス軍が陸路で来るならランタンをひとつ、海路で（川を渡って）来るなら二つ、という「リヴィアに向けた合図」として脚色された。

（注７）『ニューヨーカー』誌二〇〇〇年一一月二七日号、三八ページ。

ていたアメリカ軍のベネディクト・アーノルド将軍が、裏切り者として不朽のシンボルになった。アーノルドはフィラデルフィアにいるトーリー（注8）の友人に、暗号化したメッセージを送っていたのだ。使った暗号は、昔からあるシンプルなものだ。送り手と受け手の両方が、ブラックストーンの大著『イギリス法釈義』を手もとに置き、その本の単語を示す一連の数字からなるメッセージを送る。それぞれの単語が、ページ、行、その行の何語目にあるかという三つの数字で表されるのだ（文献22）。たいていの場合、鍵になる本がやりとりする者以外の誰にもわからないので、そういう暗号はなかなか解読されない。

実例として、ベネディクト・アーノルドが一七八〇年七月一二日に送ったメッセージを紹介しよう（図3・6）。

一七八〇年、アーノルドのイギリス人連絡員だったアンドレー少佐が捕らわれ、ベネディクト・アーノルドの正体を暴露する書類が見つかる。逃げおおせたアーノルドは、イギリス軍とともに二年間戦った。その後はロンドンで余生を送り、その地で数年後に没した。

南北戦争の時代には、北部諸州支持者J・O・カービーが電信技手として南部連合にもぐり込み、暗号化したメッセージを密使に託してワシントンに軍事情報を送った。単語を五つ目ごとに読めば意味が通じるという暗号だ（文献22）。これと同じタイプの暗号が、一九四〇年代に子どもたちを中心に人気のあったラジオドラマ『キャプテン・ミッドナイト』の、〝デコーダーリング〟のベースとなって



（注8）　独立派に対して、アメリカ人のイギリス支持者のこと。

*120.9.7, W---- 105.9.5's on the.22.9.14.-- /of 163.8.19 F-- -172.8.7s to 56.9.8 |30.000| 172.8.70 to 11.94. in / 62.8.20. If 179.8.25, 84.8.9'd, 177.9.28. N-- is 111.9.27.'d on / 23.8.10. the 111.9.13, 180.9.19 if his 180.8.21 an.179.8.25., 255.8.17. for / that, 180.9.19, 44.8.9—a—is the 234.8.14 of 189.8.17. I - -/44.8.9, 145.8.17, 294.9.12, in 266.8.17 as well as, 103.8.11, 184.9.15.-- /80.4.20.-- I149.8.7, 10.8.22'd the 57.9.71 at 288.9.9, 198.9.26, as, a / 100.4.18 in 189.8.19—I can 221.8.6 the 173.8.19, 102.8.26, 236.8.21's - -/and 289.8.17 will be in 175.9.7, 87.8.7 - -the 166.8.11, of the.191.9.16 / are.129.19.21 'of - -266.9.14 of the.286.8.20, and 291.8.27 to be an - -163.9.4 / 115.8.16 -'a.114.8.25ing - -263.9.14. are 207.8.17ed, 125.8.15, 103.8.60 - -/from this 294.8.50, 104.9.26—If 84.8.9ed—294.9.12, 129.8.7. only / to 193.8.3 and the 64.9.5, 290.9.20, 245.8.3 be at an, 99.8.14 . / the.204.8.2, 253.8.7s are 159.8.10 the 187.8.11 of a 94.9.9ing / 164.8.24, 279.8.16, but of a.238.8.25, 93.9.28.*

解読した結果は，以下のとおり．

*General W[ashington] - -expects on the arrival of the F[rench] - -Troops to collect / 30,000 Troops to act in conjunction; if not disappointed, N[ew]. York is fixed / on as the first Object, if his numbers are not sufficient for that Object, / Can-a- is the second; of which I can inform you in time, as well as of / every other design. I have accepted the command at W[est]. P[oint]. As a Post in which / I can render the most essential Services, and which will be in my disposal. / The mass of the People are heartily tired of the War, and wish to be on / their former footing—They are promised great events from this / year's exertion—If—disappointed—you have only to persevere / and the contest will soon be at an end. The present Struggles are / like the pangs of a dying man, violent but of a short duration—*

図 3・6　ベネディクト・アーノルドの暗号

いた。番組で設定された〝秘密戦隊〟に入ったメンバーたちがメッセージを受取り、そのデコーダーリングを使って、たとえば一〇語目ごとに読むと、次回の番組のプロットに関するヒントが示される、というたぐいのものだ。

一方、第二次世界大戦中のアメリカ軍は、アメリカ先住民ナヴァホ族の言葉を暗号戦略に利用した。文字が存在せず、ナヴァホ族以外の人には習得がきわめて困難と言われる言葉を、暗号として使ったのだ。そのためにナヴァホ族の若者がおよそ二〇〇人雇われ、コードトーカーとよばれた。訓練中に、三二名によるグループが標準ナヴァホ語にはない軍事用語をつくり出したが、これは通常のナヴァホ語を話す者にも理解できないものだった（文献22）。このナヴァホ語暗号は一九六八年になって機密扱いを解かれた（文献118）。暗号体系には一般用語を指すナヴァホ語の単語が数百あり、それで必要な単語を綴る仕組みだった。たとえば「a」の文字は、英語で「a」で始まる単語を意味するナヴァホ語三つのうちどれかで表される（文献118）。ナヴァホ族のコードトーカーは、特に太平洋戦域で活動した。軍隊の位置や、弾薬、食糧、医薬品の要請など、暗号化するべきだと思われる重要情報については、彼らが無線交信でメッセージを送った。少なくともひとつの軍事行動で、ナヴァホ語暗号のみを使うようにという指令が出されたことが確認されている（文献118）。

暗号が有罪判決をもたらしたケースとして興味深いのは、一九七四年のパティ・ハースト誘拐事件だろう。彼女は、シンビオニーズ解放軍（ＳＬＡ）という左翼過激派組織に誘拐され、その後、ＳＬＡのメンバーによる銀行強盗に加わっているところを写真に撮られた。グループ内では暗号のメッセージが使われていた。ハーストが武装強盗の罪で有罪判決を受けたのは、その暗号の利用を許されていたからだ。それがメンバーに信用されていた証拠であり、したがって彼女は強盗に自分の意思で加わったと考えられた（文献54）。だが、当初三五年だった刑期が減刑され、二二カ月服役したのち、一九七九年二月に釈放された。二〇〇一年には、ビル・クリントン大統領から完全な赦免を与えられている。

## ホームズの場合

コナン・ドイルは、ホームズ物語一九作目の〈グロリア・スコット号〉で初めて暗号を使っている。学生時代に手がけた最初の事件だというから、ホームズが初めて解読した暗号でもある（注９）。カレッジにいた二年間を通じてただひとりの友人だったヴィクター・トレヴァに招待されて、ホームズは学期と学期のあいだの長い休暇をトレヴァの屋敷で過ごす。ヴィクターの父親、トレヴァ老人は、自分についてホームズが推理してみせたことに驚嘆して、こう助言する。

「ホームズさん、どうやって探り出されたのかはわからんが、実在のであろうと小説中のであろうと、探偵という探偵は、あなたの手にかかれば子ども同然ですな。これを一生の仕事になさるといい」

（注９）　シャーロッキアンたちは、ホームズが扱った事件を発生順に並べようとする試み、つまり「年代学」を楽しんできた。コナン・ドイルが時系列について無頓着だったことから、この試みは難しく、それだけに楽しくもある。

まもなく、事態が悪化する。昔の知り合いであるハドスンが現われ、トレヴァ老人を脅して屋敷に何週間も居座るのだ。ヴィクターに追い出されるようにしてハドスンが立ち去ったあと、ほどなくしてトレヴァ老人の友人ベドウズから暗号文の手紙が届く。

The supply of game for London is going steadily up. Head-keeper Hudson, we believe has been now told to receive all orders for fly-paper and for preservation of your hen-pheasant's life.

（ロンドン向けの猟鳥の供給は着実に増加しつつある。猟場管理人頭ハドスンは、わたしの信ずるところ、ハエとり紙とあなたのメスのキジの生命保護に関する注文を受けよという指示を、すでに受けている。）

暗号文の手紙を読んで、トレヴァ老人、別名ジェイムズ・アーミティジは発作に襲われ、息をひきとる（注10）。その暗号文はキャプテン・ミッドナイト流に三語目ごとに読めばいいだけという鍵をつかんだホームズは、すぐに解読してみせる。無意味な文章に、"The game is up. Hudson has told all. Fly for your life."（もうお手あげだ。ハドスンがすべて話した。命が惜しければ逃げろ）という警告が隠されていたのだ。

アーミティジは、ロンドンで勤め先の銀行の金を使い込んで流罪となった。オーストラリアへの囚人輸送船グロリア・スコット号で、彼は暴動に加わって逃亡する。自由を手にしてからは名前をトレヴァに変え、イギリスに戻って裕福に暮らしていた。ハドスンは沈没したグロリア・スコット号でた

534 C2 13 127 36 31 4 17 21 41 Douglas 109 293 5 37 Birlstone 26 Birlstone 9 127 171

図 3・7　ポーロックの暗号

だひとり生き残った船員で、やっと捜し出したトレヴァに対し、ジェイムズ・アーミティジとしての過去があることを口外しない見返りとして金と扶養を搾り取ろうとしたのだった。

一方〈恐怖の谷〉では、ホームズがモリアーティの犯罪組織内部の情報を手に入れる。フレッド・ポーロックの筆跡で書かれた暗号のメッセージを受取るのだ（図3・7）。

ホームズの推理によると、ポーロックはある本の五三四ページ二段（column）目を利用している。ベネディクト・アーノルドとは違って、どの本が利用されているかをホームズは知らない。しかし、彼は本のタイトルをみごとに推理してのけるのだ。ポーロックがホームズも持っていると思うほど、どこにでもある本に違いない。二段組みで少なくとも五三四ページはある大冊のはずだ。数字はそこに載っている単語を指している。その本の五三四ページには“Douglas”と“Birlstone”という固有名詞が出てこないため、そのまま書き記してある。『ホイッテカー年鑑』の古いほうを使って、ほどなくホームズは、ダグラスという人物にモリアーティの魔の手が忍び寄っていることを知る。

（注10）　アーミティジの死もまた、例の「バスカヴィル効果」によるものかもしれない。

There is danger may come very soon one Douglas rich country now at Birlstone House Birlstone confidence is pressing

（いまバールストンのバールストン館にいるダグラスなる田舎富豪に、すぐにも危険がありそうだ。確信、差し迫る）

残念なことに、危険が差し迫っているのはダグラスだけではなかったようだ。それっきり、ポーロックの消息はぷっつり途絶えたのだった。

〈恐怖の谷〉で使われたのは、アーノルド暗号という種類の暗号だ。アブナー・ダブルデイ暗号とよばれることもある。南北戦争で北軍の将軍だったダブルデイは、一説に野球の創始者とされているが、最近のアブナー・ダブルデイ伝（文献7）は野球との関係を否定している。ただ、ベネディクト・アーノルドが使ったのとそっくりな暗号体系を利用していたのは確かだ。

アブナー・ダブルデイは、サムター要塞への砲撃が南北戦争の火蓋を切って落とす直前、まさにその要塞に配置されていた。ニューヨークの銀行家だった弟のユリシーズとやりとりする手紙が、途中で盗み読まれているのではないかという懸念が、二人のあいだにもちあがった。そこで彼は、まったく同じ版の辞書を利用した、メッセージの暗号化を提案する（文献7）。その辞書のページ、段、上から何番目の項目かを表す三つの数字で、ひとつの単語を示すのだ。一八六〇年九月から一八六一年三月まで、ダブルデイ兄弟はその暗号を利用した。使ったのがページ数の多い辞書なので、兄弟は使いたい単語そのものを見つけることができた。〈恐怖の谷〉のポーロックには、年鑑のたった一ページから単語を拾い出すという制限があったため、差し迫った事態だと確信しているという趣旨を伝えるのに、彼は"confidence is pressing"（確信、差し迫る）というおかしな書き方で間に合わせているのだ。

一八七六年の自著『サムター要塞とムールトリー要塞の思い出』に、アブナー・ダブルデイは兄弟の暗号について記している（文献92）。博識なコナン・ドイルのことだ、アーノルド暗号やダブルデイの著書のことを知っていたのではないだろうか？　確かに、ホームズ物語六〇編のうち三編でアメリカ南北戦争に言及はしている。それにしても、複数のページから単語を拾い出せるようにするなど、もっと融通をきかせてもよかったのではなかろうか？

〈赤い輪団〉でコナン・ドイルが採用したのは、ポール・リヴィア（一四一ページ訳注参照）が使ったものと大差なく、シンプルな暗号だ。赤い輪団という秘密結社は、イタリアの政治的テロ組織である（文献20）。赤い輪団の一員だったジェンナロは、自分たちの身に危険が迫るのを悟って、妻エミリアをウォレン夫人の経営する下宿にかくまった。だが、夫人は下宿人が食事のときにでも部屋から一歩も外へ出ないことに怯え、ホームズに相談をもちかける。ジェンナロは『デイリー・ガゼット』紙（注11）の私事広告欄（アゴニー・コラム）（注12）で、エミリアと連絡をとっていた。ホームズはその欄の熱心な読者で、いくつかの事件でそれを利用し、〈独身の貴族〉では犯罪記事と私事広告欄しか読まないとまで言っているほどだ。当然、彼はすぐにジェンナロからエミリアへのメッセージを見つけ

（注11）〈赤い輪団〉は、ホームズ物語の中で新聞広告が登場する一四作品のひとつ。
（注12）現代で言う個人広告欄。

る。メッセージのひとつで、ジェンナロはエミリアに、「一回がA、二回がB、以下同じ」という暗号を教えていた。そして、ウォレン夫人の下宿屋の向かいにある背の高い赤い家の、四階の窓にその夜ともる、ろうそくの光を見るように伝える。下宿屋を訪ねたホームズは暗号のメッセージを傍受し、ろうそくの明かりが一回光るとA、二回はBだというふうに解読する。そして、彼みずからろうそくの暗号メッセージをエミリアに送って、赤い家まで呼び出したのだった。

コナン・ドイルは細かいことに無頓着なことが多かったが、ここにもその一例がある。イタリア語のアルファベットには「k」という文字がない。したがって、作品中では明かり二〇回が「t」だということになっているが、イタリア語なら「u」なので、ジェンナロが送った信号では"attenta"（気をつけろ）の綴りにならず、メッセージは意味をなさなくなってしまう。だが、シャーロッキアンというのは、どんな場合にも必ず巧妙な説明をこじつけるものだ。この場合にも、エミリアとジェンナロは赤い輪団を混乱させるため（しかしシャーロック・ホームズは混乱しないように！）、英語のアルファベットでイタリア語の単語を綴ると申し合わせていた、という説がある（文献90）。

〈踊る人形〉は、コナン・ドイルが全編にわたって暗号を使った作品だが、ポーから強く影響を受けたことがここでもまた明らかになる。現にコナン・ドイルは、「すべての暗号解読譚の起源」はポーの『黄金虫』だと述べているのだ（文献55）。二人の作家はどちらも、文字の使用頻度の分析によって解読される換字式暗号を使っている。両者の暗号を例にとっても、比較するとコナン・ドイルの著作のほうが明快だとわかる。ポーが『黄金虫』で提示する暗号は、読者にはわかりにくい。図3・8のような暗号である。

53‡‡†305))6*;4826)4‡.)4‡);806*;48†8¶60))85;1‡(;:‡*8†83(88)5*†;46(;88*96*?;8)*‡(;485);5*†2:*‡(;4956*2(5*—4)8¶8*;4069285);)6†8)4‡‡;1(‡9;48081;8:8‡1;48†85;4)485†528806*81(‡9;48;(88;4(‡?34;48)4‡;161;:188;‡?;

**図 3・8**　ポーの暗号

解読したメッセージには、サリヴァン島に隠された宝を見つけるにはどこを掘ればいいかという指示があった。ウィリアム・ルグランはその指示に従って、ひと財産になる金や宝石を首尾よく掘り当てる。

『黄金虫』のルグランは、暗号文にいちばんよく出てくる数字の「8」が、英語でいちばんよく使われる文字「e」を表すものと想定した。そして、メッセージ中に“;48”という同じ三文字が七回も使われているところに着目。それが“the”に違いないと考えて順調に解読を進め、宝を発見するのだ(注13)。

ホームズもそっくりなやり方をしている。最初、彼はデータ不足に阻まれる。『黄金虫』の暗号はひとつの文面に一九三個の文字記号が使われていたが、当初ホームズが手に入れたメッセージには、絵文字がたった一五個しかなかった。シカゴのギャング、エイブ・スレイニーから、もと婚約者のエルシー・キュービットへの最初のメッセージで、解読すると“Am here Abe Slaney”(来たぞ、エイブ・スレイニー)となるものだ(図3・9)。

ホームズは統計学的な知識を応用しながら、もっとデータがそろうのを待つ。やっと五つのメッセージで絵文字が合計六二個になったところで、彼は暗号を解読する。ルグラン同様、ホームズも六二個のうちで最も使用頻度の高い絵文

(注13)〈マスグレイヴ家の儀式書〉でもホームズは暗号を解き、宝を発見している(文献71)。

最初のメッセージ

**AM HERE ABE SLANEY**（来たぞ，エイブ・スレイニー）

四番目のメッセージ

**NEVER**（だめ）

五番目のメッセージ

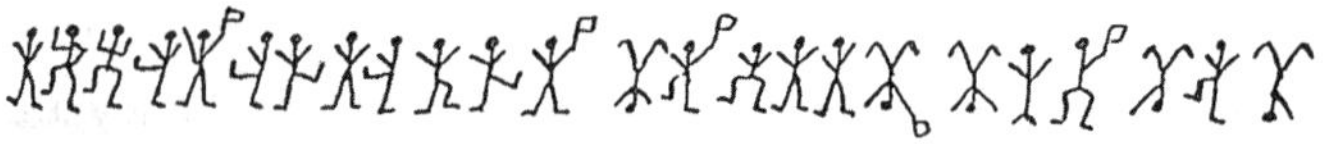

**ELSIE, PREPARE TO MEET THY GOD**
（エルシー，神様に会う覚悟をしろ）

ホームズからのメッセージ

**COME HERE AT ONCE**（すぐに来て）

図 3・9　踊る人形

字を「e」の文字と断定した。計六二個の絵文字のうち、一七文字が「e」だ。さらに、旗を持っている人形は単語の最後の文字だと推理し、続いて、四番目のメッセージが五文字からなる一語だけで、二文字目と四文字目に「e」があることに気づく。

　ホームズは、この語が“sever”か“lever”か“never”のどれかだとすると、“never”がふさわしいと考える（注14）。そこで、エルシーの名前（Elsie）がメッセージに含まれていそうだと思いつく。始めと終わりが「ｅ」で五文字の語が見つかったところで、ホームズにはもう「ｌ」、「ｓ」、「ｉ」がわかった。

まもなくホームズは、全体を解読する（注15）。だが五番目のメッセージは、不吉な内容だった。

"Elsie, prepare to meet thy god."（エルシー、神さまに会う覚悟をしろ。）

ホームズはキュービット邸に駆けつけるが、ヒルトン・キュービットの死を防ぐには間に合わなかった。暗号の解読には成功したが、上首尾だったとは言いがたい事件だ。エイブ・スレイニーがヒルトン・キュービットを殺し、夫の死に絶望したエルシーは、未遂に終わるものの、銃で自殺を図る。エイブ・スレイニーは、いささかあっけなく逮捕されるのだ。ただ、当のスレイニーの暗号を使って、語末のしるしに旗を持つ踊る人形のメッセージでスレイニーをおびき出すという、ホームズらしい趣向の正義は感じられる。

愛するエルシーに呼ばれたと思い、勇んでやって来たスレイニーは、まんまと罠にかかって捕らえられる。

（注14）ここでコナン・ドイルは、二字目と四字目に「ｅ」が入る"seven"や"jewel"などといった見込みのある単語を、ホームズに見逃させてしまっている。

（注15）早くから指摘されていることだが、四番目のメッセージで「ｖ」を示すのに使われたものと、五番目のメッセージで「ｐ」を示しているものは、同じ人形である。印刷所は原画を忠実に再現していることが最近になって判明したため、今ではコナン・ドイルのミスということになっている。もちろんシャーロッキアンに言わせれば、ワトスンが書き間違えたということだが（文献91）。

コナン・ドイルが細部に無頓着だと嘆く人たちには、ホームズが文字の使用頻度は「E、T、A、O、I、N、S、H、R、D、L」の順だと言っているところに注目してもらいたい。実際の使用頻度のトップから一一位まで、ぴったり一致している。しかし、ポーのほうは見当違いをしている。『黄金虫』に挙げられている使用頻度リストは、「E、A、O、I、D、H、N、R、S、T、U」なのだ（文献71）。

## まとめ

足跡もそうだったが、コナン・ドイルはホームズ物語にさまざまな暗号をちりばめている。上述したように、使われている暗号は比較的シンプルなものだ。ただし、ホームズにはもっと複雑な暗号も解読する能力がある。〈踊る人形〉の中で、彼は一六〇もの暗号を分析したちょっとした論文を書いていると言うくらいなのだから。

# 7 犬の利用

「犬が間違うことはない」
——シャーロック・ホームズ〈ショスコム荘〉

## はじめに

ホームズ物語に出てくる最も有名な犬といえば、なんといってもバスカヴィル家の犬（ハウンド）だろう。一七四二年、ヒューゴー・バスカヴィルが、「姿は猟犬（ハウンド）のようだが、大きさはこの世のものとも思えない」巨大な犬に喉を食い破られた。以後一五〇年以上も、そのバスカヴィル家の魔犬に一族は代々祟られているという。その非現実的タイムスパンに、注意深い読者なら、はたして物語に犬は登場するのだろうかと思ってしまう。だが、第二章の終わりで、「巨大な猟犬」の足跡のことを知らされる。ホームズの時代に、サー・チャールズ・バスカヴィルはその犬に追われ、恐怖のために死んだというのだ。ほかにも犬はたびたびホームズ物語に登場し、捜査の一端を担うこともあった——〈四つの署名〉のトービー、〈スリー・クォーターの失踪〉のポンピー、〈這う男〉でプレスベリー教授が飼っていたウルフハウンドの忠犬ロイ、〈サセックスの吸血鬼〉で毒の実験台にされたカルロ、〈緋色の研究〉ではハドスン夫人のテリヤ、〈ショスコム荘〉ではレディ・ビアトリス・フォールダーの愛犬ショスコム・スパニエル、〈名馬シルヴァー・ブレイズ〉に出てくる名前のない犬。〈這う男〉ではホームズが、探偵の仕事で犬をどう使うか、小論文でも書いてやろうと考えている。

## 使役犬

古くは紀元前四〇〇年ごろから、犬は犯罪捜査に利用されてきた（文献58）。一八世紀ごろのベルギーでは警察犬がしばらく活躍したが、一七九三年に利用禁止となる。だが一世紀あまりののち、警察による犬の利用が再開された（文献58）。一九〇三年にドイツで犬が殺人犯を識別したのをはじめ、続く一〇年間で警察犬は数々の好意的な評価を生んだ（文献58）。いちばん有名な警察犬は、一九五〇年代にイギリスで一三〇件あまりの〝逮捕〟を成し遂げた「レックス三世」だろう（文献97）。警察犬として訓練する犬の品種は、当初ジャーマン・シェパードだった。一九三五年創設のカナダ連邦騎馬警察の警察犬部門は、今でもジャーマン・シェパードばかりを使っている（文献21）。カナダ連邦騎馬警察の初代警察犬はデールという名で、任務について間もなく自動車の窃盗犯を追跡して捕まえた。ドイツでは一九一〇年に、ロットワイラーが警察犬の公式品種に指定された。近年ではベルジアン・マリノアがよく選ばれている（文献58）。スコットランドでは一九六〇年以降、警察犬による身元識別が証拠として認められている（文献127）。オランダの最高裁判所も同様の判断をしている。

アメリカでは、州ごとに警察犬利用についての規定がある。たとえばコネティカット州では、一九三七年に（『ポリス・チーフ』誌一九九一年一月号）、ヴァージニア州では一九六一年に（『ポリス・チーフ』誌一九九一年一〇月号）、警察犬部隊の訓練を始めた。近年では、ドラッグの所持を突き止めるのに警察犬の助けを借りるようになった。犬の嗅覚は人間とは比べものにならないくらい高感度だからだ（PBSテレビ『Nature』二〇一一年十月 "Dogs That Changed the World"）。アメリカの税関はビーグル犬の鼻を利用している。オハイオ州の警察は、チワワを使ってマリファナを見つけ出している（文献80）。警察犬の任務が進化していったのは、コネティカット州が代表的な例だろう。当初は犯罪捜査や、混雑する群集の整理などに犬が使われた。その後一九六七年、麻薬捜査にまで犬の任務が広げられる。一九七一年からは、爆発物捜査も犬の専門技能に加えられた。一九七九年には、遺体の捜索を始めた。そして一九八六年には、放火に使われる燃焼促進剤の捜査でも犬が活躍し始め、それまで利用されていた機械的装置を上回る成果をあげてきた（『ポリス・チーフ』誌一九九一年一〇月号）。

ニューヨーク市には、二種類の警察犬がいる。通常、パトロール犬はジャーマン・シェパードやベルジアン・マリノア、捜査犬はラブラドール・レトリーヴァーだ。二〇〇〇年のミシガン州における研究によると、捜査犬の成功率は九三パーセントだった。二人ないし四人の警官チームの成功率が五九パーセントだということを考えると、はるかにすぐれた成績と言えるだろう(文献14)。しかも、犬は人間の五倍から一〇倍ほども足が速い。

戦時にもしばしば使役犬が利用されてきた。第一次世界大戦にドイツは三万匹以上の犬を投入している(文献14)。また、スタビーという犬は第一次世界大戦でアメリカ軍を助けて有名になった。彼は主としてフランスに従軍し、その鋭敏な聴覚と嗅覚でたびたび兵士たちの力になったのだ。二〇〇六年には、カンザスシティにある第一次世界大戦博物館の名誉の歩道［訳注　第一次世界大戦の戦功者や戦没者を称えるレンガ（タイル）を地面に埋込んだ道］に名前が刻まれ、改めてスタビーの名誉が称えられた。第二次世界大戦では、チップスという犬がスタビーに匹敵する活躍をした。やはりヨーロッパへ従軍した彼は、敵方の兵士たちを独力で捕虜にしたという（America Comes Alive! のウェブサイトによる）。第二次世界大戦に米軍が投入した一万匹を超える犬は、ほとんどがドーベルマン・ピンシェルで、太平洋戦域で活躍した。犬を歩哨に立てた野営地は奇襲攻撃を受けなかったという(文献58)。ごく最近では、ケアロという名のベルジアン・マリノアが、テロリストのオサマ・ビン・ラディンを葬ることになったパキスタンへの軍事派遣団に随行している(文献146)。ケアロは二つの任務を負っていた。まず、ビン・ラディン宅周辺に野次馬が近寄らないようにすること。そしてもうひとつは、必要とあれば屋内で見せかけの壁や隠し扉を探り出すことだ。ケアロは、ノースカロライナ州とネヴァダ州で行われたすべての訓練演習に参加した(文献146)。功績をあげたケアロは合衆国大統領にも披露された。現在、約三千匹の軍用犬がアメリカの軍関係組織に所属している(文献14)。

## ホームズの場合

〈四つの署名〉でホームズは、トービーという「スパニエルとラーチャーの雑種」の犬を連れてくるようワトスンに頼む。ひどいにおいがするクレオソートを踏んでしまったトンガの足跡を追うという仕事をもらったトービーだが、ブラッドハウンドのようにはいかないことが間もなく判明する。トービーがホームズとワトスンを導いた先にトンガは見当たらず、材木置き場にクレオソートの入った樽があったのだ(注16)。だからといって、ホームズの犬に対する信頼は揺るがない。〈スリー・クォーターの失踪〉でも、ホームズはまた犬を頼りにしている。今度は、フォックスハウンドとビーグル犬の混じったような猟犬、ポンピーだ(注17)。ポンピーの役目は、失踪したゴドフリー・ストーントンを見つけることだった(図3・10)。ホームズはアームストロング博士の馬車の後輪に、注射器一本分のアニスの香料をふりかけておいた。仕事にかかったポンピーがひたすらアニスのにおいを追って行き着いた小屋に、取り乱したストーントンが、息をひきとったばかりの妻とともに見つかる。アニスの香料のほうがクレオソートよりも臭跡を追いやすいのかもしれない。

〈這う男〉では、ホームズとワトスンが探偵の仕事で犬をどう使うかという議論をしている。ホームズはワトスンに、そのテーマで小論文でも書こうかと考えていると言う。〝這う男〟ことプレスベリー教授の飼っているウルフハウンドの忠犬ロイ（注18）が、何度も教授に噛みつこうとするようになったという相談を受けたホームズは、犬は飼い主に起きた重要な変化を見抜くということを考慮に入れて、結論にたどり着く。教授ははるかに年下の女性に求愛しており、サルの血清を打ってみなぎる力と敏捷性を手に入れたが、それによって人格も（おそらく、においも）変わってしまったのだ。教授は鎖につながれたロイを面白半分にからかい、怒り狂った犬の首輪が抜けて危うく命を落としそうになる。似たような出来事は、〈ぶな屋敷〉でも起きている。飢えたマスティフ犬のカルロが、飼い主のジェフロ・ルーカッスルを襲い、あわや殺してしまいそうになるのだ。

図 3・10　アニスのにおいを追いかけていくポンピー（シドニー・パジェット画）

（注16）ニコラス・メイヤー著『シャーロック・ホームズ氏の素敵な冒険』でモリアーティ教授を追跡したトービーは、もっといい結果を残している。
（注17）トービーはクビになったのだろうか？
（注18）コナン・ドイル自身も、ロイという名の犬を飼っていた。

犬が飼い主の異変を見抜くケースはもうひとつ、最終第六〇話の〈ショスコム荘〉にも見られる。この作品では犬が重要な役回りなので、作品のタイトルは当初、〈黒いスパニエルの冒険〉だった（文献73）。レディ・ビアトリス・フォールダーの愛犬、ショスコム・スパニエルが女主人を恋しがっていることから、彼女はもう生きていないのではないかと考えたホームズは、黒いスパニエル犬の力を借りて、馬車に乗っているショールをまとった人物が別人であることを確かめる。最初は近づいてくる馬車の姿と、おそらくはにおいにも大喜びだったその犬が、すり寄っていってレディ・ビアトリスがいないと気づき、うなり始める。こうして自説を確かめたホームズは、ほどなく事件を解決するのだ。

〈サセックスの吸血鬼〉では逆に、ホームズが犬の異変を見抜く。ここに登場するロバート・ファーガスンの飼い犬も、カルロという名前だ。そのスパニエル犬カルロが、後足をひきずっているのを見て、ホームズはすぐに毒の効き目を試されたのだと推理する。このときの毒については、第五章で論じることにしよう。

〈ライオンのたてがみ〉では、フィッツロイ・マクファースンの飼い犬の死が、ホームズが「ライオンのたてがみ」という言葉の本当の意味に気づく手がかりとなる。そのエアデール・テリアが、飼い主と同じ場所で同じ死に方をしたのはなぜなのか？　そして、今度はイアン・マードックがやはり同じ死を招く海水だまりで危うく同じ運命をたどりそうになり、ホームズは遅ればせながら恐ろしい毒クラゲ、サイアネア・カピラータを思い出す。出だしでもたついたホームズは、あわや事件を解決し損なうところだったが、最終的には責めを負うべき人間はだれもいない真相を解明してみせるのだ。

死んでしまう犬といえば、〈緋色の研究〉にも、ハドスン夫人の飼い犬のテリヤが出てくる。病気のため早く楽にしてやってほしいという夫人の願いに沿うよう、ホームズは犬に丸薬を溶かして飲ませる。犬が死んで、その丸薬が毒だと判明することによって、ジェファースン・ホープがイーノック・ドレッバーを殺害した方法を実証してみせるのだ。ホープはドレッバーに、毒とそうでない二つの丸薬のうちひとつを選ばせ、もうひとつを自分が飲んだ。毒を飲んで死んだのがドレッバーのほうだったことで、ホープは愛するルーシー・フェリアの恨みを晴らすことができたのだった。〈サセックスの吸血鬼〉のカルロも、同じように毒を与えられる。身体に障害のあるジャッキー少年が、健康に恵まれて生まれた母親違いの弟への嫉妬と憎しみに心をむしばまれ、猛毒クラーレで赤ん坊を葬ろうとして、カルロを実験台に毒の効き目を確かめたのだ。だが、カルロは一命をとりとめた。ホームズは真相を明らかにし、ファーガスン夫人が実際には慈愛に満ちた母親であって、赤ん坊に危害を加えたわけではないと実証してみせる。

最後に、〈名馬シルヴァー・ブレイズ〉の犬を見てみよう。ホームズはいち早く、問題の夜に犬が騒がなかったということの重大さに思い至る。事件に困惑するスコットランド・ヤードのグレゴリー警部がホームズに協力を依頼して、次のような有名なやりとりが生まれることとなる。

グレゴリー警部「ほかにも何か、注意すべき点はありますか？」
ホームズ　「あの夜の、犬の奇妙な行動に注意すべきです」
グレゴリー警部「あの夜、犬は何もしませんでしたが」
ホームズ　「それが奇妙なことなんですよ」

のちにホームズが明らかにするところによると、シルヴァー・ブレイズは騒ぎ立てもせず荒野へ連れ出されたのだが、それは連れ出したのが当の馬の調教師ジョン・ストレイカーだったからだ。誰もいない荒野で、ストレイカーは馬の腱を切ろうとする。そのとき、シルヴァー・ブレイズの蹴り上げた後ろ脚の蹄鉄にひたいを直撃され、その場で息絶えてしまった。手塩にかけた馬を、調教師がなぜ傷つけようとしたのか？　ストレイカーは対抗馬に大金を賭けていた。ぜいたく好みの愛人がいて、金が必要だったからだ。

## まとめ

コナン・ドイルは趣向を変えてさまざまな犬を登場させ、読者を飽きさせない。最初のころ、〈四つの署名〉の犬は目標人物の追跡に失敗するが、〈スリー・クォーターの失踪〉の犬は首尾よく見つけ出す。〈這う男〉では、犬が飼い主の大きな変化を見抜く。〈ショスコム〉では、犬が飼い主の不在を示した。〈這う男〉と〈ぶな屋敷〉の二匹は飼い主に襲いかかるが、その理由はそれぞれ違う。また別の二匹、〈サセックスの吸血鬼〉と〈緋色の研究〉で毒を与えられる犬たちは、いずれもホームズが事件を解明する助けとなってくれる。最も興味深い犬はおそらく、〈名馬シルヴァー・ブレイズ〉の名もない猟犬だろう。彼が夜間に何もしなかったことから、全正典中で最も有名なせりふが生まれたのだから。終始一貫して犬の信者であるホームズは、最後の作品〈ショスコム荘〉で、犬が間違うことはないと断言している。ずっと昔、〈四つの署名〉でトービーが失敗したことは忘れてしまったらしい。

注目に値するのは、ここでもまたホームズが、犯罪捜査技術の先駆者であることだ。上述のとおり、警察犬が導入されるようになったのはほとんどが二〇世紀、つまり比較的最近であり、ホームズがトービーを利用してからずいぶん時間がたっているのだ。

## 8 結　論

科学捜査に関して、コナン・ドイルは革新的な考え方をしていた。以下に引用する、コナン・ドイルの没後一九カ月、一九三二年二月二七日付『イラストレイテッド・ロンドン・ニューズ』誌の掲載記事を見ると、彼の同時代人もそう思っていたのは明らかだろう。

コナン・ドイルが考案したさまざまな方法は、現在、科学研究室で利用されている。シャーロック・ホームズは煙草の灰の研究を趣味にしていた。それは従来なかった発想で、今ではどんな研究室にもさまざまな灰の外見と組成の目録が完全にそろえてある。

また、各地の泥や土も、ホームズが説明していたやり方をほぼ踏襲して分類されている。毒、筆跡、しみ、ほこり、足跡、車輪の跡、傷の形状と位置、暗号体系――コナン・ドイルの豊かな想像力のうちに芽生えたすばらしい方法が、今ではどんな科学捜査技術にも取入れられているのだ。

コナン・ドイルの息子のエイドリアンによれば、父親は足跡を保存する焼き石膏使用法を誰よりも早く思いついていたという。これはもちろん、〈四つの署名〉に出てくるホームズの言葉に基づく主張だ。

「こっちは、足跡の調査についての論文でね、足跡を保存する焼き石膏使用法にも触れている」

また、フランスの警察が一九〇六年の'L'Oeuvre de Conan Doyle et la police scientifique au vingtième siècle'〔訳注　リヨンおよびパリで発行されたジャン・アンリ・ベルシェ博士の論文。コナン・ドイルの作品と二〇世紀における警察の科学捜査を論じた〕を読んでホームズの方法を研究した（文献62）、あるいは、エジプトの警察がホームズの方法を研究した（文献19、52）という主張には、真実味がありそうだ。

# 第4章　化学とホームズ

## 1　はじめに——深遠、それとも風変わり？

「化学者としても一流なんですが……」
——スタンフォード青年〈緋色の研究〉

前の章では、科学志向の探偵としてのシャーロック・ホームズについて議論した。彼は科学志向なだけでなく、科学一般についての知識が豊富だった。実際、正典のすべての話で、少なくとも一箇所は科学についての言及がある。これまで、ホームズがいかにして科学を探偵の仕事に応用したかを探ってきたが、ここでは彼が科学のどんな分野に興味をもち、愛情を感じていたかについて、見ていくことにしよう。正典六〇編には、ホームズがワトスンに語るかたちで書かれているものが二編ある。そのひとつ、〈グロリア・スコット号〉で、ホームズは「これは、長い夏休みの最初のひと月のことだった。その後ぼくはロンドンの下宿に帰り、七週間というもの、有機化学の実験に没頭した」と言っている(注1)。また、ワトスンは〈三人の学生〉で、スクラップブックや化学薬品がないとホームズは「ゆっ

（注1）　このくだりのせいで私は、自分の学生たちがクリスマス休暇に成果を残したかどうかということを、つい考えてしまう。そんなことが長年続いたものだ。

**図 4・1**　ホームズは、捜査の途中で自分の趣味の化学実験に時間を割くことがときどきあった（シドニー・パジェット画、〈海軍条約文書〉より）

たりくつろげない」と書いている。こうした点は、ホームズが科学を熱愛し、中でも最も愛するものが化学であるということを、はっきりと示している（図４・１）。

正典に注釈をつける研究者たちのあいだで、ホームズの化学に関する能力についての見解は分かれている。多くは化学者としての資質を称えているが（文献34、60、61、74、107）、逆の評価をする者の中で注目されるのが、アイザック・アシモフだ。彼の異論については、本章の第四節で議論することにしよう。実は当のワトスンでさえ、ホームズが化学者として優れているという考えには異議を唱えているのだ。〈緋色の研究〉の冒頭で、ワトスンがまだホームズに出会っていないとき、彼はスタンフォード青年から、ホームズは「化学者として一流」だと聞く。その直後にスタンフォードは、ホームズとワトスンを引き合わせるという歴史的に重要な役割をこなすわけだが、ワトスンはすぐに、この同居人は豊富な知識と無知が不思議に混ざり合った人物だと知ることになる。〈緋色の研究〉の中で、ホームズがコペルニクスの地動説も太陽系の構造も知らないとわかり、ワトスンはびっくりする。

ホームズ「地球は太陽のまわりを回っているというが、たとえ月のまわりを回っていようが、ぼくの生活や仕事にはこれっぽっちも影響がないだろう」
ワトスン「でも、太陽系の知識くらいは……」
ホームズ「そんなものが、ぼくの役に立つかね？」

ホームズは、頭脳の容量には限りがあると信じている。したがって、太陽系の構造のような無駄な知識は忘れるべきであって、そうしないと肝心の必要な知識がはみだしてしまうというのだ。だが、ほかの小説中の探偵は、この点について必ずしも同意していないようだ（注２）。しかもホームズ自身、四七作目の〈恐怖の谷〉のころには考えを変えていたと思える。この作品の中で、彼はモリアーティ教授の話をしている最中に、教授が所有するグルーズの絵のことをもちだす。話がわきにそれたと思って抗議するマクドナルドに、ホームズはこう言うのだ。

「どんな知識であれ、探偵にとってはいずれ役に立つときがくるものさ」

（注２）　レックス・スタウトが創造した、マイクロフト・ホームズをモデルにしたと思われる探偵、ネロ・ウルフは、反対の主張をしている。『殺人犯は我が子なり』の中で彼は、「頭脳は詰め込めば詰め込むほど、容量が増すのだ」と言っている。

とはいえ、初期のホームズは、大きな頭の持ち主は通常よりも大きな脳を持ち、詰め込める知識の量も多いと信じていた。その考えは九作目の〈青いガーネット〉で、ヘンリー・ベイカーの頭に関する話題で披露している（第二章一節参照）。また七作目の〈オレンジの種五つ〉でも、彼の言う「頭脳という屋根裏部屋」に入る量は限られているという意味のことを述べている。コナン・ドイルは、一八世紀末にフランツ・ヨーゼフ・ガルが提唱した骨相学の考えをホームズに受け入れさせたのだろう（文献155）。今では否定されているその理論のひとつは、大きい脳ほど多くの情報を蓄えられるというものだった。つまり、より知的な人ほど大きな脳をもっているというわけだ。だが、知能の高い有名人、たとえばアルベルト・アインシュタインのような人の脳の大きさを測った結果、特別に大きいということもなかったため、骨相学は信頼性を失っていった。骨相学はまた、頭蓋骨の大きさや形状から、個人の気質が導き出せるとも主張していた。ガルの理論のこうした側面が人種的優位性を暗示するようになると、骨相学は「酷評される」ようになったのだった（文献155）。

初期ホームズの言う〝屋根裏部屋〟理論に驚いたワトスンは、彼の能力に関する一覧表をつくろうと決心する。出来上がったのは、実に非凡なものであった。

シャーロック・ホームズの知識と能力

一、文学の知識――ゼロ。

二、哲学の知識――ゼロ。

三、天文学の知識――ゼロ。

四、政治学の知識――きわめて薄弱。
五、植物学の知識――ばらつきあり。ベラドンナ、アヘン、その他有毒植物一般にはくわしいが、園芸についてはまったく無知。
六、地質学の知識――限られてはいるが、非常に実用的。一見しただけでただちに各種の土壌を識別できる。たとえば、散歩のあとズボンについた泥はねを見て、その色と粘度から、ロンドンのどの地区の土かを指摘したことがある。
七、化学の知識――深遠。
八、解剖学の知識――正確だが体系的ではない。
九、煽情文学の知識――幅広い。今世紀に起きたすべての凶悪犯罪事件に精通しているらしい。
一〇、ヴァイオリンの演奏に長けている。
一一、棒術、ボクシング、剣術の達人。
一二、イギリスの法律に関する実用的な知識が豊富。

どうやらホームズは、自分の職業に役に立つことにしか興味がないらしい。

「ぼくはね、独自の仕事をしているんだ。おそらく、世界中でもぼくひとりしかいない。つまり、諮問探偵というやつなんだが、わかるかな」

この観点から見れば、ワトスンのリストは意味を成してくる。つまり、なぜホームズは有毒植物に詳しい一方で園芸について無知なのかがわかるし、煽情文学に興味をもっている理由もわかる。説明がつかないのは、探偵の仕事や犯罪に関係のない化学実験に対して、意欲があるどころか、熱意をもっている理由だ。ワトスンはすでに、ホームズと化学に関するスタンフォードの評価を確認していた。ホームズは科学全般について知識をもっているが、彼にとって一番の分野は、明らかに化学なのだ。彼にとって、手がけている犯罪事件よりも魅力を感じるものは、化学しかないと言える。たとえば〈踊る人形〉で、ホームズは事件捜査の途中でロンドン行きの列車に乗って帰りたいと言うが、それは「おもしろい化学分析がやりかけのまま」だからだった。というわけで、まずはホームズ物語の中の化学を見ていくことにしよう。そして最後の章（第五章）で、ホームズとその他の科学の関係を見ることにする。

付き合いが長くなっていくうちにワトスンは、初期につくったリストの中身よりもホームズは多才であるということを発見する。その後、リストが更新されることはなかったが、のちの事件記録の中でワトスンが見方を変えたことはわかる。まず変わったのは、化学者としてのホームズの評価だ。〈緋色の研究〉のリストによれば、ホームズの化学の知識に関する知識の評価は、「深遠（プロファウンド）」だった。ところが〈オレンジの種五つ〉の中でワトスンは、「風変わり（エキセントリック）」だったと思い返しているのだ。多くの読者は、ワトスンがこんなふうに過去の事実を間違って思い出しているのは、彼のホームズに対する評価が変わったことを意味すると思うことだろう。〈緋色の研究〉でリストをつくってから四年後に書かれた第七作、〈オレンジの種五つ〉のころになると、ワトスンはホームズの化学に関する能力について、評価を下げているのだ。この章では、ホームズの化学に関する知識は深遠なのか風変わりなのかについて、私なりの見解を明らかにしよう。

その前にここで、ワトスン博士による事件記録六〇編の年代学的な問題について、触れておいたほうがいいと思う。たとえば、一九番目の〈グロリア・スコット号〉は、一八九三年四月に発表された。この中で語られているのは、ホームズが大学生のころの出来事だ。つまり、彼の人生にとって、ほかのどの話よりも早い時期のものだ。正典のそれぞれの事件がいつ起きたものか、その日付を確定しようという文献はこれまでに数多く出されており、年代研究書の数は一五冊を下らない（文献41）。有名なシャーロッキアン年代研究家であるジェイ・フィンリー・クライストは、〈グロリア・スコット号〉が一八七六年九月下旬に起きた事件だと主張している。同じく彼によれば、〈オレンジの種五つ〉の事件発生日は一八八九年九月二四日火曜日だ。彼が正典に書かれている一八八七年でなく一八八九年を選んだのは、その日は激しい雨が降っていたとワトスンが書いているからだった。クライストは気象庁の記録を細かに調べ、九月のそのころ激しい雨が降ったのは一八八九年だけだということを発見したのだ。こうした細かなことに興味をもつ方は（注3）、クライストの著書をまず手始めに読むといいだろう（文献29）。

（注3）　コナン・ドイルはそうでなかった。

## 2　コールタール誘導体と染料

「……とある研究所で数カ月、コールタールの誘導体の研究をした」
――シャーロック・ホームズ〈空き家の冒険〉

ホームズが活躍した時代より前から、ロンドンの通りはガス灯で照らされていた。このガスは、石炭を乾留することでつくられ、毎年何百万トンという石炭が、ガスづくりのために消費されていたという。密閉した容器の中に石炭を置き、酸素を遮断した状態で加熱するのだが、この過程で得られる副生成物は、当初、役に立たないものと思われていた。その副生成物のひとつが、コールタールとよばれる油性のタールだ。利用価値がないとみなされたコールタールは、誰でも無料で手に入れられる状況にあった（文献57）。しかし、やがて化学者たちは、このコールタールから実用性のある化学物質が抽出できることを発見する。大きな転機がやってきたのは、一八五六年、イギリスの化学者ウィリアム・ヘンリー・パーキンが、コールタールから美しい紫色の染料を合成したときだ。その発見後、大規模な合成染料産業が発展することになったのだった。

〈最後の事件〉に続く〝大空白時代〟の最後、フランスに戻ったホームズは、南フランスのモンペリエでコールタールの誘導体に関する研究を行った。コールタール誘導体のどんな面が彼の研究の目的だったのかは、ワトスンも読者も知らされていない。R・A・モスは、論文「コールタール誘導体の研究」の中で、ホームズはコールタールから発がん物質を単離しようとしたのだと主張している（文献110）。他方、J・D・クラークは、ホームズが放射線技術を研究していたのだと言っている（文献30）。キャプランとインマン、それにミッチェルの見解は異なっている。彼らは、合成染料がホームズの研究主題だったと言っているのだ（文献24、79、107）。スティンソンも染料だという意見であり（文献161）、私も同じように考えている。

ホームズの失踪していた〝大空白時代〟、イギリスは人工染料産業における世界的競争に負けつつあった。キャプランは、愛国心をもつホームズは、イギリスの染料産業を蘇らせようとして研究したのだと考えたのだ。パーキンが発見した紫の人工染料は、のちに〝モーヴ〟とよばれるようになり、彼は「世界初のハイテクベース産業」（文献167）をスタートさせた。よく知られている話だが、パーキンはキニーネを合成する方法を見つけようとして失敗し、キニーネの代わりに残った「赤みがかった黒い粉」をさらに調べていて、偶然その染料を発見した（文献57）。その黒い粉から美しい紫色の染料を抽出した彼は、人生の方向転換をする。まだ一八歳の学生だったのだが、父親から資金援助を得て人工染料の会社を興し、大成功したのだ。彼は当初、地中海の貝（特にアクキガイ）からつくられる高価な天然染料にちなんで、その人工染料を「ティリアン・パープル（貝紫）」とよんでいた（文献57）。天然のティリアン・パープルは、一グラムをつくるのに八〇〇〇個の貝が必要なので、とんでもなく高価な染料だ。そうした貴重さから、高貴な身分であることを示す単語「ポルフュロゲネトス」（直訳すると「紫に生まれる」）が生まれた（訳注）。かのジュリアス・シーザーは、帝王とその家族だけが紫の

（訳注）紫は高貴な色とされ、ビザンチン帝国（東ローマ帝国）では帝王の産室が紫色の斑岩（ポルフュリ）で装飾されていた。「ポルフュロゲネトス」は、ビザンチン帝王がその子に与える尊称で、特にコンスタンティヌス七世がこの名でよばれていたことから、王侯貴族の家に生まれる、特権階級にいる、という意味で使われるようになった。英語では「紫に生まれる（born in purple）」という。

服を着ることができると布告している（文献57）。「世界の権力者はみな、この貴重な品を熱望した」からだ（文献18）。

パーキンの発見以前、衣服を青色や紫色に染めるには、植物（インディゴ、つまり藍など）か動物（貝類など）から抽出した天然染料を使うしかなかった。一八五六年の時点で、イギリスは染料の輸入に二〇〇万ポンド以上もの金を費やしていた（文献142）。モーヴのような合成染料ははるかに安かったため、その登場により、天然染料はしだいに締め出されるようになった。天然のティリアン・パープルの分子はジブロモインジゴ $C_{16}H_8Br_2N_2O_2$（図4・2）だが、二つの臭素原子を水素原子に置き換えると、インディゴの分子 $C_{16}H_{10}N_2O_2$ になる。インディゴは光の吸収波長域がシフトしているので、青色染料だ。天然のインディゴは、植物から抽出される。これらは、動物であるシリアツブリガイ（アクキガイの一種）と植物であるコマツナギ属（インディゴフェラ）が本質的に同じ分子をつくり出すほんのひと握りの例のひとつである（文献72）。大英帝国は毎年一〇〇万ポンド以上のインディゴを輸入していたので、化学者はインディゴを研究室で合成するのは〝聖杯さがし〟のようなものだと考えていた（文献57）。したがって、化学者たちがコールタールを熱心に研究したのも、不思議ではない。製品化できれば大きな利益が保証されていたのだから。染料を人工的に合成する方法のひとつが商業化されたのは、一八九七年だった。その年、二〇〇万エーカー近くの土地がインドでインディゴ植物を育てるために使われていたが（文献138）、二〇年もしないうちにインディゴ植物はほとんど重要視されなくなってしまった（文献57）。まったく同じ分子をつくり出す

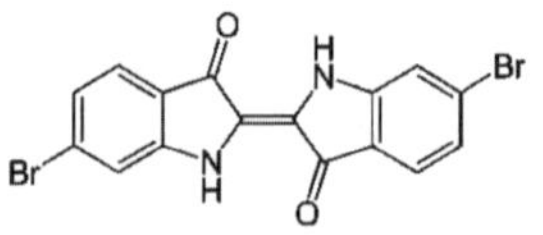

**図 4・2　6,6′-ジブロモインジゴ**

安価な合成染料と、競争できなかったからだ。アメリカでインディゴ植物の収穫が始まったのは、一七四七年、おもにサウスカロライナ州においてだった。独立戦争が始まるまでに、サウスカロライナは毎年一〇〇万ポンド相当のインディゴ植物をヨーロッパに輸出していた（文献105）。だがアメリカからのインディゴ植物は、戦争が終わるまで無視され、戦後はインドのインディゴと張り合うこともできず、しだいに勢いを失っていった。南北戦争のあとには、完全に消え去ってしまったという（注４）。今日でも人工インディゴ製造はビッグビジネスであり、二〇〇二年には世界中で三四〇〇万ポンド以上が製造された。

フランス皇帝ナポレオン三世の皇后、ウジェニー・ド・モンティジョは、ファッションの流行をつくり出す人物だったが、彼女は一八五七年にパーキンの紫を使った服を着はじめた。翌一八五八年には、ヴィクトリア女王が娘の結婚式で紫色の服を着た。そのため、パーキンの紫はフランス語でモーヴ（図４・３）とよばれ、爆発的人気を得るようになる。

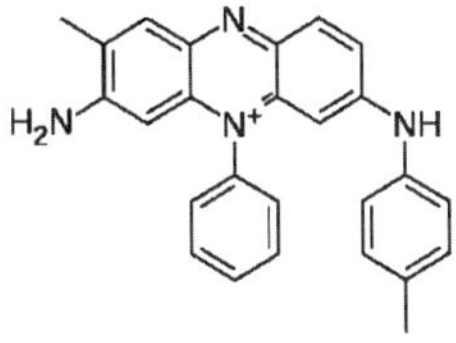

図 4・3　モーヴの色素分子

パーキンはすぐに金持ちとなり、三六歳で業界から引退した。そして人々は、「化学を学ぶことで裕福になれるということを初めて知った」のであった（文献57）。だが、ほどなくほかの国でも独自に染料産業が興っていく。イギリスの科学的支配層は、自分たちの技術を商業化することに嫌悪感をもつ傾向があったが（*U.S. News & World Report*, April 30, 2001）、ドイツ人たちはそういうこともな

（注４）　www.sciway3.net/proctor/state/sc_rice.html を参照。

く、合成染料から得られる利益を貪欲に追求した。その結果、まもなくドイツの染料産業はイギリスのそれを凌ぐことになる。両国における特許法の性質がドイツにとって有利に働いたせいもあり（文献142）、イギリスで売られる染料の八〇パーセントが、ドイツ製のものとなった（文献57）。イギリスの著名な化学者で教育家でもあるヘンリー・エンフィールド・ロスコーは、一八八一年にこう嘆いている（文献142）。

コールタール染料の原料はわが国で生産されているにもかかわらず、製品としての価値ある染料はそのほとんどがドイツの工場でつくられているということは、ある種屈辱的で、不名誉なことである。

一方、ドイツ側の立場は違っていた。とにかく市場獲得に熱心だったのだ。そのことは、一八八五年にテオドール・ヴァイルが出版した、コールタールの染料に関する本の序文を読めばわかるだろう（文献24）。

理論と実践の協調により、ドイツのコールタール産業は世界を席巻することができた。今後も新たな技術や改良された手法が考案され続けるかぎり、その卓越した地位を維持することができるであろう。

コナン・ドイルは、イギリスの染料産業が衰退していることをおそらく知っていたはずだ。ホームズにフランスでコールタール誘導体の研究をさせたとき、彼の頭の中には、ドイツがコールタール染料業界において支配的立場にあるという事実があったことだろう。常に実際的な人間であるホームズは、このドイツの勢いを止めようとして、染料の研究をしたのではないだろうか。

## 3 有毒化学物質

「毒物もいろいろいじるもんですから」
——シャーロック・ホームズ〈緋色の研究〉

### ガス——一酸化炭素と二酸化炭素

今日、一酸化炭素が殺人の手段として考えられることは一般的にはあまりない。ただし、自殺の手段としてはまだ使われている。締め切ったガレージの中で車のエンジンをかけっぱなしにすれば、五分か一〇分もすれば自殺ができるだろう（文献17）。だが二〇世紀初頭には、一酸化炭素を殺人に使うことが時々あった。被害者の肺には、一酸化炭素が充満していたことだろう。一番簡単な発生源は、灯用ガスとよばれる、一酸化炭素と水素ガスおよび何らかの炭化水素の混合物だった。灯用ガスは当初、石炭を燃やして、前節に書いたコールタールを除くことでつくられた。この灯用ガスを初めて住宅の照明に使ったのは、イングランドのコーンウォールにいたウィリアム・マードックで、一七九二年のことだった。その後まもなく、街の通りがガス灯で照らされるようになる。アメリカではボルチモアが、最初に街路灯をつけた都市となった。一八二一年から、灯用ガスを使って照明にしたのだ。だが、この危険な混合ガスが家の中で使われるようになったことで、人が死ぬようになった。事故死や自殺、そして殺人につながったのだ。

正典中の窒息死は、四件ある。ひとつは〈入院患者〉におけるブレッシントンの絞殺で、ほかの三件はいずれも酸欠によるものだ。中でも〈ギリシャ語通訳〉の場合は最も明確だろう。パウロス・クラティデスは、ハロルド・ラティマーとウィルスン・ケンプに監禁され、財産を譲る署名を迫られていた。クラティデスが英語を話せないことから、一味はロンドンでも一番のギリシャ語通訳と言われるメラスを半ば拉致して、クラティデスとの会話を試みる。だがメラスは、クラティデスとしばらく会話をするうち、事の真相を聞き出す方法を思いつく。犯罪者たちの質問のすぐあとに、自分の質問を加えはじめたのだ。クラティデスは両方の質問に答えたが、すべてがギリシャ語なのでラティマーたちには気づかれなかった。

メラス　「意地をはったところで何にもならないぞ。『アナタハダレ?』」
クラティデス「かまうものか。『ココニ知リ合イノイナイ者』」
（……）
メラス　「財産はいずれこっちのものになるのだ。『ナニガアッタ?』」
クラティデス「悪いやつらには渡さない。『飢エ死ニサセラレル』」

やりとりが終わると、一味はメラスを帰す。しかし犯罪が行われていると気づいたメラスは、自分の下宿の知り合い、つまりマイクロフト・ホームズに相談し、マイクロフトはシャーロックにメラスを紹介した。それまでホームズに兄弟がいるとは知らなかったワトスンは、マイクロフトの存在にびっくりすることになる。その後、クラティデスの居場所の手がかりを得たホームズは、通訳としてメラスを連れて行こうとするが、彼はふたたび悪人たちに連れ去られていた。グレグスン警部とともに駆けつけた家には、メラスとクラティデスが置き去りにされ、ラティマーとケンプはクラティデスの妹ソフィーを連れて逃げ去っていた。

図 4・4　メラスは生き残ったが、クラティデスは一酸化炭素中毒で亡くなった（ウィリアム・H・ハイド画、〈ギリシャ語通訳〉より）

メラスたちは手足を縛られ、部屋にある三脚火鉢に木炭が燃やされていた。不完全燃焼の木炭は一酸化炭素を発生する。まもなく、一酸化炭素は衰弱したクラティデスを殺すに充分な量となっていた。だがメラスのほうは、駆けつけたワトスンの手当てによって、からくも生き延びることができた（図4・4）。悪人たちはイギリスから逃げたが、数カ月後にハンガリーで命を落とすことになる。

一酸化炭素中毒が起きるのは、ヘモグロビン中の鉄が一酸化炭素と結合する力が酸素との結合より二百倍強いからだ。つまり、酸素と一酸化炭素の両方が空気中にあると、ヘモグロビン中の鉄はもっぱら一酸化炭素と結合する（文献17）。すると、脳を巡る血液中にはオキシヘモグロビンが欠乏し、カルボキシヘモグロビンが異常に多くなる。その結果、酸素の欠乏による窒息死となるのだ。このとき、カルボキシヘモグロビンによって血液は鮮紅色《チェリーレッド》になっている（文献40）。〈ギリシャ語通訳〉事件はホームズにとってあまり成功した例とは言い難いが、コナン・ドイルにとってもそうだったようだ。クラティデスもメラスも「唇が真っ青」だったと記述されているが、これはシアン化合物中毒による場合の色合いであり、カルボキシヘモグロビンによるものではない。

また、この事件はプロットが魅力的であるものの、物語全体はマイクロフト・ホームズの存在に圧倒されてしまっている。二四作目にして初めて彼の存在が明かされるという驚きと、ドイルによるその生き生きとしたキャラクターによって、読者の注意は実際のストーリーからそらされがちなのだ。この作品で、われわれはマイクロフトの興味深い素性とキャラクターをたっぷりと知ることになる。

ほかの二件は〈ギリシャ語通訳〉と違って、狭いスペースに閉じ込められたことによる窒息死だ。つまり、酸素の補給が妨げられることによる死である。閉じられたスペースでは、必然的に酸欠状態となる。〈隠居した画材屋〉は、「密閉された部屋」に名称のわからぬガスを送り込んで窒息死させるという殺人事件だった。このガスもまた、灯用ガスによる一酸化炭素だったのかもしれない（文献23）。ジョサイア・アンバリーは、若い妻とその愛人を殺しておいて、その妻の「失踪」について調べてほしいとホームズに依頼してきた。だが、これは大きな間違いだった。ホームズはのちに、「なんてうまくやったんだろうと自信たっぷりで、だれにも尻尾をつかまれることはないと思い上がったんだな」と言っている。ホームズが真実を突き止めたのは、ガスとは別の臭いからだった。アンバリーはタイトルにあるように画材屋だが、だとしてもなぜ、取り乱した夫がそんなときに家の中でペンキ塗りをしていたのか？　ホームズは、アンバリーが取り乱してなどいなかったと推理する。強いペンキの臭いで、ガスの臭いをごまかそうとしたのだと。

三つ目の窒息死が起きたのは、ホームズの数少ない大学時代の友人、レジナルド・マスグレイヴがもちこんだ〈マスグレイヴ家の儀式書〉事件だった。大昔に失われたイングランド王の王冠が発見される事件である。その王冠がある場所は、マスグレイヴ家に伝わる儀式書の文面に隠されていた。その事実に最初に気づいたのは、同家に二〇年仕えてきた執事のブラントンだったが、午前二時に一族の古文書を無断で見ているところを見つかり、怒ったマスグレイヴにクビを言い渡される。それが金曜日の早朝のことで、ブラントンには一週間の猶予が与えられたが、彼は次の日曜日に姿を消してしまった。ホームズが調査を依頼されたのは、そのあとの木曜日だ。ホームズは儀式書の文面が何かの隠し場所を表していると気づき、王冠のある場所にたどり着く。

そはだれのものでありしか？
去りし人のものなり。
そを得るべきものはだれか？
やがて来る人なり。
月はいつでありしか？

初めより六番目。

太陽はどこでありしか?

楢《オーク》の木の上。

影はどこでありしか?

楡の木の下。

いかに歩測せしか?

北へ十歩、また十歩。東へ五歩、また五歩。南へ二歩、また二歩。西へ一歩、また一歩。かくして下へ。

われら何を与えるべきか?

われらのものすべてを。

なにゆえに与えるべきか?

信義のために。


この儀式書の示す方向をたどったホームズは(第五章一節参照)、「深さ約七フィートで、四フィート四方ほど」の小さな地下蔵を発見した。その天井の入り口をふさいでいた大きな敷石は、四フィート四方以上の大きさがあったはずだ。ホームズは屈強な警察官の助けを借りて、その敷石を脇へどけることができた。だが地下蔵に王冠はなく、あるのはブラントンの死体と空っぽの箱だけだった。

ブラントンの共犯者はマスグレイヴ家のメイドで彼の元婚約者の、レイチェル・ハウエルズ。どういう手を使ったかわからないが、ブラントンは一度捨てた彼女に、宝を盗む手伝いをさせたのだった。二人は重い敷石を引きずり上げながら、すきまに長さ三フィートほどの薪を差し込み、人の入れるくらいの穴が開いたところで薪をつっかい棒にしたと考えられた。その穴からブラントンが地下蔵に下り、箱の宝をハウエルズに渡す。ところが、王冠を渡したところで彼女がつっかい棒の薪をはずし、大きな敷石が地下蔵を閉じてブラントンは窒息死してしまう（図4・5）。ブラントンの姿が見えなくなったのは日曜日の朝だったから、この出来事があったのは日曜の早朝と考えられる。犯罪があったというきざしはまったくなかった。ブラントンは二酸化炭素中毒によって死んだわけだ。

図 4・5　ホームズとマスグレイヴは、執事のブラントンの死体を発見した（シドニー・パジェット画、〈マスグレイヴ家の儀式書〉より）

ブラントンに手ひどく捨てられた「ウェールズ人の血が流れ、激しやすい性格」のハウエルズは、ブラントンを死に追いやったあと、王冠を近くの池に投げ捨てて三日後に行方をくらましてしまう。コナン・ドイルは激しやすい女性というステレオタイプを使いたかったのだろうが、そうした場合、彼はつねに「熱帯地方の情熱的な気質」

に頼る傾向がある。〈ソア橋の難問〉のブラジル人妻マリーア・ギブスン、〈三破風館〉のスペイン人イザドラ・クライン、〈サセックスの吸血鬼〉のペルー人ファーガスン夫人、そして〈バスカヴィル〉のコスタリカ人ベリル・ステイプルトン。みなそうだ(文献82)［訳注　〈バスカヴィル〉を除くこれらの作品がいずれも『事件簿』に収められたドイル末期のものであることに、何か意味はあるのだろうか］。結局のところ、「イングランド人女性、とりわけ上流階級の女性ほど、感情をコントロールすることを訓練されている」が(文献82)、ウェールズ人女性はそうでないということらしい。

ブラントンの死体を見たホームズは、「死後何日もたっている」と言うが、なぜそういう結論に至ったかは説明していない。ホームズの主張が筋の通ったものなのかどうか、ここで概算してみよう。地下蔵の酸素の量と、ブラントンが呼吸によって一時間に消費する酸素の量を計算することで、酸素のパーセンテージが危険なレベルまで下がるのにどのくらい時間がかかるかを割り出すことができる。アメリカ労働安全衛生局（ＯＳＨＡ）のウェブサイトにある資料(注5)によると、酸素濃度が一九・五パーセントまでは安全だが、一六パーセント以下になると人体にとって有害だという。また、ＯＳＨＡだけでなくその他の情報源でも、酸素濃度が六パーセントになると直ちに死につながるとされている。敷石で地下蔵にふたがされ、それ以上の酸素が供給されなくなったと仮定した場合、酸素濃度が一六パーセントおよび六パーセントになるまでの時間、すなわちブラントンが生きていられる時間を、段階を追って計算してみる（図４・６）。

（注５）　http://www.osha.gov/pls/oshaweb/owadisp.show_document?p_id=25743&p_table=INTERPRETATIONS を参照。

式①　　$PV = nRT$

$P$ は大気圧(atm)，$V$ は部屋の容積(L)，$n$ は気体のモル数(mol)，
$R$ は気体定数(0.0821〔atm·L/mol·K〕)，$T$ は絶対温度(K)

式②　最初の酸素の量

$n_{O2}$ = (0.21 atm)(3115 L)/(0.0821〔atm·L/mol·K〕)(293 K)
　= 27.2 mol

式③

酸素濃度 16%のとき

$n_{O2}$ = (0.16 atm)(3115 L)/(0.0821〔atm·L/mol·K〕)(293 K)
　= 20.7 mol

酸素消費量 = スタート時(27.2 mol) − 16%(20.7 mol) = 6.5 mol

酸素濃度 6%のとき

$n_{O2}$ = (0.06 atm)(3115 L)/(0.0821〔atm·L/mol·K〕)(293 K)
　= 7.8 mol

酸素消費量 = スタート時(27.2 mol) − 6%(7.8 mol) = 19.4 mol

式④　ひと呼吸あたりの酸素消費量

吸った酸素

$n_{O2}$ = (0.21 atm)(0.5 L)/(0.0821〔atm·L/mol·K〕)(293 K)
　= 0.00437 mol

吐いた酸素

$n_{O2}$ = (0.15 atm)(0.5 L)/(0.0821〔atm·L/mol·K〕)(293 K)
　= 0.00312 mol

ひと呼吸あたりの酸素消費量 = 0.00437 − 0.00312 = 0.00125 mol

式⑤　酸素消費時間

1 分間の酸素消費量 = (0.00125 mol/呼吸)(12 呼吸) = 0.015 mol

16%まで

6.5 mol/(0.015 mol/分) = 430 分 (7 時間 10 分)

6%まで

19.4 mol/(0.015 mol/分) = 1,300 分 (21 時間 40 分)

**図 4・6**　ブラントンはいつ死んだのか？

ステップ一　地下蔵の容積は？

四フィート×四フィート×七フィートは一一二立方フィートであるが、空気の容量としてはブラントンの身体とその他の物の体積を差し引く必要があるので、全体の容積は約一一〇立方フィートと仮定しよう。

容積はリットルで計算したほうが簡潔なので(注6)、立方フィートをリットル（L）に換算する。一フィートは三〇・四八センチメートルであり、一リットルは一〇〇〇立方センチメートルであることから、だいたい三一一五リットルの容積であることがわかる。

ステップ二　レイチェル・ハウエルズが地下蔵を密閉したときの酸素の量は？

部屋の中にある酸素量を計算するには、通常の環境下であれば非常にうまくあてはまる理想気体の法則（$PV = nRT$）を使う（式①）。

周囲の圧力は日常の一気圧だが、空気中の酸素は二一パーセントなので、スタート時の酸素の圧力は〇・二一気圧となる。夏場の通常気温である二九三Kを使うと、式②のように計算できる。

つまり、ハウエルズが部屋を閉じたとき、ブラントンには二七・二モルの酸素が残されていた。ここからブラントンは、呼吸により酸素を二酸化炭素に変換しはじめる。

ステップ三　部屋の酸素のモル数がどのくらいになったとき、人体に有害となる？

酸素が部屋の容積（三一一五リットル）の一六パーセントになったときなので、式③のように二〇・七モルであることがわかる。

この数を閉じ込められた当初にあった酸素のモル数から差し引くと、六・五モルの酸素が消費されて、ブラントンにとって有害な段階になったことがわかる。

酸素濃度が六パーセントになると、同様に七・八モルと計算できる。つまり、一九・四モルの酸素が消費されたのち、ブラントンが死んだということだ。


ステップ四　ひと呼吸ごとに消費される酸素の量は？

人間の平均的な呼吸による気体の量は〇・五リットルといわれる。前述のように、吸い込む空気における酸素の量は、スタート時点で少なくとも二一パーセントあった。マウス・トゥー・マウスの人工呼吸では、吐き出す息にも酸素が含まれていることを前提としている。そこで、吐き出す息には一五パーセントの酸素が含まれているとしよう（注7）。吸い込む空気における酸素のモル数と吐き出す息における酸素のモル数は式④のように計算できる。

したがって、ひと呼吸あたりのおよその酸素消費量は〇・〇〇一二五モルということになる。

（注6）　簡略化のため、ここではいくつかの重要な数字を省いて計算する。
（注7）　いくつかのウェブサイトにおける情報をもとにした平均値である。

ステップ五　酸素濃度が危険レベルの一六パーセントになるときまでと、致死レベルの六パーセントになるときまでには、どのくらいの時間がかかるか？

一分間に一二回呼吸すると仮定すると、一分間に〇・〇一五モル消費する。つまり、六・五モルの酸素を消費するのにかかる時間は七時間一〇分である。ブラントンは日曜日の午前九時ないし一〇時に危険な状態になったのだろう。

一九・四モルの酸素を消費するのにかかる時間は二一時間四〇分であり、ブラントンは日曜日の深夜に死んだことになる。

地下蔵の酸素が減少していくにつれて、ブラントンが一回の呼吸で消費する量も減っていくことを加味すれば、計算はさらに正確なものになるはずだ。人体に危険なレベルである一六パーセントになるのは、おそらく日曜日の午後一時頃までずれるだろう。六パーセントになるのは、最長で月曜日の正午ごろまで延びると考えられる。ホームズが死体を発見したのは、木曜日だった。したがって、「死後何日もたっている」という彼の主張は正確だったことになる。

## 青酸

青酸はシアン化水素（HCN）の水溶液（シアン化水素酸）の俗称である。液体だが、その蒸気を吸い込んだだけで人体に有害となる、強力なものだ。吸い込んだ者は、細胞呼吸を妨げられることによって死ぬ。つまりシアン化物イオンが一酸化炭素と同様に被害者から酸素を奪うのだ。しかし、シアン化物イオンの毒性は一酸化炭素とは異なるメカニズムによって、はるかに強いものとなる（文献65）。青酸中毒の特徴には、皮膚にあらわれる青みがかった斑点と、有名なアーモンド臭がある（訳注）。

〈ヴェールの下宿人〉の最後で青酸（プラシック・アシッド）の小瓶をホームズに送ってきたのは、ユージニア・ロンダーという女性だった。ユージニアは、彼女の夫が経営する猛獣使いショーで働いていた。夫にずっと虐待されてきたユージニアは、愛人の怪力男レオナルドとともに、ライオンのしわざに見せかけて夫を殺害しようと計画する。だが、檻の掛け金をはずしたとたん、サハラ・キングというそのライオンが飛び出してきて、ユージニアに襲いかかったのだった。ライオンの歯が彼女の

（訳注）　この「青みがかった斑点」は、酸欠によるもの。一方、死斑は「サクランボのような赤色」と言われるが、実際は約半数に認められるだけだとのこと。また、胃酸と反応するとアーモンド臭を発するが、スイーツに使われるアーモンドエッセンスのような甘い香りでなく、アンズ臭などの甘酸っぱい香りであり、遺伝的に二〇～五〇％の人はこの臭いを感知できないという（「緊急災害医療支援学」サイトおよびウィキペディア「シアン化水素」より）。
なお、このアーモンド臭は胃酸と反応して出た青酸ガスによるものなので、青酸そのものはアーモンド臭がないと言われる。ただ、ミステリー小説でよく見られる青酸カリ（シアン化カリウム）は無臭だが、工業で用いられる青酸ナトリウム（シアン化ナトリウム）はアーモンド臭がある（ＷＨＯ「実験室バイオセーフティ指針」第三版）。また、〈ヴェールの下宿人〉にある「プラシック・アシッド（prussic acid）」という呼び名は、顔料のプルシアン・ブルーから初めてつくられたのでその名が付いたのだが、そのときの気体（青酸ガス）は、かすかにビターアーモンド（苦扁桃）の香りがしたという（文献17）。〈ヴェールの下宿人〉の最後でワトスンが「（小瓶の）ふたをとると、かぐわしいアーモンドのにおいがした」というのは、非常に危険なのではないだろうか……

顔に残したのは、ワトスンが「身の毛もよだつような残骸」と表現するものだけだった。それから七年後、かつては美しかったその顔を、ユージニアはすっぽりとヴェールで覆っていた。顔を半分なくした彼女から、レオナルドはすぐに去って行った。そのレオナルドが死んだ今、彼女はホームズに、あの晩の事件の真相を語るのだった。彼女が自殺を考えていると悟ったホームズは、「人生はひとりだけで生きるものではありません」と言って説得を試みる。その二日後、ユージニアが青酸の小瓶を郵送してきたことで、この「勇気ある女性」が思いとどまったことを知り、満足したのだった。

## クロロホルム

現代において、クロロホルム（$CHCl_3$）は初期の麻酔剤とみなされているが、必ずしもそうではなかった。ブラムの『毒薬の手帖』(文献17) には、クロロホルムを毒薬として、さらには殺人の手段として使った、初期の歴史が紹介されている。一九一一年のロングアイランドでは、ある父親がクロロホルムを使って息子と二人の娘を殺したあと、大西洋に身を投げて自殺した。また、一九一五年にはニューヨーク州ヨンカーズでクロロホルムを使った陰惨な事件があった。年金受給者の施設ジャーマン・オッド・フェローズ・ホームの雑役夫だったフレデリック・モースという男が、職務上たやすく手に入るクロロホルムで、老人たちを次々に殺したのだ。モースは施設長に依頼されて、この「安楽死」をいとわずに行ったが、クロロホルムでなくても、役に立てばなんでも使うつもりだったという(文献17)。

だが、有用な使い方は、やはり麻酔薬としてだ。エディンバラの産科医ジェイムズ・シンプスンは、みずからクロロホルムを吸い込んで、麻酔に使えるかどうかを試した。一八四七年の一一月四日、彼と二人の助手は、アセトンやベンゼンを含む気体の麻酔薬としての効果を試していき、最後に行き着いたのがクロロホルムだったのだ。たちまち効果があらわれて意識を失ったあと、回復して何の害もないことを知ったシンプスンは、「これは世界を変えるぞ」と確信したという（文献17）。とはいえ、二〇世紀に入ると、イギリス医師会はクロロホルムを「現存する最も危険な麻酔薬」とよんだ。それなのに、麻酔薬としての使用はその後何十年も続いたのだった。

コナン・ドイルは、クロロホルムを三つの作品の中で使っているが、いずれも死に至るものではなかった。〈三破風館〉では、イザドラ・クラインに雇われたバーニー・ストックデールが、メイベリー夫人の急死した息子ダグラスが書いた小説の原稿を奪うため、夫人にクロロホルムを使った。イザドラ・クラインは、その小説がおおやけになると自分の過去があばかれ、予定されていた若き公爵ローモンド公との結婚が反故になると思い、原稿を奪わせたのだった。ホームズたちが彼女の屋敷に着いたとき、原稿はすでに燃やされてしまっていた。ホームズがメイベリー夫人に原稿を返すことはかなわなくなったわけだが、彼はイザドラに、償いとしてメイベリー夫人が一等船室で世界一周の旅ができるだけの小切手を切らせたのだった。

〈最後の挨拶〉は、ホームズが二重スパイの任務を果たす作品だ。彼は、アイルランド系アメリカ人アルタモントとして、ドイツのスパイであるフォン・ボルクを欺き、イギリス海軍の秘密を手に入れるふりをしていた。ワトスンの運転する自動車でフォン・ボルクの屋敷に着いたホームズは、隙をついてクロロホルムで相手を眠らせ、捕縛する（図４・７）。〈最後の挨拶〉は、第一次世界大戦が差

図 4・7　〈最後の挨拶〉でクロロホルムをかがされるドイツ人スパイ、フォン・ボルク（アルフレッド・ギルバート画）

し迫った一九一七年に書かれた作品だ。

三作の中でもクロロホルムが最もドラマチックな使われ方をしたのは、〈レディ・フランシス・カーファクスの失踪〉だろう。ホームズに忠実なワトスンが、彼に代わって調査のためひとりで旅するという事件のひとつである［訳注　そして、ホームズがこっそり別行動で現地に来ている、という事件のひとつでもある］。レディ・フランシスは、スイスのローザンヌから手紙を出したのを最後に、もう五週間も音信不通になっていた。ワトスンは彼女の跡をたどってバーデンにある英国旅館にたどり着く。だが、アデレード出身の悪漢ヘンリー・ピーターズはレディ・フランシスの宝石を盗んで、彼女をロンドンに連れ去っていた。クロロホルムで眠らせ、二人分の大きさの棺桶に本物の遺体といっしょに閉じ込めて、埋葬してしまおうという計画だったのだ。宝石が質屋に持ち込まれたことで手がかりをつかんだホームズは、棺桶のトリックを見破ってレディを助けることができたが、ピーターズを捕まえることはできなかった。

ホームズ物語六〇編には、このほかの毒物も登場する。だが、遺産相続を待ちきれない相続人が殺人に使ったため〝相続薬〟とまでよばれたヒ素を、コナン・ドイルは一度も使わなかった。一七世紀イタリアで使われたヒ素の混合物である「トファナ水」の名が、第一作の〈緋色の研究〉でちらりと出てくるにすぎない。一七世紀のナポリで（文献92）トファナまたはトファニア・ディ・アダモという女性が（文献172）、六百人以上を殺すのに使ったという代物だ。疑いがもたれた彼女は修道院に逃げ込んだが、妹にそこを追い出された。その後、厳しく追求されたあげくに殺人を告白し、絞首刑になったという（文献172）。正典に登場するほかの毒物のほとんどは、コナン・ドイルが「植物アルカロイド」とよぶものだ。これについては、次の章の生物学の節で扱うことにする。

## ４　アシモフの見解――ホームズはへまな化学者か？

（現代の科学では知られていない）驚くべき虫
――アイザック・アシモフが
ＢＳＩ入会に際して授けられた名前（次頁訳注）

アイザック・アシモフといえば、化学者であり多作の物書きであるうえ、講演者としても人気の高い、ホームズ研究家である。その彼が一九八〇年、ホームズの化学に関する知識を非難して、彼のことを「へまな化学者」とよんだことがあった（文献４）。一九八三年に刊行された『シャーロック・ホームズの医学と科学』（文献153）に寄せた序文では、ホームズの化学に関する知識の欠如を、最初はワトスンに、次いでコナン・ドイルに責任転嫁しようと試みている。だがここで私は、責任転嫁すべきものは何もないはずだということを示しておきたい。アシモフの分析には見逃されている点がいくつかあり、化学者としてのホームズがへまなわけではないのだ。ここではアシモフの見解について、アセトンと宝石と「シャーロック・ホームズ式血液検出法」という三つのポイントにしぼって議論を進めよう。

## アセトン

〈ぶな屋敷〉でヴァイオレット・ハンターは、ぶな屋敷とよばれる田舎の邸宅で女性家庭教師《ガヴァネス》をしないかという申し出を受ける。だが、雇用に際する条件の中にいくつか不安な点があったことから、ホームズのもとへ相談に来る。ひとつは、彼女の前の勤め先の二倍以上という高額の給料をいきなり申し出られたことだ。さらに雇い主のジェフロ・ルーカッスルは、屋敷の中で「鋼青色《エレクトリックブルー》の」服を着るように要求してきた。しかも最悪なのは、彼女が自慢にしている「豊かな」栗色の髪をばっさりと切ってほしいと言われたことだった。ホームズはこれに対し、「正直に言って、もし自分の妹のことだったら、賛成はしませんね」と言い、ヴァイオレットが金のことを口にすると、「そう、たしかに給料はいい。むしろ、よすぎるくらいにね」とも言うのだった。

結局ヴァイオレットは、六歳になるエドワード・ルーカッスルの家庭教師を引き受けようと決心する。彼女を送り出したホームズは、ワトスンに「きっと近いうちに、何か知らせてくるはずだ」と言うが、その知らせが来たのは二週間以上あとのことだった。ある晩遅く、ホームズが「よくやる徹夜の化学実験」にとりかかろうとしていたとき、電報が届いたのだ。するとホームズは、こう言った。

「じゃあ、アセトンの分析試験は延期だ」

アシモフが指摘しているのは、アセトンという名前の分子はひとつしかなく、ある特徴をもつ分子の種類を示す名称ではないということだ。このことは化学者なら誰でも知っているので、ホームズが知らないということは、彼が化学者として不適格であることを示している、と。

アセトンは、ケトン類に属し、すべてのケトンは図4・8に示すような構造式をしている（注8）。

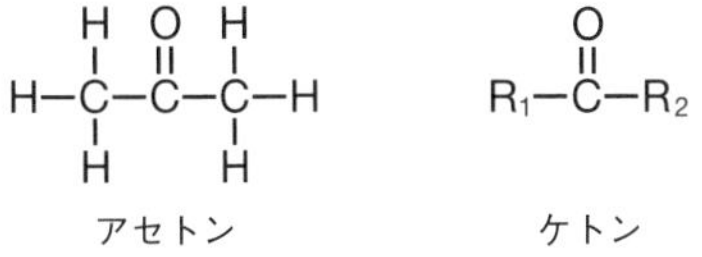


**図 4・8**　アセトンとケトンの構造式

（訳注）「序」の訳注に書いたように、ＢＳＩは世界最古のホームズファン団体《ベイカー・ストリート・イレギュラーズ》の略。入会が難しいことでも有名だが、会員になると、正典の文章からその会員にふさわしい単語（事件名、人名、物の名前などあらゆるもの）が選ばれ、授与される。一九七六年に入会したアシモフの会員名《驚くべき虫》は、〈ソア橋の難問〉に出てくる〝語られざる事件〟（「序」参照）のひとつからとられた。「頭がおかしくなって発見された彼の目の前にはマッチ箱があり、現代の科学では知られていない驚くべき虫が一匹入っていた」という、イザドラ・ペルサーノの事件である。

（注8）一般的に、ここで議論するものを含め、化学構造式は平面的ではない。

ケトンは分子内の原子の集団$R_1$と$R_2$の違いによってさまざまに存在する。$R_1$と$R_2$は一般的に炭化水素で、$CH_3$, $C_2H_5$, $C_3H_7$, ……のように異なる数の炭素原子を含んでいる。アセトンは$R_1$と$R_2$がひとつの炭素原子しかもたないため、最も単純な構造の（すなわち最も小さい）ケトンであり、$R_1$も$R_2$もメチル基$CH_3$である。つまり、アセトンの化学式は$CH_3(CO)CH_3$であり、構造式は図4・8に示すようになる。

アシモフの主張は、〝アセトン〟という用語が、分子の種類の名称として使われることのない現代においては、確かに正しい。だが、ホームズの時代には状況が異なっていた。文献132に引用されているアドルフ・シュトレッカーの『有機化学ハンドブック』（訳注）の文章を読むと、そのことがわかる。

パラフィンの一個の炭素原子に結合している二個の水素原子を置き換えることでできる誘導体は……（中略）……その酸化物はケトンまたはアセトンとよ

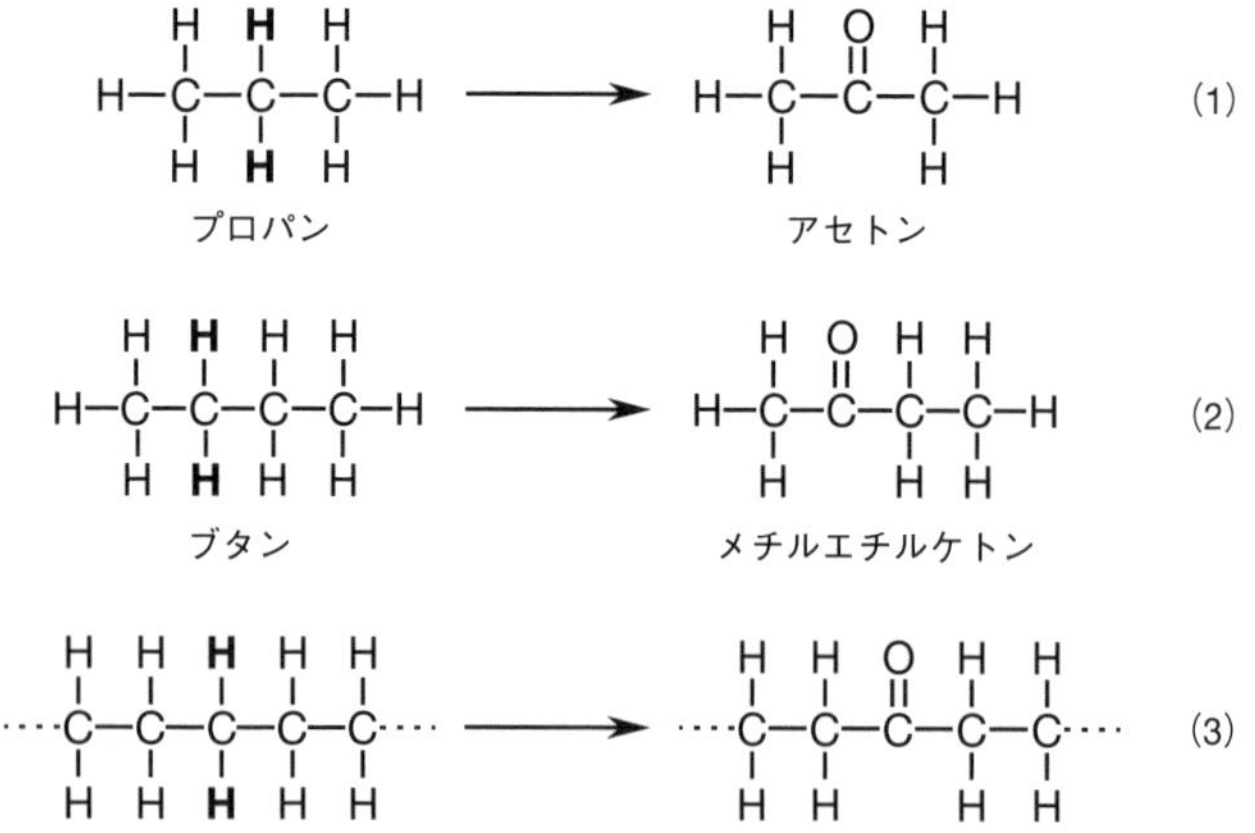


**図 4・9**　炭化水素化合物の酸化反応式

ばれる(文献178)。

パラフィンは、水素原子と炭素原子だけを含む分子であり、分子内のすべての化学結合が単結合の炭化水素化合物である。そのため〝飽和炭化水素〟とよばれ、炭素原子の数に対して最大数の水素原子をもつ。上記の引用文にしたがうなら、もし〝パラフィン〟であるプロパン$C_3H_8$の中心に存在する炭素原子に結合する二つの水素原子が、酸素原子に置き換えられると（これらは水素原子と違って炭素と二重結合ができる）、結果はアセトンになる（図４・９の式１）。

さらに大きなパラフィン（炭化水素）であるブタン$C_4H_{10}$を考えると、この分子類全体の成り立ちがはっきりする。二個の水素原子を一個の酸素原子で置き換えたケトンは、ひとつのメチル基$CH_3$と、ひとつのエチル基$C_2H_5$をもつことになる。これはメチルエチルケトン（ＭＥＫ、$CH_3(CO)C_2H_5$）とよばれるものだ（式２）。

炭素原子への置き換えを続けていくと、式３のようになる。

この分子類全体が、かつては「ケトンまたはアセトン」とよばれていたのだった(文献178)。したがってホームズの時代の化学では、現在ケトン類とよばれている分子類全体を示すのに「アセトン」とい

（訳注）この本は、ドイツの化学者アドルフ・シュトレッカーが一八七一年に急死する直前に準備していたハンドブック『有機化学』の第六版をもとに、後を継いだヴュルツブルク大学化学教授ヨハネス・ウィスリツェヌスが書き上げたもので、英訳増補版が一八八一年に刊行された。文献132でドナルド・レドモンドが引用しているのも、文献178も、その英語版の第二版（一八八五年刊）である。

う言葉を使っても、まったく問題ないわけである。彼の時代の化学者なら、ホームズの言っていることを完全に理解していたはずだ。アシモフは古い時代の化学用語体系をよく調べなかったのだろう。

ところで、ヴァイオレット・ハンターの事件はどうなったかというと、その後、ホームズたちのもとに彼女から電報が届き、二人はハンプシャー州の田舎へ向かう。そのときホームズは、すでに「七通りの解釈」を思いついており、そのどれもが「これまでわかっている事実に矛盾しない説だ」とワトスンに言った。到着した二人に、ヴァイオレットはぶな屋敷での体験を話して聞かせる。彼女が強要されたのは、髪を短く切ることと、鋼青色の服を着ることだけではなかった。窓のそばで、窓に背を向けるように座らされた彼女に、いつもは寡黙なジェフロ・ルーカッスルが「聞いたこともないようなおもしろい話」をするのだという。それが何日か繰返され、ヴァイオレットはそのたびに大笑いしたが、やがて、外の通りで彼女のようすをじっと見ている若い男がいることに気づいた。新たな情報を得たホームズは、「七通りの解釈」のうちひとつを選び、こう言う。

「もちろん、考えられることはたったひとつ。あなたがあの屋敷に連れてこられたのは、誰かの身代わり役としてです」

その「誰か」、つまりルーカッスルの義理の娘であるアリスは、アメリカのフィラデルフィアにいるはずだったが、実は屋敷の別棟に監禁されていた。ジェフロ・ルーカッスルは、アリスに外見の似たヴァイオレットを使って、アリスの求婚者であるファウラーに、自分がいなくてもアリスは幸せだと思わせて追い払おうとしたのだった。アリスは自分の財産をもっていたのだが、それを思うように使いたいルーカッスルは、アリスの結婚を妨害する必要があったのだ。だが、最後はホームズのおかげでヴァイオレットもアリスもルーカッスルの計画にはまらず、事件は解決に向かう。

この〈ぶな屋敷〉がシャーロット・ブロンテの『ジェーン・エア』と多くの類似点をもつことは、以前から指摘されてきた（文献46）。どちらの作品も女性家庭教師が主要登場人物であり、屋敷に監禁された女性がおり、女性の自立と権利獲得を扱っているからだ。これらは、「一八九一年においてもまだ、型にはまらないテーマ」なのであった（文献46）。読書家であるコナン・ドイルは、当然ながらこの一八四七年に発表されたブロンテの小説に親しんでいて、〈ぶな屋敷〉のプロットをつくるときに影響されたのだろう。

## 宝　石

アイザック・アシモフは、宝石に関するホームズの知識には欠陥があるとみなしていた。彼がそうした結論を出した根拠は、〈青いガーネット〉（訳注）におけるホームズのいくつかのセリフにある。たとえば、ガチョウの腹から出てきた宝石はモーカー伯爵夫人の紛失した〝青いカーバンクル〟ではないかとワトスンが言ったとき、ホームズはこう答えている。

（訳注）　正典〈青いガーネット〉の原題は〝ブルー（青い）カーバンクル〟。

「そのとおり。このところ毎日、『タイムズ』の広告で読んでいるから、大きさも形もはっきりおぼえている」

アシモフは、充分な資質をもった化学者であれば、カーバンクル（柘榴《ザクロ》石）が青いことはあり得ないと知っているはずだと言っており、確かにこの指摘は正しい。カーバンクル、つまりアルマンディン・ガーネット（鉄礬柘榴《テツバンザクロ》石）は、$Fe_3Al_2(SiO_4)_3$という化学式の鉱物で(文献140)、赤色のものしかないからだ(文献154)。しかもさらにまずいことに、ホームズはその「たいへんな宝石」のことを「炭素の結晶」と言い放った。ホームズはカーバンクルとダイヤモンドを混同しているのだと、アシモフは主張している。

　このホームズの言葉に説明をつけようという試みが、過去に何度もされてきた。たとえばドナルド・レドモンドは、事件の記録者であるワトスンが宝石の名を故意に間違えたのだろうと言っているが(文献132)、あまり納得できる説明ではない。タッパー・ビゲロウは、宝石はブルー・サファイアだったとするベッケマイヤーの説(訳注1)を否定して、ブルー・ダイヤモンドだったと主張した(文献12)。伯爵夫人がカーバンクルとよんだのは無知のせいか、気まぐれな思いつき発言だったというのだ。フィリップ・カッソンもビゲロウの説に同意し、そのブルー・ダイヤモンドは有名な「ホープ・ダイヤモンド」だとした(文献86)(訳注2)。ハリスン・ハントもブルー・ダイヤモンド説だが、彼はホープ・ダイヤモンドでなくブランズウィック・ブルー・ダイヤモンドだとしている(文献78)(訳注3)。レドモンドも、これを妥当な候補だとした。一方、ウィリアム・ウォーターハウスは「きずのない大きなコバルトブルーの尖晶石」を選んだ（文献174）。また、ユージーン・ブランクはアシモフの見解を支持し、ホームズが伯爵夫人のカーバンクルを炭素の結晶とよんだことから、知識が「嘆かわしいほど欠けている」とした（文献15）。ここで混乱に拍車がかかる。この〝青いカーバンクル〟とは、ダイヤモンドなのか、サファイアなのか、尖晶石なのか、本当にカーバンクルなのか、それとも別の宝石なのか？　そのいずれの解釈をとるにしても、ワトスンかホームズ、ないしはモーカー伯爵夫人がミスを犯したということでなければならないのだ。

（訳注1）『Illustrious Client's Third Case-Book』（一九五三年刊）に載ったドイル・W・ベッケマイヤーの論考'Valuable Sherlockian Hunting-Ground'のこと。彼は「不適合なものを除外していくと、奇跡的にすべての点で〝青いカーバンクル〟の条件を満たす青い宝石は、ブルー・サファイアだけである」と書いている。

（訳注2）ホープ・ダイヤモンドは四五・五二カラットのブルー・ダイヤモンドで、紫外線を当てると赤いりん光を発するという特徴をもつ。現在はスミソニアン博物館のひとつであるアメリカの国立自然史博物館に所蔵されているが、所有者がことごとく破滅して人手を転々としてきた呪いの宝石という噂があり、〈青いガーネット〉のモーカー伯爵夫人の宝石を想起させる。

（訳注3）ブランズウィック・ブルーはインドのゴールコンダで算出された一三・七五カラットのダイヤモンド。〝ダイヤモンド公〟とよばれるほどダイヤモンド好きだった、ドイツのブラウンシュヴァイク公（ブランズウィック公）カール二世フリードリヒ（一八〇四～一八七三年）が所有していた。そのコレクションはダイヤモンドだけでも二千個以上あったという。彼の死の翌年、一八七四年に行われたオークションで落札されたが、落札者ははっきりせず、今でも所在は不明。

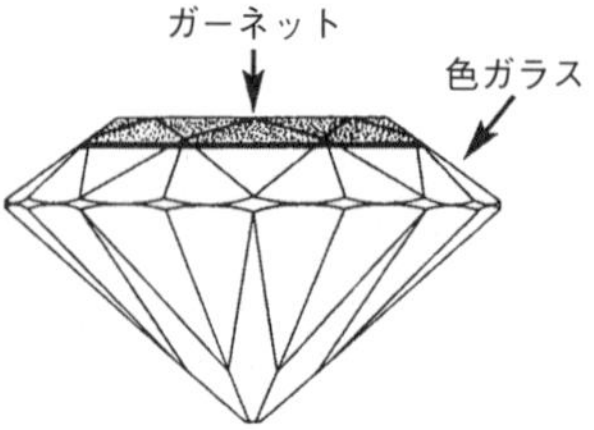


**図 4・10**　上部にガーネットを使ったダブレット

出典：Jewelry & Gems, The Buying Guide, 7th Edition：How to Buy Diamonds, Pearls, Colored Gemstones, Gold & Jewelry with Confidence and Knowledge 2009 by Antoinette Matlins, P.G. & A.C. Bonanno, F.G.A., P.G., ASA.（GemStone Press, www.gemstonepress.com の許諾による）

しかし、誰もミスを犯さなかったとしても成り立つ説が、ひとつある。この宝石は〝ダブレット〟（張り合わせ石）だったという可能性だ。ダブレットは二つの石を接着または溶着させてひとつの天然石に見せかけた合成石で、ローマ時代からつくられており、ヴィクトリア時代に広まった（文献140）。ダブレットをつくる目的は、石のサイズを大きく見せることや、実際以上に価値のあるものに見せかけることにある。種類はさまざまにあるが、よくあるのはガラスの上部にアルマンディン・ガーネットを融合して張り付けるものだ。ガーネットが使われるのは、光沢と耐久性を保持でき、融合してもひび割れないからという理由による（図4・10）。赤いガーネットの薄片を乗せることにより、下部のガラスの色しだいで「どんな宝石の色も出せる」（文献103）し、上部のガーネットの厚さを調節すれば赤色を見えなくすることもできるのだ。そこでまた、先ほどの問題を考えてみよう。もし青い色を出すためにカーバンクルがダブレットに使われたとしたら、それが〝青いカーバンクル〟とよばれても不思議はないだろう。

ダブレットかどうかを見分ける最も確実な方法は、消毒用アルコールに浸すことだ。ただし、この方法は上部にガーネットを使ったダブレットには通用しない（文献102）。まずは、宝石によってそれぞれ異なる屈折率を計測することになる。問題の物質に光を照射する、物理的なテストだ。光は物質の中を——特に固体や液体の中を通過すると、ゆっくり進む。その結果、まっすぐな釣り糸を水に入れると曲がって見えるというような現象が起こるわけだ。この曲がり具合は量的に測ることができ、物質によって独自の値をもっている。真空中を進む光の速度と、その物質の中を進む光の速度の比が屈折率であり、カーバンクルの屈折率は一・七六から一・八三（文献102）だ。ダブレットの場合、光を照射した上部の薄片がカーバンクルなら、計測された屈折率はカーバンクルのもつ値となるはずだ。したがって、青く見える宝石が一・七六から一・八三の屈折率をもっていれば、そのほとんどがカーバンクルでなく別の物質だとしても、〝青いカーバンクル〟とよべることになる。

とはいえ、〝炭素の結晶〟というホームズの表現については、どうしたものか？　モーカー伯爵夫人のように裕福な人物なら、ガラスにガーネットを張り付ける必要はないだろう。「二つとない品だ」というホームズのセリフも、思い出してほしい。そこで我々としては、この点についてもホームズが正しいという前提で、ダブレットの下部が実はダイヤモンドだったという可能性を考慮しなければならない。ダイヤモンドのダブレットはあまり見かけないが、存在しないわけではない（文献102）。たいていは、小さなダイヤモンドを二つ張り合わせて、大きく見せるというものだ。モーカー伯爵夫人の宝石は「二つとない」ものだとホームズが言ったのは、ダイヤモンドの上部にカーバンクルを乗せたダブレットだったからではないだろうか。以上のことから、彼のコメントは非常に論理的であり、ホームズを「へまな化学者」とよぶことはできないのである。

## シャーロック・ホームズ式血液検出法

〈緋色の研究〉の冒頭――スタンフォード青年がワトスンをホームズに引き合わせようと、セント・バーソロミュー病院へ連れて行ったときのシーンを、思い出してほしい。二人が実験室に入っていくと、ホームズはいきなり振り返って歓声を上げた。

「発見した！　発見したぞ！…（中略）…ヘモグロビン以外ではぜったいに沈澱しない、試薬を発見したんだ！」

ワトスンに紹介されたときのホームズの第一声は、彼がアフガニスタン帰りだということだったが、そのすぐあとに彼は、この「シャーロック・ホームズ式血液検出法」についてどう思うかとワトスンに聞く。ワトスンの返事はこうだった。

「化学の分野ではおもしろい発見でしょう。…（中略）…しかし、実用面では――」

興奮しているホームズは、ワトスンが話し終わるのを待てずに、こう言う。

「とんでもない！　それどころか、近年まれに見る実用的な法医学上の発見ですとも。血痕なのか

アシモフの計算（結果は 1 対 50000）

$$\frac{0.02\text{ ミリリットルの血液}}{1000\text{ ミリリットルの水}} = \frac{1\text{ ミリリットルの血液}}{50000\text{ ミリリットルの水}}$$

オブライエンの計算（結果は 1 対 100 万）

$$\frac{5\text{ グラムのヘモグロビン}}{100\text{ ミリリットルの血液}} \frac{0.02\text{ ミリリットルの血液}}{1000\text{ グラムの水}} = \frac{1\text{ グラムのヘモグロビン}}{100\text{ 万グラムの水}}$$

**図 4・11**　血液と水の比率の計算

どうかを、絶対確実に判定できるじゃありませんか」

アシモフは、このシャーロック・ホームズ式血液検出法の存在や有効性については疑問を投げかけていないが、ホームズが言うほど感度がいいのかという点については、疑っていた。このときのホームズのテストでは、ピペットでとった血液を一リットルの水に一滴〔訳注　図4・11から血液一滴を〇・〇二ミリリットルと推定しているようだ〕溶かしたわけで、アシモフは、その血液と水の容量の比率が一対五万だという(文献4)。ところがホームズは「血液の割合はせいぜい一〇〇万分の一」と言っているのだ。アシモフによれば、まともな化学者であればもっと事実に近いことを言うだろうし、「このような間違いを犯すはずはない」という。

このアシモフの計算における潜在的なミスは、ヨーロッパでは分量の比較が容量でなく重さで行われていたし、今でもそうだという点にある。特に薬の処方箋に関してはそうだが、かつては科学者にとってもそうだった(注9)。

血液と水の比率は、ホームズが言うように一〇〇万分の一に近いの

(注9)　www.wikipedia.org/wiki/Apothecaries を参照。

だろうか。双方の重量比であれば、一対一〇〇万であることが計算できる（図4・11）。計算に使うのは、一グラムの水は一ミリリットルであるという事実だ。また、一〇〇ミリリットルの血液中のヘモグロビンは五グラムだと仮定する。実際は一五グラムに近いはずだが、一四〇年ほど前の時代にホームズが暗算したことを考えると、よくやったほうだろう。

以上からわかるのは、ホームズの化学者としての資質に対するアシモフの判断が、あまりにも厳しすぎることだ。

シャーロック・ホームズ式血液検出法については、シャーロッキアンによる論考がこれまでにも多数発表されてきた。一九世紀における血液検出法の歴史については、レイモンド・マガウアンが優れた論考を発表している（文献104）。それによると、ホームズよりも前の時代、血液の検出にはさまざまな化学物質が使われていた。一九世紀初期、一八二九年のジャン＝ピエール・バリュエルと一八五八年のアントニ・クリスティアン・ブリュックによる検出法は、ともに試薬として濃縮した硫酸を使っていた。一八五三年のタイヒマン・テストでは、氷酢酸と塩化ナトリウムを使った。一方、一八六一年にイサーク・ヴァン・ディーンが開発した試験では、グアヤック樹脂の溶液を使い、テレピン油または過酸化水素を加えて色の反応を見た。これがおそらく、ワトスンに初めて会ったときホームズが引き合いに出した検出法だ（訳注）。

「これまでもグアヤック・チンキ法なんてのがありましたが、あれは手間ばかりかかるくせに、ちっともあてになりません」

その後一八七〇年代に開発されたものとしては、過酸化水素を使うヴァーン・テストと、タングステン酸ナトリウムと酢酸を使うゾンネンシャイン・テストがある。イギリスでは一九一一年の段階でまだテレピン油とアンフェタミンまたはグアヤック溶液を使って青色を出す検出方法を使っていた（文献52）。したがって、ホームズの検出法は一般に用いられるようになるほど改良されなかったようだ。

クリステン・フーバー（文献76）は、ホームズ式テストの候補として最適の方法を発見し、〈緋色の研究〉で彼が発見したとき以来一世紀にわたってその方法が使われていることを示した。彼女が選んだのは、水酸化ナトリウムを加えたあとに硫酸アンモニウムの飽和溶液で処理するというものだ（注10）。ただし、人間の血液か動物のものかの区別はできないという。

（訳注）　グアヤック法はヴァン・ディーン・テストまたはシェーンバイン・テストともよばれ、溶液中の比率が五〇〇〇分の一の血液でも鮮やかな青色になるという感度をもっている。ただし古い血の染みには反応しないし、胆汁やグルテンや硝酸その他、血液でないさまざまなものにも反応してしまうという欠点もある。二〇世紀初めころまでは、色の出る唯一の反応試験として法医学の分野で使われていたが、その後はもっと信頼性の高い方法に取って代わられた。──『A Textbook of Medical Jurisprudence and Toxicology』（1940）より。

（注10）　「飽和溶液」とは、これ以上溶けない最大量の硫酸アンモニウムを溶かした水溶液ということ。

## 5　その他の化学物質

ワトスン「どうだい、わかったのかい？」
ホームズ「ああ、バライタの重硫酸塩だったよ」
ワトスン「いいや、そうじゃない、謎解きのほうだ！」
――〈花婿の正体〉

### バライタの重硫酸塩

ホームズ物語の中には、これまであげたものほど重要な役割をもたぬ化学物質が、まだたくさんある。たとえば〈花婿の正体〉のケースだ。この事件のころ、ワトスンはメアリ・モースタンと結婚してベイカー街を離れていたが、久しぶりにホームズのもとを訪ね、依頼人のサザーランド嬢が来たときに同席した。その翌日、事件の解決に立ち会えると期待して再び二二一Bを訪れると、ホームズは一日中化学実験に没頭していたらしい。謎を解いたのかというワトスンの問いに、ホームズは化学分析の結果のことだと勘違いして答えるのだ。ここでもまた、〝アセトン〟のときと同様、ホームズは古い学術用語を使っている（冒頭の引用参照）。〝バライタ〟は酸化バリウムBaOのことだが、今は使われていない名称だ。したがって、「バライタの重硫酸塩」とは、重硫酸バリウムすなわち硫酸水素バリウム$Ba(HSO_4)_2$のことである。アシモフはホームズが使った用語についてやんわりと批判し、単に「重硫酸バリウム」と言うべきだったとしている。さらに、これはたいして分析の難しいものでもないと言っている。確かにそうではあるが、硫酸水素バリウムの問題は分析の難易度にあるわけではない。そもそもの問題は、それを手に入れることの難しさにあるのだ。硫酸水素バリウムは、「珍奇なもの」(文献92)とよばれてきたほど、稀な存在だった。事実、その存在を疑うような表記もあったくらいだ(文献166)。

スウェーデンの著名な化学者、ベルセリウスが硫酸水素バリウムの単離に初めて成功したと発表したのは、一八四三年のことだった(文献60)。彼は硫酸 $H_2SO_4$ と硫酸バリウム $BaSO_4$ を混ぜ合わせ、それを冷却して $Ba(HSO_4)_2$ を得た。しかし、この分子はとらえにくいものだった。一九二一年に $H_2SO_4$ と $BaSO_4$ の混合物の凝固点を調べたときも、硫酸水素バリウムは得られなかった(文献89)。一九三一年になってようやく、溶解度と伝導性の研究により $Ba(HSO_4)_2$ の存在が確認されたのだった(文献168)。その後の長年の研究により、硫酸水素バリウムは確実に存在するということが確かめられている(文献67)。ここでもまた、一九世紀化学の最前線にいたホームズが、専門の化学者でも見つけるのが難しい物質を扱っていたと、わかるのである。

## 炭化水素

〈四つの署名〉事件の中ごろで、ホームズは化学の実験をした。「あのときやっていた炭化水素の溶解に成功してから、ふたたびショルトーの問題に戻って、事件全体をもう一度考え直してみた」と言っているのだ。アシモフはこれを、ごくありふれた実験としてかたづけている(文献4)。ほかのシャーロッキアンたちも、これに同意しているようだ。この実験はなんらかの化学的な意義をもつものだと彼らが考えようとした結果からも、それはわかる。そのひとつは、ドナルド・レドモンドの、ホームズが炭化水素の混合物を扱っていたという説だ（文献132）。ホームズが特定の炭化水素の名称を使っていないことが、この提案に信憑性を与えている。ただし、混合物は単独の炭化水素よりも著しく溶解しにくいわけではない。レドモンドは、この実験がもっと重要な課題である科学捜査などへの予備的な段階だったと示唆して、ホームズの行為の重要性を高めようとした。

一方、ホームズは特定の炭化水素を扱っていたのだとする研究者も、二人いる。そのひとりクーパー（文献34）は、ホームズの目的は炭化水素を溶解させることでなく、物理的特徴を調べることにあったのだと主張した。またウォルターズ（文献173）は、ホームズの扱っていた炭化水素を特定しようとして、炭化水素に似た分子であるカルバゾール［訳注　コールタールから抽出分離する、染料の合成原料］だと結論づけた。彼の主張によると、ホームズは炭化水素の溶媒としてあまり使われない $H_2SO_4$、つまり硫酸で溶解させたのだという。

結論として妥当なのは、ホームズが行った炭化水素の溶解実験は、化学としてあまり重要ではないものだった、ということだろう。

## 酸

六〇編の作品の中には、さまざまな酸が登場する。ベイカー街の部屋に酸のしみがあったという記述は何箇所もあるが、ホームズが酸を犯罪捜査に使った例はあまり多くない。酸によるテストでひとりの人間の有罪が証明されたという〈海軍条約文書〉は、その例のひとつだ。

「きみは決定的瞬間にやってきたわけだよ、ワトスン」ホームズが口を開いた。「もしこの紙が青いままだったら、問題なし。だがもし赤に変わったら、ひとりの人間の命がなくなるということだ」

リトマス試験紙が赤色に変わると、ホームズは驚きもせずに電文を走り書きして、当局へ送った。が、残念ながらこれはいわゆる〝語られざる事件〟のひとつだ。海軍条約文書の盗難をめぐる事件には直接関係がない。その事件についても、容疑者の有罪を証明した化学がなんなのかについても、われわれはいっさい知ることができないのだ。

もうひとつ登場する酸は、石炭酸 $C_6H_5OH$、またの名をフェノールという。一八三四年、コールタールの分留により発見された。ジョゼフ・リスターがこの石炭酸の消毒作用を利用したのは有名な話だ（文献92）。この特性ゆえに、コナン・ドイルはホームズ物語の中で二回、〈ボール箱〉と〈技師の親指〉で石炭酸を扱っている。〈技師の親指〉ではワトスンが、親指を切り取られたヴィクター・ハザリーの手当てをする包帯を石炭酸で消毒した。石炭酸そのものは、この事件で重要な役割をもたないが、第二章第二節でワトスンの医師としての能力を議論したときに、消毒の話が出ている。

〈ボール箱〉は、「正典中でも明らかにいちばん暗い話」と言われる作品だ（文献92）。メアリ・クッシングと結婚したジム・ブラウナーを、メアリの姉セアラが横恋慕して狙っていた。ジムに拒否されると、セアラはジムについての悪口をメアリに吹き込みはじめ、その結果ジムに不信感を抱いたメアリは、ほかの男と浮気をするようになる。たまたまメアリが相手の男といるところを見つけたジムは、あとをつけたあげく、頭に血が上って二人を殺してしまう。その後、彼は二人の片耳を切り取り、セアラに自分のしたことを思い知らせようと郵便で送るのだが、小包はいちばん上の姉、スーザン・クッシングのもとに届いてしまったのだった。最初、レストレード警部は、医学生のいたずらという可能性を口にする。だがホームズは、二つの耳を送るのに石炭酸などの防腐剤を使っていないことから、送ったのは医学関係者でないと結論づけた。

硫酸も二つの作品、〈青いガーネット〉と〈高名な依頼人〉に登場する。いずれも〝酸攻撃〟という犯罪に関係しているが、〈青いガーネット〉の場合は、モーカー伯爵夫人の宝石にまつわる不幸な歴史の一幕として、酸攻撃があったとわかるだけだ。

一方〈高名な依頼人〉では、酸が重要な役割をもっている。この事件では、ホームズが「オーストリア人の人殺し」とよぶアデルバート・グルーナー男爵が、ド・メルヴィル将軍の美しき娘ヴァイオレットの心を巧妙に射止め、婚約にまでこぎつけてしまう。そこで、グルーナーの正体をヴァイオレットにわからせるという仕事をホームズに依頼してきたのが、将軍の古くからの友人で名前のわからぬ人物、「高名な依頼人」だった。グルーナーが何人もの女性を利用しては冷たく捨ててきた証拠を突き付けても、ヴァイオレットは説得をはねつけた。ホームズは、男爵の過去の女の中でもことのほか彼を恨む、キティ・ウィンターを連れてヴァイオレットを訪ねるが、この説得も失敗に終わる。だが、キティは自分だけで復讐の計画を練っていた。彼女はホームズがグルーナー邸に忍び込むのに便乗して、男爵の整った顔めがけて硫酸を浴びせかけたのだ。この作品とオスカー・ワイルドの『ドリアン・グレイの肖像』との共通点を指摘する研究者もいる（文献95）。

また、〈花婿の正体〉では、別の酸をホームズが使っていたことがわかる。ワトスンがベイカー街に戻ってくると、塩酸のにおいが部屋に漂っていたので、ホームズは化学実験に一日中没頭していたのだろう、と書いているのだ。当然ながら、よく知られる酸のしみについてもワトスンは言及しているが、その問題は次の結末の節で扱うことにしよう。

## リン（燐）

「鼻先から首筋にかけて、ゆらめく炎をまとっている」という〈バスカヴィル家の犬〉におけるワトスンの記述は、ステイプルトンが何らかの化学物質を使って、巨大な犬のもつ恐ろしい雰囲気をさらに強調しようとしていることがわかる。サー・ヘンリー・バスカヴィルを追う犬は「純血種のブラッドハウンドでもマスティフでもなく、その交配種らしかった……やせて気が荒く、小型の雌ライオンほどの大きさがあった」という（図４・12）。

ワトスンは、ステイプルトンが犬の口のまわりにリンを塗って光らせ、不気味な雰囲気を出していたのだと結論づける。リンは空気にさらされると、暗闇で光を放つ性質をもつのだ。リンを表す〝フォスフォラス〟というその名は、「光を運ぶもの」という意味のギリシャ語に由来している（文献65）。ただホームズは、リンを使ったという説には懐疑的だったようだ。犬から化学物質の臭いがしないことを

**図 4・12** バスカヴィル家の犬の恐ろしい外見（シドニー・パジェット画）

指摘した彼は、犬の臭覚を迷わせないために「狡猾に仕込んだものに違いない」と言うのだ。リンは、空気中の酸素と反応することで光を放つ。発光が化学反応によって起こる場合、それは「りん光」でなく「化学発光」とよばれる。

われわれは、リンによるものだと主張する医師と、それを疑う化学者の、どちらを信じるべきだろう？ 化学現象に関することであるかぎり、おそらく化学者ホームズの言葉のほうが医師ワトスンの言葉よりも信頼性のある情報だと言えよう。どうもリンではなさそうだ。口のまわりにリンをこすりつけられるのを、犬は黙って我慢するだろうか？ シャーロッキアンたちは、リンよりももっと可能性の高い物質をさまざまに提案してきた。たとえばドナルド・レドモンドは、硫化バリウム（BaS）を提案している（文献132）。犬の口に何が塗られていたにせよ、ホームズが思わず五発の弾丸を続けざまに撃ち込みたくなるほど、不気味な光を放っていたということだけは確かだ。

## アマルガム

ある化学者がリンのような発光物質に関して信頼できるのなら、アマルガムについてもよく知っているると考えていいかもしれない。だが、ホームズがアマルガムをよく知っていたかどうかは、あまり定かでない。〈技師の親指〉は、にせ金づくりたちが硬貨を偽造する事件だ。ホームズは、一味が本物のコインに使われる銀のかわりにするアマルガムを機械でつくっていた、と言う。これは、ホームズの誤りとしてアシモフが指摘する問題のひとつだ（文献４）。アマルガムは、水銀（Hg）とほかの金属の合金を言う。水銀は、たとえにせ金だとしても、コインをつくるには向かない金属だから、ホームズは言い間違えたのだろうというわけである。

今日、〝アマルガメーション〟という言葉は、金属だけでなく、物やアイデアにまで対象を広げて、混合または融合するという意味に使われている。ホームズは、その手の意味で使ったのかもしれない。しかし、彼はアマルガムを銀のかわりに使って、安価なコインをつくっていたと言っているので、その考えは適切でないようだ。一方、にせ金づくりの一味が逃げ去ったあとに、「大量のニッケル（Ni）とスズ（Sn）」が発見された。この二つの金属、特にニッケルは、にせ金づくりによく使われてきたものだ。だが、水銀は残されなかった。とすると、いったい水銀は使われたのか否か？　水銀が残されなかったということから、ホームズが「水銀の合金」という化学用語としてではなく、何かの混合物という意味合いで「アマルガム」という言葉を使ったという可能性は出てくる。だが私としては、この問題に関するかぎり、アシモフと同じ判定を下すべきだと思う。化学者ホームズは、ミスを犯したのだと。

ひとつ、興味深いことを付け加えておこう。にせ金づくりたちが使ったニッケルの精製には、この章の第三節で議論した「有毒化学物質」のひとつ、一酸化炭素COが使われる。不純物の混じったニッケルに（摂氏五〇度で）一酸化炭素を反応させると、ニッケル化合物のニッケルカルボニル$Ni(CO)_4$が生成される。揮発性の液体なので、ガスとして集め、不純物から金属ニッケルを抽出することができる。その後、$Ni(CO)_4$を摂氏二三〇度に熱すると、再び一酸化炭素と九九・九五パーセントの純度をもつ金属ニッケルに分離することができるのだ（図4・13）。

このニッケルを抽出する方法は一八九九年にL・モンドによって開発されたため、モンド法とよばれている（文献65）。

$$Ni(CO)_4 \rightleftharpoons Ni + 4CO$$

図 4・13　金属ニッケルを抽出するモンド法

## 6　結論——深遠、それとも風変わり？

「それで、ぼくは化学分析で頭をよく休めたんだよ」

——シャーロック・ホームズ〈四つの署名〉

化学分析で頭を休めることができるのなら、よほどの科学好きな人物ということになる。確かに、ホームズは化学を愛していた。化学実験に夢中になるあまり、深夜になってしまうこともしばしばだった。〈四つの署名〉でワトスンはこう書いている。

深夜を過ぎても試験管の音が依然として聞こえ、まだあの臭い実験を続けているらしかった。

そして〈ぶな屋敷〉では、こう書いている。

ホームズは、よくやる徹夜の化学実験にとりかかろうとしていた。こういう夜は、蒸留器や試験管の上にかがみこんでいるホームズを放っておいて先に寝てしまっても、あくる朝起きてみると彼が相変わらず同じ姿勢で実験を続けている、というのが毎度のことだった。

こうした時間の過ごし方は、大学の研究者時代を思い出させるものだ（文献60）。時には肝心の事件捜査さえ、化学の魅力の前では二の次になってしまうようだ。

「ワトスン、もしロンドン行きの午後の列車があったら、それに乗ろうよ。おもしろい化学分析がやりかけのままだし、こっちの捜査は早くも終わりが見えてきたからね」［訳注　引用は〈踊る人形〉］

このあとホームズとワトスンは、犯人の逮捕を見届けてすぐノーフォークを発っている。化学分析の実験も無事に終了したことだろう。

ホームズが化学実験に精力を傾けていることは、わかった。だが、化学者としての能力については、どういう判定が出るただろう？　知識と能力を示す証拠は、確かにある。ロナルド・グレアムは、ホームズの化学に関する行為を、犯罪捜査に関わるものとそうでないものの二種類に分けて考察した（文献61）。〝純粋な〟、つまり応用化学でない化学については、この章の初めのほうで確認した。犯罪捜査に応用される化学は、事件の中心テーマとなるよりも、物語の語り手であるワトスンによって書かれることが多い。たとえば〈ショスコム荘〉では、ワトスンが発表することのなかった事件について、ちょっとだけ書かれている。

「ぼくがカフスの縫い目に詰まった亜鉛と銅のやすりくずでもって、あのにせ金づくりの男を追いつめてみせて以来、連中も顕微鏡はばかにできないとわかってきたようだよ」

ホームズは以前、スコットランド・ヤードに対して、顕微鏡が犯罪捜査に役立つツールであることをわからせたことがあったわけだ。そして今、彼は別の事件の捜査で顕微鏡を使っている――見えているのはツイードのコートの繊維と、ほこり、皮膚の細胞、そしてニカワだ。

「あの事件も手がけているのかい？」

「いや、スコットランド・ヤードの友人、メリヴェールが、事件のことを調べてくれと頼んできたんでね」

ホームズがメリヴェールに協力したのは、「例のセント・パンクラスであった事件」とだけ書かれている。シャーロッキアンたちは、この方法で果たしてホームズがニカワを判別できたかだろうかと議論してきたが、重要なのはホームズとスコットランド・ヤードが化学物質の判定に顕微鏡を使いはじめていたという点だろう。顕微鏡が初めて化学研究に使われたのは、一七〇〇年代。一八六〇年代には、そのテーマの書籍が何冊か出版されていた(文献175)。機は熟していたのである。

というわけで、ホームズは長い時間をかけて化学分析をし、コールタール誘導体に興味をもち、血液の検出法を発見する能力をもった、熱心な化学者であることがわかった。さらに、〈緋色の研究〉には、ホームズの手先が「びっくりするほど器用で、いつ見ても実験用の壊れやすい器具をじつに巧みに扱っている」ことが書かれている。また〈最後の事件〉では、モリアーティ教授を倒したら引退して化学研究に没頭したいという思いをワトスンに打ち明けている。

「生活の心配をせずに好きな化学の研究に打ち込めるような経済状態になったんだよ」

J・H・ミッチェルとハンフリー・ミッチェルは、ホームズが引退後もコールタールの研究を続けるつもりだったと主張し、証拠はあまりないものの、実際にそうしたのだと考えた(文献107)。ホームズが良き化学者であることを示す場面は数多くあるが、同時に彼の化学実験に関するテクニックが低かったという証拠も、ひとつならず見つかる。たとえば〈緋色の研究〉でホームズと初めて会ったとき、彼の手を見たワトスンは、皮膚が「強い酸のために変色している」と書いた。部屋をシェアするようになってからも、ワトスンはホームズの両手が「いつもインクと薬品でしみだらけ」だったと書いている。R・D・ジラードは、二五作目の〈海軍条約文書〉で描写される次のシーンが「複数の試薬の瓶による交差汚染」であると指摘した（文献60）。

> 彼はガラスのピペットをあちこちの瓶にさしこんでは、中の液体を数滴ずつ取り出していた。

つまり、ホームズの実験テクニックのまずさは長い歴史をもっていたわけである。

さらには、〈入院患者〉の中にもホームズの実験テクニックのまずさが描かれていたが、最終稿でコナン・ドイルが削ったのだという報告さえある（文献34）。

ホームズは、器具の扱いについては巧みだったが、試薬に関してはひどくずさんだったようだ。ワトスンは〈四つの署名〉の中でも、ホームズの化学実験が「しまいにはとてもその場にいられないような悪臭を発散させた」と書いている。ホームズが化学実験をするテーブルや薬品棚は、二八番目の話である〈空き家の冒険〉では「酸のしみがついた」と表現されていたが、四九番目の〈マザリンの宝石〉では「酸で焦げた跡がある」という表現になった。ホームズは薬品をこぼし続けたということなのだろう。

しかし、ホームズが化学のエキスパートであると言い切るのを最も難しくしているのは、引退する前にこの分野に対する興味を失っていたという事実だ。ホームズ自身、この変化について〈アビィ屋敷〉の中で語っている。

「ぼくは引退後のすべての年月をつぎ込んで、探偵の仕事をあますところなく取上げた探偵学大全をまとめてみせる」

つまり、一八九三年に書かれた二六番目のストーリー〈最後の事件〉では引退後は化学の研究に没頭しようと考えていたホームズは、一九〇四年に書かれた三九番目の〈アビィ屋敷〉になると心変わりしているわけである。しかも、一九二三年に書かれた五一番目の〈這う男〉を読むと、そのときホームズが関心をもっていたものが何なのかがわかる。

ホームズは習慣の抜けない人間であり、限られた根強い習慣がいくつかあるなかのひとつが、このわたしがそばにいるということだった。なじみのものという意味では、わたしはヴァイオリンやきざみ煙草や、古い黒パイプ、索引簿その他、あげつらうほどのこともないようながらくたなどと同じ扱いなのだった。

ここには化学のことが書かれていない。ホームズの関心は別のところに移っているのである。引退後のホームズは、関心の薄れた化学の実験よりも、蜂の世話をすることを選んだ。チャールズ・エリスンは、最後の二つの短編集に収録された一九の話に、ホームズの化学実験に関する記述がまったくないという点を指摘した（文献49）。ジャック・トレイシーのホームズ事典を見ると、前半の三〇作では化学への言及が一三箇所あったのに、後半三〇作では二箇所しかない（文献166）。全正典のうち前半の作品のほうが後半よりも高い評価を得ているということは、注目すべき点だろう。ホームズが科学の人として活写されていたときのほうが、科学の要素がないときよりもはるかに良いストーリーになったということなのだ。

ホームズが化学から遠ざかっていったのは、実は必然的なことであった。彼の創造主がそうだったからだ。コナン・ドイルは晩年、心霊主義《スピリチュアリズム》の擁護者としては世界でも指折りの人物となった。死んだ人間の霊が生きている人間と交流できると信じる心霊主義は、今日では否定されているが、当時は多くの人たちに受け入れられていた。交霊ブームを引き起こして心霊主義の始まりとなったのは、ニューヨーク州ハイズヴィルで一八四八年に起きた出来事だと言われている。この村にいたマーガレット・フォックスとケイト・フォックスの姉妹が、この年に霊との交信や空中浮揚を始めた。姉妹はこれが、インチキであったことを四〇年後に告白するのだが(文献108)、これをきっかけに心霊主義の一大ブームが起こり、アメリカでは一八五九年までに信奉者が一千万人にふくれあがったと言われる。ヴィクトリア女王が降霊会に出たことが一助となって、心霊主義はイギリスにも広まっていった(文献108)。一八八三年にコナン・ドイルが書いた短編『幽霊選び――ゴアズソープ屋敷の幽霊』は、オカルト主義をからかったものだったが、彼は一八八五年までに心霊主義の会合に出席している。ただ、そのときはまだ懐疑的だった。カトリックの教義を拒否したあとの信念体系を求めていたドイルは、テレパシーやメスメリズム、仏教、神智学、その他さまざまなものを考察していたのだ(文献108)。そして彼の中では、しだいに心霊主義が優勢になっていき、一九一七年一〇月、ドイルはついに「ルビコン川を渡り」(文献99)、心霊主義の信奉をはっきり示す講演を行ったのだった。ドイルは、世界的なマジシャンであるハリー・フーディーニと一時期親交を結んだことがある。フーディーニは心霊現象のインチキを暴くことで当時有名であり、二人はお互いを納得させようと切望した。だがどちらも成功せず、関係は破綻に終わった。コナン・ドイルは晩年、心霊主義に関する執筆や講演で人生のほとんどを費やしたのだった。

コナン・ドイルのホームズもの以外の短編小説は、『アーサー・コナン・ドイルホラー小説傑作集』（文献106）のようなアンソロジーに入るようなホラーものも多い。だが、われわれにとってありがたいのは、彼が超常現象のようなものをホームズ物語にもちこまなかったことだ。一九二四年に発表された五二番目のストーリーは、〈サセックスの吸血鬼〉という題名だった。しかし物語に吸血鬼は登場しないし、吸血鬼がからむ可能性を議論して資料にあたったホームズは、ワトスンに向かってこう言うのだ。

「ろくでもないよ、ワトスン、まったく、ろくなもんじゃない！」

この章を終えるにあたって、これまでに二度提示した問題に答えることとしよう。ホームズの化学に関する知識は「深遠」なのか、それとも「風変わり」なのか？　アシモフによる批判の多くに反論してホームズを擁護してきた私だが、ワトスンの最初の見解（「化学の知識——深遠」）は、認めることができないとわかった。ホームズの血液検出法はイギリスに採用されなかった。〈空き家の冒険〉でホームズは、コールタールの誘導体の研究が満足のいく結果に終わったと述べているが、それが彼の化学における唯一の成果だったようだ。化学への興味を維持し、もっと多くの功績をあげていれば、彼の名声も「深遠な」という形容詞に見合うものとなっていたことだろう。だが、彼の地味な功績では、ワトスンの言う「深遠」な化学者とアシモフの言う「へまな（ブランダリング）」化学者の中間とするほかないのだ。「風変わり（エキセントリック）」という表現が妥当だろう。結局のところ、ホームズに関するすべてのことは「エキセントリック」なのだから。

# 第5章　その他の科学とホームズ

「きわめて単純な計算だよ」
――シャーロック・ホームズ〈緋色の研究〉

## 1　数　学

### はじめに

シャーロック・ホームズは、どんな分野よりも化学に造詣が深かった。だが本章では、ホームズがその他のさまざまな科学にも精通していたことを確かめていくことにする。まず、あらゆる科学の支えとなる数学の知識が、正典で生かされている例を調べよう。ほぼすべての初期作品に、数学への言及や数学の利用がちりばめられている。だがホームズは、〈最後の事件〉でモリアーティ教授とともにライヘンバッハの滝壺に落ちたとみなされ、のちに生還してからは、めったに数学を利用しなくなっている。

〈緋色の研究〉で、訓練を積んだ観察者の出す結論は「ユークリッド幾何学の定理並みに絶対まちがいがない」と主張する雑誌の記事を、ワトスンはたわごとだと一蹴する。彼はまもなく、その記事を書いたのが共同生活を始めたばかりのホームズだと知ることになる。つまり、早くもホームズは自分の推理法を数学にたとえているわけだ。第二作の〈四つの署名〉でも、ホームズはユークリッド(注1)を引き合いに出す。今度は、本の書き方についてワトスンをたしなめる場面だ。ワトスンが前回の事件を〈緋色の研究〉という本にまとめるのに、ロマンチックな色づけをしようとした結果、「ユークリッド幾何学の第五定理に恋愛沙汰だか駆け落ち事件だかをもちこんだような」ものになってしまったと、ホームズはけなす。ユークリッドの第五定理は、三角形の二辺が等しいなら、その両側の二つの角も等しいというものだ。ちなみに、ホームズはユークリッドの定理をもとに計算をするのではなく、ワトスンの数学の知識をあてにして、〈緋色の研究〉の書き方について手厳しい指摘をしているわけだ。彼が記録者ワトスンを批判するのはこれが初めてだが、それで最後とはならない。

〈四つの署名〉にはもうひとつ、相手が数学用語をよく知っていることを前提にしたホームズのせりふがある。クレオソート［訳注　ブナの木のタールから得られるフェノール類の液体で刺激臭がある］に足をつっこんで逃げたトンガの足跡を見つけて、犯人を追うのは三数法（ルール・オブ・スリー）の計算問題みたいに簡単だと言うのだ。三数法とは比例式の計算で、四つのうち三つの項がわかれば四つ目の項が導き出せるというものだ。式に表すと、次のようになる。

$$ad = bc \text{ または } a/b = c/d$$

$a$、$b$、$c$がわかれば、$d = bc/a$によって$d$が求められる。式を組替えればどの項でも計算できる。一九世紀イギリスではこの公式に、名前がつけられるほどの重要性があった。今では数学上自明のこととみなされていて、《ルール・オブ・スリー》という呼び名はとんと耳にしなくなった［訳注　〝三数法〟はかつて、イギリスの公務員試験の必須要件にもなっていたが、一九世紀末までに数学史から葬り去られたと言われている」。比例式の演算のしかたは、「外項の積は内項の積に等しい」という定理か、たすき掛け法とよばれている。ユークリッドの定理のときもそうだが、〈四つの署名〉のホームズは、ルール・オブ・スリーによって何か計算するわけではない。

こうした数学用語が出てくることによって、最初の二作品、〈緋色の研究〉と〈四つの署名〉の作風が定まった。物語の中心にいるのは、日常会話にイギリスの高等教育がにじみ出るような、博学な人物二人だ。ホームズの推理にまごつくこともあるワトスンだが、彼とて決して頭が悪いわけではない。ただ、ホームズが数学用語を使うのは、五七話目の、一人称で語られる二編のうちのひとつ、〈ライオンのたてがみ〉までだ。彼は数学教師イアン・マードックのことを、「無理数とか円錐曲線幾何学とかの高度に抽象化された世界に生きている」と描写する。コナン・ドイルは読者を高く買っていたに違いない。無理数とは、二つの整数の比のかたちで表せない数のことだと、読者にわかってもらえるつもりなのだから。

## 歩幅から身長を割り出す

この章のはじめに引用したように、ホームズは自分のした計算を単純だと言うが、今日では正典中

（注１）　紀元前三〇〇年ごろのギリシャの数学者。

の計算がそう単純だとは考えられていない。まずは、ホームズが容疑者の歩幅から身長を割り出すところを見直してみよう。〈緋色の研究〉でホームズは、イーノック・ドレッバーが死体となって発見された犯罪現場をじっくり調べてから、レストレードとグレグスン、二人の警部に向かって手掛かりを述べたてる。そのうちのひとつが、加害者は身長六フィート以上というものだった。まさかと思ったのはヤードの警部たちだけではない。ワトスンも納得がゆかず、あとでホームズに、加害者の身長をどうやって推理したのかと説明を求める。ホームズの答えはこうだ。

「人間の身長は、十人のうち九人まで、歩幅からわかるものだ」

このせりふをめぐって、シャーロッキアンたちは熱心に議論してきた。そんな計算は無意味だというのが多数の意見だ。人の歩幅は状況によって変わるというのである。ホームズがこの計算をしてから一三〇年以上たった今なお、ウェブサイトには、彼の言う「単純な」計算をするための式がわけなく見つかる。以下は、livestrong.com のウェブサイト（注2）にある式だ。

身長＝歩幅×二・四一（男性の場合）

身長＝歩幅×二・四二（女性の場合）

これらのサイトにしても歩幅が変わりやすいことを認めて、人が走っているときの歩幅をもとにした代替式も用意している。

身長＝歩幅×〇・七四一（走っている運動選手）

キャンベルの式は身長＝歩幅×二・〇九と、若干違っている（文献23）。

ホームズは〈四つの署名〉でも、ジョナサン・スモールの身長は歩幅から計算できると言っている。一方〈ボスコム谷の謎〉では、犯人は「背が高い」男だという推理の根拠をワトスンに問われ、「ぼくのやり方はよく知っているだろう」と答える。するとワトスンが、「歩幅からだいたい判断したのだろう」と言う。このように早くも第六話で、歩幅と身長の関係についてのホームズの言い方は、控えめになっているのだ。最初の六話のうち三話で言及したあと、ホームズは身長を歩幅から割り出さなくなっている。

アメリカのＦＢＩ（連邦捜査局）は現在、身長と歩幅の関係はあてにならないと考えて利用せず、こうコメントしている（文献54）。

探偵小説のプロットと違って、足跡と足跡のあいだの距離――足の運び――からその人物の身長を判断することは、不可能である。なぜなら、犯罪に関与しているときの動きは、たいてい異様に速くなるからだ。走る、後退する、遠回りする、もがく、攻撃する、防御するといった動きもあれば、うろうろすることもある。平常どおりに動くことだけはないのだ。

（注2）　www.livestrong.com/article/438560-the-average-stridelength-in-running を参照。

現代の犯罪学では、歩幅でなく足のサイズで身長を推定するほうが妥当だと考えられているのだ（文献119）。

## 確率

後期の正典で数学の要素が含まれている唯一の作品は、第三五話の〈六つのナポレオン像〉、つまり焼石膏のナポレオン胸像六個をめぐる物語だ。何者かが押し込みを働いてナポレオン像を盗み出したうえで、こなごなに壊すという事件が起こる。奇怪な行動から、ワトスンは偏執狂《モノマニア》のしわざではないかと精神分析学的な説明を試みるが、うまくいかない（第二章二節参照）。ホームズはこの作品で、初歩的な確率計算をしている。胸像六個のうち残るのが二個だけなら、犯人がもう一度押し込みを働く確率は二対一、つまり三分の二だというのだ。なぜ三分の二なのか？

レストレード警部は、事件があまりに常軌を逸しているため、ホームズに相談をもちかける。ナポレオン像はロンドンに何百あるか知れないのに、犯人は約一年前同時につくられた六個の胸像にしか興味を示さない。四個目の胸像が新聞記者のホレス・ハーカー宅から盗まれたときには、現場に死体まで見つかった。その時点でレストレードは、胸像に興味をなくしてしまう――解決すべき殺人事件が起きたからだ。

「そんなことはどうでもいいじゃありませんか。そっちは、せいぜい六カ月がとこの刑で済む犯罪にすぎませんよ。捜査の本命は殺人です」

もちろん、ホームズはつながりを見抜き、引き続きナポレオン像に的を絞る。ホームズはレストレードに、盗まれた四個の胸像はみな、かけらがよく見えるような明るいところですぐに壊されたと指摘するが、警部はその重要性に気づかず、被害者の身元割り出しに邁進する。ホームズが謎を解明するのは、過去に起きた犯罪に精通しているおかげだ。知り合ったばかりのころ、ワトスンが下した評価を思い出してほしい。

煽情文学の知識——幅広い。今世紀に起きたすべての凶悪犯罪事件に精通しているらしい。

犯罪研究家ホームズは、ここでもまたスコットランド・ヤードより一枚上手だった。約一年前、ゲルダー商会の工場内で問題の胸像がつくられていたまさにそのとき起こった、ボルジア家の黒真珠盗難事件を記憶していたのだ。彼はそこから、なくなった真珠が胸像のひとつに隠されていると推理する。当時ゲルダー商会に雇われていたイタリア人職人のベッポが、盗難品の真珠を生乾きの石膏像に隠した。そのときのベッポは、別のイタリア人をナイフで刺したかどで警察に追われていた。刑期を一年務めた彼が、隠した真珠を取り戻そうとしたのだと。

ホームズの説によって、四個目の胸像が街灯の下で壊されたわけが納得できる。レストレードは胸像の壊された場所など気にしないが。四件目の押し込みで競争相手を殺してしまったベッポは、行動を急ぐはずだ。きっと翌日の夜、また犯行に及ぶだろうとホームズは考える。ベッポに警察は見当違いの線を追っていると思わせるため、ホームズは新聞記者のハーカーに、ナポレオンへの憎しみにとりつかれた異常者の犯行だという、レストレードの意見に賛成する旨を伝える。ハーカーはその見解を新聞記事にする。

残る胸像は二個。ひとつは近場のチジック、もうひとつは三五マイル離れたレディングにある。ホームズは、二対一で犯人をとり押さえる勝算があるとレストレードを説き伏せ、一緒にチジックへ向かう。二個しか残っていないのに、なぜ勝算が二対一なのか？　四個目の胸像が盗まれたからには、最初の三個に真珠が隠されていなかったことはわかるが、ベッポが四個目で見つけたかどうかはわからないからだ。真珠が四個目の胸像に隠されていた可能性もある。もし四個目も空振りだったとしたら、最後の二個のどちらかが当たりのはず。したがって、真珠がベッポの手中にある可能性が一、まだ石膏像に入っている可能性が二となる。ゆえに、ホームズの言うとおり、チジックで逮捕となる可能性は二対一だ。

ホームズは確信する。もし真珠をまだ手に入れていないなら、きっとベッポは翌日の夜にチジックを狙い、遠くのレディングはあとまわしにするだろう。逮捕の確率を三分の二と計算して、ホームズはレストレードを説得し、チジックへ同行させる。ベッポ逮捕の勝算は二対一というホームズの言明には、非常に巧みな前提が二つある。まず、ベッポがすぐ翌日の夜に行動を起こすということだが、おそらくそのとおりだろう。殺人がからむ事件となって警察が捜査に力を入れるだろうから、ベッポはたぶんボルジア家の黒真珠奪還を急ぐはずだ。またホームズは、ベッポの次のターゲットは遠くのレディングでなく近場のチジックだと判断する。その推理のとおり、ベッポはチジックで逮捕される。この物語のレストレードは、重要なポイントを見逃して脱線し、どうしようもなくへまな役を演じているのだ。

## 幾何学と三数法

第四章で述べたとおり、ホームズはマスグレイヴ家の儀式書を解読し、その指示に従って、古代イングランド王の王冠が隠されていた小さな地下室を見つけた。だが、そこに王冠はなく、ホームズより先に儀式書を解読していた執事ブラントンの遺体があった。では、その儀式書解読にはどんな幾何学計算が必要だったのか。

儀式書の指示は単純なものだ。

いかに歩測したのか？

北へ十歩、また十歩。東へ五歩、また五歩。南へ二歩、また二歩。西へ一歩、また一歩。かくして下へ。

問題は、どこからスタートするかだった。ホームズもブラントンも、太陽が特定位置にあるときに楡の木がつくる影の先端が、出発点だと考える。ところが、一〇年前に雷が落ちて楡の木は切られ、

$$\frac{\text{釣り竿の影の長さ}}{\text{釣り竿の高さ}} = \frac{\text{楡の木の影の長さ}}{\text{楡の木の高さ}}$$

$$\frac{9}{6} = \frac{\text{楡の木の影の長さ}}{64}$$

$$\text{楡の木の影の長さ} = 96$$

**図 5・1** 楡の木の影の長さは？

もうない。だが、レジナルド・マスグレイヴが、楡の木の高さは六四フィートだったと知っている。昔いた家庭教師が、よく高さを測る幾何学の練習問題を出していたのだ。楡の木の高さから影の長さを算出できることになって、ホームズは楡の切り株のところに長さ六フィートの釣竿を立てる。太陽が「楢の木の上」を通るとき、釣竿の影の長さは九フィートだった。以下のような比例計算から、楡の木の影の長さは九六フィートになる（図5・1）。

〈四つの署名〉ではたとえに使っただけの三数法（比例式の計算）を、ホームズはこの物語で実際に活用し、切り株から釣竿の影の方向へ九六フィートの地点を出発点と決める。そしてマスグレイヴ家の儀式書の指示をたどり、地下室を突き止めたところ、そこにブラントンの遺体が見つかるのだ。

そもそも上記の計算は、楡の木の高さは王冠が隠された二五〇年前と同じだという前提で成り立つ。楡の木は六四フィートを超える高さに成長することもある。気候や土壌が成木の樹高を左右する大きな要因となる。はたして、問題の楡の木の樹高は二五〇年間変わらなかっただろうか？ また、確かホームズは、歩幅が身長によって違うことをよく知っているはずだ。王冠が隠された二〇〇年以上も昔の人たちは、彼よりも身長が低かったと気づいてよさそうなものだ。とすると、正典には語られてはいないが、儀式書に書かれている歩数で測るとき、彼はきっと歩幅を調整したのだろう。

## 暗　算

第三章七節で述べたように、〈名馬シルヴァー・ブレイズ〉には「あの夜、犬は何もしませんでしたが」という、ホームズ物語全六〇話中で最も有名なせりふがある（注３）。かの有名な〝謎めいた手がかり〟だ（訳注）。またホームズは、同じ〈名馬シルヴァー・ブレイズ〉の中で、有名な数学的発言もしている。事件に乗り出すホームズとワトスンが、ダートムアへ向かう列車へ乗っているときのことだ。

「いま、時速五三マイル半だ」

そして、距離標など見えなかったのに、どう計算したのかといぶかるワトスンに、こう説明する。

「この線路沿いの電柱は六〇ヤードごとに立っているんだから、計算はかんたんさ」

読者にとって、電柱の間隔六〇ヤードが時速五三マイル半にどうつながるのか、すぐにはわからな

（注３）　正典全体には約八〇万語が含まれているという（文献163）。
（訳注）　謎めいた手がかり（enigmatic clue）という表現は、ディクスン・カーが著書『コナン・ドイル』の中でこの犬をめぐる問答について使い、知られるようになった

いだろう。では、ホームズはどうやって暗算したのか？　彼が使った装置は懐中時計だけだ（図5・2）。

図 5・2　懐中時計を取出して見るホームズ（シドニー・パジェット画、〈ギリシャ語通訳〉より）

シャーロッキアンたちは、この暗算方法について何通りか提唱している。いずれも、時間、その時間内に通り過ぎた電柱の間隔の数、列車の速度という、三つの未知数で式を組立てるところから始まる。それからホームズは時間と間隔の数を測り、速度を算出するというのだ。それにしても、そんなにすらすら暗算できるような、簡単な計算だろうか？　ベングトソンの説（図5・3）を見てみよう(文献9)。

三つの数を関係づける式を立てるところから、分析を始める。まず、速度（$S$）は距離（$D$）割る時間（$t$）で求められる（式①）。また、ある時間内の列車の総移動距離は通り過ぎた電柱の間隔の数（$N$）掛ける六〇ヤードになる（式②）。これを一七六〇ヤードで割って、マイル単位に換算する（式③）。

速度を求めるには、距離を時間 $t$（秒）で割る（式④）。これに六〇（秒）を掛けて分速にし、さらに六〇（分）を掛けて時速に換算する（式⑤）。

式①　$\text{速度} S = \dfrac{\text{距離} D}{\text{時間} t}$

式②　距離 $D$〔ヤード〕＝電柱の間隔 60〔ヤード〕× 電柱の間隔の数 $N$

ヤードからマイルへの単位換算（1 マイル＝1760 ヤード）

式③　$\text{距離} D〔\text{マイル}〕= \dfrac{60N}{1760}$

式①を使って速度〔マイル/秒〕を求める

式④　$\text{速度} S〔\text{マイル/秒}〕= \dfrac{D〔\text{マイル}〕}{t〔\text{秒}〕} = \dfrac{60N}{1760t}$

時速に換算

$$\begin{aligned}\text{速度} S〔\text{マイル/時}〕&= \frac{60N}{1760t} \times 60 \times 60 \\ &= \frac{N}{t}\,\frac{60 \times 60 \times 60}{1760} \\ &= \frac{N}{t}\,\frac{6 \times 60 \times 60}{176} & \text{式⑤} \\ &= \frac{N}{t}\,\frac{6 \times 60 \times 60}{11 \times 16} & \text{式⑥}\end{aligned}$$

$N = 11$ とすると

$$\begin{aligned}\text{速度} S〔\text{マイル/時}〕&= \frac{11}{t}\,\frac{6 \times 60 \times 60}{11 \times 16} \\ &= \frac{6 \times 60 \times 60}{16t} \\ &= \frac{6 \times 60 \times 60}{4 \times 4 \times t} \\ &= \frac{6 \times 15 \times 15}{t} & \text{式⑦} \\ &= \frac{1350}{t} & \text{式⑧}\end{aligned}$$

**図 5・3**　列車速度の計算は簡単か？

まだシンプルだと言えるほどではないが、ホームズは数学的洞察を働かせて176 = 11×16だと見抜く(式⑥)。すると計算が簡単になる。$N$が一一なら、計算しにくい因数が式から消えるのだ(式⑦)。そこでホームズは、一一の間隔を通り過ぎるのにかかる時間を測る。

列車の時速が五三マイル半ということは、ホームズは、一二番目の電柱(一一間隔)に近づくところで二五秒近く時間がたったことを確認したわけだ。1,350/25 = 54なら比較的計算しやすい(式⑧、二五が四つで一〇〇だから、その一三倍の一三〇〇は二五が五二個。二五が二つである五〇を足せば一三五〇なので、一三五〇割る二五は五四)。つまり、きっかり二五秒で一二番目の電柱の地点に着いたなら、列車の時速は五四マイルだ。二五秒でそこまで至らなかったので、時速五四マイル弱だと見積もったホームズは、五三マイル半だと、ワトスンにほどよい報告をしたのだろう。ホームズが三つの重要な数値を出していれば、これよりももっと正確な計算をできたのにという議論もある。今日の学生たちは電卓の性能いっぱいに計算をする傾向があるが、この程度の設定(つまり研究室レベルでない条件)なら問題ないことに気づくだろう。ホームズが時速五三マイル半と口にしたことで、彼の暗算能力が見せつけられることこそ大事なのだから。

# 2　生物学

「今日はモルヒネかい？　それともコカインか？」
——ワトスン博士〈四つの署名〉

## 解剖学

ホームズの知識と能力を〈緋色の研究〉で一覧表にまとめるにあたって、ワトスンはホームズの生物学における知識を植物学と解剖学という二つの分野に分けて、それぞれに評価している。数学の場合もそうだったが、生物学にかかわる言及も、その三分の二以上が正典の前半に集中している。ワトスンによれば、ホームズの解剖学の知識は「正確だが体系的ではない」。例によって、「世界中でもぼくひとりしかいない」という〝諮問探偵〟としての自分に役立ちそうな知識だけを身につけているということだろう。第二作の〈四つの署名〉で、ホームズはすでに「職業が手の形にどう影響するかを扱った、ちょっと変わった小論文」を書いている。「スレート職人、船員、コルク切り職人、植字工、織物工、ダイヤ磨きなどなど、いろんな職業の人たちの手形を石版で示した」というのだ。

ホームズはこの解剖学の知識を、実際にいくつかの事件で活用している。〈花婿の正体〉で、メアリ・サザーランドに向けた彼の第一声はこうだった。

「近眼でそんなにたくさんタイプなさるのでは、少々つらくはありませんか？」

彼はあとでワトスンに、手首のすぐ上の、タイピストがテーブルに強く押しつける部分に跡がついていたと説明する。こういう観察のしかたには、ジョゼフ・ベル博士を彷彿させるものがある。第一章四節で、女性の右手指の皮膚炎からリノリウム工だと推理したことを思い出してほしい。ただ、メアリ・サザーランドがタイピストだという事実は、プロットに関係しているものの、ホームズが事件を解明する助けにはならない。〈花婿の正体〉事件を解決するのにホームズが活用するのは、タイプライターの特異性である。犯人はメアリの義父、ジェイムズ・ウィンディバンクだった（第三章五節参照）。

〈美しき自転車乗り〉でホームズは、ヴァイオレット・スミスの手をとってながめ回し、音楽家だと推理する。タイピストと間違えそうだったことを彼は正直に認め、音楽家とタイピストの手には共通する特徴があると言う。だが、結局は正解だった。この〈美しき自転車乗り〉事件で問題になるのは、自転車乗りがヴァイオレット・スミスひとりきりではないことだ（訳注）。彼女はもうひとりの自転車乗りにつきまとわれ、警戒心をいだいたことから、シャーロック・ホームズに相談した。ここでもやはり、ホームズが彼女の職業を推理したことは、事件の解決に直接役立たない。ホームズは二人目の自転車乗りの捜査に、ワトスンを送り出す。ワトスンから報告を受けた無情なホームズは、善良なる博士を、こうこきおろす。

「まったく、たいへんなへまだなあ」

だがホームズは、ヴァイオレットをウッドリーと無理やり結婚させて相続財産を手に入れようという、ジャック・ウッドリーとボブ・カラザーズのたくらみを阻止することに成功する。

人間の身体の部位でもうひとつホームズが解剖学研究の対象にしたのは、指だ。彼はスコットランド・ヤードに先んじて、犯罪捜査に指紋を活用する可能性を見抜いていた。指紋が出てくる作品については第三章で論じたが、指紋が重大な意味のある使い方をされたのは、壁にジョン・ヘクター・マクファーレンの右手親指の指紋がついているという〈ノーウッドの建築業者〉だけだ。

ホームズが解剖学的関心をもった三つ目の身体部位は、耳である。〈ボール箱〉でホームズは、耳について『人類学会誌』に小論文を二つ書いたと言う。彼は、「それぞれの耳には原則としてはっきりした特徴があって、それぞれ違っているものだ」と考えていたのだ(注４)。

耳の形が重要な役割を果たす探偵小説は珍しいが、〈ボール箱〉はまさにそうだ。スーザン・クッシングという女性が、郵便でボール箱を受取る。箱の中身は切り取られた人間の耳二つで、ひとつは女性の、もうひとつは男性のものらしい。その切り取られた女性の耳とスーザン・クッシングの耳が

（訳注）この作品の原題は *The Solitary Cyclist* で、solitary は「ひとりだけの」あるいは「孤独な」「寂しい」という意味。だが著者が指摘するように、自転車乗りはヴァイオレットだけでなく、彼女につきまとう男も自転車に乗っていた。そのため、邦訳の題名は、直訳のものから、ストーリーの内容に重点を置いて問題点を補うものまでさまざまにある。「孤独な自転車乗り」「一人ぼっちの自転車乗り」「ひとりきりの自転車乗り」「怪しい自転車乗り」「謎の自転車乗り」「美しき自転車乗り」などだ

（注４）本当にそうだろうか？

そっくりだということに気づいてから、ホームズは一気に事件を解決する。スーザンの末妹メアリの夫、ジム・ブラウナーが犯人だと、レストレードに教えるのだ。ブラウナーは嫉妬と怒りから発作的に、妻とその浮気相手アレック・フェアビアンを殺害したのだった。そして、切り取った耳を二番目の姉、セアラ・クッシングに送りつけた。ジムに横恋慕したセアラが、誘惑を拒絶されて、彼とメアリとの結婚生活を破壊したからだ。ところが、手違いでスーザン・クッシングが耳を受取ることになり、レストレードから相談を受けたホームズによって正義がなされるのだ。

太腿の裏側の筋肉と腱を指す解剖学用語、ハムストリング（膝腱《しつけん》）は、二作品に出てくる。〈マスグレイヴ家の儀式書〉では、執事ブラントンの遺体が、額を箱のふちに押しつけて「しゃがみこんでいる」状態で見つかる。〈名馬シルヴァー・ブレイズ〉では、膝腱がもっと重要な役割を果たす。調教師のジョン・ストレイカーが、「馬のひざのうしろにある腱」の皮下に「表面からはわからないようにして、ちょっとした傷を」つけようとするが、馬が脚を蹴り上げたことによって落命するのだ。ホームズは現地から去るとき、牧場の羊について訊ね、最近三頭ほど脚をひきずるようになったという答えを得ると大いに満足する。犯人は腱を傷つける手技を練習したかったはずだと考えていたからだ。それにしても、自分の厩舎の馬を勝てなくするような細工を、なぜこの調教師はしたのか？　ストレイカーは対抗馬に大金を賭けるつもりだった。シルヴァー・ブレイズを、走れはしてもあまりスピードを出せない状態にしたかったのだ。

一方、第六〇話の〈ショスコム荘〉では、サー・ロバート・ノーバートンが妹の死を秘匿しようと、礼拝堂地下の納骨堂にある、祖先が眠っていた棺に遺体を隠した。棺にもともとあった古いほうの骨は、夜のあいだにこっそり燃やしてしまう。ところが、厩舎で働く若者が、燃え残った古い大腿骨を見つけ、ノーバートンの馬ショスコム・プリンス号の調教主任ジョン・メイスンに届ける。メイスンから相談を受けたホームズは、ワトスンに意見を聞く。

「きみはどう思う、ワトスン？」
「人間の大腿骨の上部関節丘だな」
「そのとおり！」

ジャック・トレイシーは関節丘（または骨頭部）を、「ほかの骨との関節を形成する骨の端の突起」と定義している（文献166）。人間の大腿骨には下部の端（つまり膝）に関節丘がある。だが、人間の大腿骨上部に関節丘はなく、腰につながっている。先に間違えているのはワトスンなのだ。しかし、ホームズも熱心に同意している。科学的な思い違いをしている非は、二人が同等に負うことになろうか。いや、たぶん非はコナン・ドイルにあるのだろう。

ノーバートンが妹の死をひた隠しにするのは、破産を回避したいという動機からだった。ショスコム・プリンス号がダービーで勝つまで、妹の訃報が債権者の耳に入らないようにしなければならない。上部だろうが下部だろうが、関節丘はことのなりゆき上のささいな手掛かりでしかない。スパニエル犬の行動のほうがずっと重要な手掛かりになるのだ（第三章七節参照）。関節丘については、「付録」で詳述する。

## 植物学

ワトスンは〈緋色の研究〉で、ホームズの植物学の知識に「ばらつきあり」という評価をくだしている。

ベラドンナ、アヘン、その他有毒植物一般にはくわしいが、園芸についてはまったく無知。

まずは園芸について、ワトスンの意見を検証してみよう。〈ウィステリア荘〉に、ホームズがまあまあの植物学的知識をうかがわせるような行動をとる一例がある。事件を捜査するためサリー州のエシャーという村に滞在したホームズは、付近の家を監視するあいだ、さりげないふうを装わなくてはならなかった。不審の目で見られないよう、植物学の入門書を読んだり植物標本を採集したりしながら見張りを続ける。ただし、ワトスンによると、「夕方になって持ち帰る植物はそれほど多くない」のだった。ホームズと園芸について、ワトスンの評価は的確だ。

それよりも、自分の仕事に直接関係する有毒植物のほうに、ホームズはよほど興味をもっていた。有毒化学物質については第四章で述べたが、正典には植物由来の毒もたびたび出てくる。そういう植物成分が、一九世紀なかばごろから無機毒物に取って代わるようになったのだ。そうした分子の発見や単離は、一八〇四年、アヘン（オピウム）の成分モルヒネに始まる。間もなくニコチン（一八〇七年）、ストリキニーネ（一八一九年）、コカイン（一八六〇年）が続いた。だがマーシュ・テストと一八四二年のラインシュ・テストによって確実に砒素を検出できるようになったことから(文献172)、遺産相続の時期を早めるためにこのいわゆる〝相続薬〟(第4章3節)を使うのは難しくなった。そこで、毒殺には植物由来の毒が使われることが増えた。そうすれば、毒殺犯は法執行機関より一歩先んじられたのだ。一九世紀なかば、フランス当局は悔やしまぎれとも思える次のような報告をしている(文献17)。

今後毒殺犯を志望する人々には、こう言っておこう。痕跡の残ってしまう金属性の毒を使うなかれ。植物性の毒を使うべし。それならば心配はない。その犯罪は罰されずにすむであろう。

強力な毒であるニコチン(文献172)が初めて死体から検出できるようになったのは一八五一年だが、その頃には、殺人には決まって植物性の毒が使われるようになっていた。興味深いのは、一八七八年にそうした事件のひとつをヘンリー・リトルジョン博士(第一章三節参照)が解決していることだ。博士は、アヘンが死因だと示して有罪判決を勝ち取ることができた(文献172)。ホームズ物語では、最初の二話で殺人に植物性の毒が使われている。〈緋色の研究〉では、モルモン教徒イーノック・ドレッバーがクラーレらしき毒で殺害される。ジェファースン・ホープが、南アメリカの先住民の毒矢から採取したアルカロイドを使って、ドレッバーに復讐を果たしたのだ。そういう矢毒としてはクラーレが最もよく知られている(文献166)。〈四つの署名〉では、トンガの使った「ストリキニーネに似た」毒物で、バーソロミュー・ショルトーが実に不気味な死に方をする(文献33)。事件終幕にテムズ川で繰り広げられた手に汗握るボートチェイスのさなか、トンガの吹き矢から発射されて、ホームズとワトスンのあいだをかすめて飛んだ毒矢の先にも、おそらくそれと同じ猛毒が塗られていただろう。

ほかにいくつか、植物性の毒が使われ、死には至らなかったケースもある。〈サセックスの吸血鬼〉では、嫉妬にとりつかれたジャック・ファーガスンが母親違いの弟をクラーレで毒殺しようとして、未遂に終わる。〈名馬シルヴァー・ブレイズ〉では、馬屋番のネッド・ハンターが粉末アヘンの入ったカレー料理で眠らせられる。アヘンの鎮静作用を、コナン・ドイルは的確に表現していると言える。ジョン・ストレイカーはネッド・ハンターを昏睡状態にしておいて、気づかれることなくシルヴァー・ブレイズを荒野へ連れ出した。そして馬の腱を切ろうとしたが、驚いた馬が後脚を蹴り上げたため、蹄鉄がひたいにまともに当たって絶命したのだった。

ホームズのコカイン問題は第二章で取り上げたが、コナン・ドイルが描くホームズの麻薬に対する反応には、あまり現実味がないという指摘もある。刺激性の傾向があるコカインを、ドイルは鎮静剤として描いているというのだ(文献123)。いくつかの作品で、ホームズは頭脳への刺激を求めている。〈バスカヴィル家の犬〉で彼はワトスンに対し、一日中「大きなポット二杯ぶんのコーヒーを飲み干し、とんでもなく大量の煙草を吸い尽くしていた」と言っている。それ以前にも、〈赤毛組合〉では、ニコチンの助けを借りて「パイプでたっぷり三服ほどの問題」を解いた。〈スリー・クォーターの失踪〉では、沈滞気味の毎日に不平をこぼしている。

〈四つの署名〉では、かの有名な〝七パーセント溶液〟を自分で注射したあと、「ぼくの頭脳は、停滞しているのが大きらいなんだ」と言っている(図5・4)。

「気分が高揚するようなことがほしくてたまらないんだよ」
ワトスンは真剣にやりかえす。

**図 5・4**　その目はしばらく、よぶんな肉のない筋肉質の前腕と手首をじっと見ていた（リヒャルト・グートシュミット画、〈四つの署名〉より）

「失うもののことを考えるんだ！　もって生まれたすばらしい才能を失う危険があるというのに、なんだってまた、ほんのひとときの快楽を求めるんだ？」

ワトスンは〈スリー・クォーターの失踪〉で、「ホームズのすばらしい経歴を汚しかねない」麻薬の常習から、彼を引き離してきたと語る。だが、ホームズはもはやコカインに手を出さないだろうとは思いながらも、こう言うのだ。

その悪い癖が、ただ眠っているだけであって消え失せたわけでは決してないのだとも思っていた。

物語に出てくる毒物や麻薬の扱い方には、言うまでもなく、それらに対するコナン・ドイルの姿勢が反映されている。一八七九年九月二〇日、ドイルは『ブリティッシュ・メディカル・ジャーナル』に、「毒物としてのゲルセミヌム」(訳注)と題した手紙を送っている(文献59)。彼はその毒性を試すため、みずから少量のゲルセミウム溶液を服用してみた。そして、耐えられなくなるまで、毎日服用量を増やしていった。

いつまでも下痢が治まらず衰弱していき、二〇〇ミニム［訳注　一ミニムは〇・〇六ミリリットル］でやめざるをえませんでした。ひどく気分がすぐれず、前額に激しい頭痛を覚えました。

まったく同じ発想が、ホームズ物語の第一作目にして早くも現われている。〈緋色の研究〉第一章で、スタンフォード青年がワトスンに、ホームズの変人ぶりをこう警告するのだ。

「たとえば、新しく発見した植物性アルカロイドの効き目をためすためなら、友人に一服盛ることも辞さない。もちろん悪意があるわけじゃなく、正確な効能を知りたいという純粋な研究心からですがね」

スタンフォードは付け加えて、ホームズなら効能を知るために自分でもそのアルカロイドを飲んでしまうだろうと言う。

ホームズとコカインがからむ場面で最も興味深いのは、コナン・ドイルがワトスンにその使用を非難させていることだ。失うものの大きさをよく考えろ、とホームズを諭す〈四つの署名〉は、一八九〇年に発表された。当時、コカインに対する一般の見方は、どちらかというと肯定的だった。一八八四年、ジークムント・フロイトはコカインについて書いた評論を「この魔法の物質に対する賛歌」と表現した(文献115)。彼はみずからコカインを試してみたという。薬物を自分で試すというコナン・ドイルの発想には、フロイトもひと役買っていたのかもしれない。

コカインについてフロイトが最後に論評したのは、一八八七年。相変わらず肯定的な論調ながら、それまでほどではなくなっていた。その記事に、フロイトは裏づけとして、南北戦争時に米軍軍医総監だったウィリアム・A・ハモンドの意見を引用している(文献115)。戦後のハモンドは、ニューヨーク市で大評判の内科医だった(文献143)。彼によれば、コカインは鬱病患者を元気づける無害な強壮剤であり、不都合な副作用はないし、習慣性もないという(文献116)。コカイン常用癖はコーヒーを飲む習慣とたいして変わらないと思っていたのだ(文献115)。それどころかデイヴィッド・ムストは、「ホームズがコカインを使うのは、当時のすぐれた医師たちの診断にも合っていた」とまで述べている。このように権威ある人物二人が賞賛しているにもかかわらず、コナン・ドイルは早くからコカインの効用に否定的だった。なんといっても、ハモンドの意見と反対に、彼はコカインに習慣性があると見ていた。ワトスン

（訳注）ゲルセミウム（アジア、北米産のゲルセミウム属のつる性低木の総称）のこと。一八七〇年代末、何人もの医学研究者が、競うようにゲルセミウムの応用について研究論文を発表していた。ちなみに、編集者に宛てたこの手紙は、ドイルが医学について出版物に発表した、初めてのものとなった。

はホームズにコカインをやめさせてもなお、その「悪い癖」が再開するのを恐れていたのだ。この例ひとつをとってみても、医師としてのコナン・ドイルは時代に一歩先んじていたと言えよう。コカインはその後、全世界で非難されるようになるのだから。

## 3 物理学

ホームズは拡大鏡を手にして四つんばいになった。
——〈まだらの紐〉

### 光学

一般の人々は、シャーロック・ホームズといえば拡大鏡を連想することが多い。拡大鏡は「推理にはまっ先に必要なツール」と言われたりするので、それも不思議はないだろう（文献25）。ホームズ物語で使われるいくつかの光学機器のひとつである拡大鏡は、全六〇話のうち二〇話で言及されている（文献35）。第一話〈緋色の研究〉でホームズは、巻き尺と拡大鏡を手に、イーノック・ドレッバーの死体が見つかった部屋の調査に二〇分ばかり費やす。ワトスンはその彼を、「ときどき立ち止まったり膝をついたり、一度などは腹這いにまでなった」と描写する。次の作品、〈四つの署名〉のホームズは、拡大鏡をもっと多用する。ワトスンの兄のものだった懐中時計についての推理（第二章一節参照）は、拡大鏡による調査から導かれる。その後ホームズは、階段に敷いたマットのしみや、ジョナサン・スモールがバーソロミュー・ショルトーの部屋によじのぼったロープを拡大鏡で調べる。〈四つの署名〉で彼が三度目に拡大鏡を使うのは、殺人犯がいた屋根裏を調べるときだ。

彼は拡大鏡と巻き尺を取り出し、両膝を床についてせかせかと動き回り始めた。細長い鼻の先を床にこすりつけんばかりにして、鳥のようにくぼんだ黒い目を光らせ、測ったり比べたり調べたりする。

これこそ、私たちの大好きな、ひたすら痕跡を追うことに集中するホームズの姿ではないだろうか？〈ボスコム谷の謎〉で、ワトスンはこう描写している。

その顔は紅潮していちだんと陰りを帯び、ふた筋くっきりと真っ黒い線になった眉の奥で、二つの目が鋼鉄のような輝きを放っている。顔をうつむけ、肩をかがめ、唇をきゅっとひき結んで、たくましそうな長い首に血管をくねくねと浮き立たせている。大きく広がった鼻孔に、ひたすら獲物を追い求める動物的欲望ばかりが息づいているように思えた。

〈ボスコム谷の謎〉でホームズは、ボスコム池周辺の地面を拡大鏡で調べて回る。その調査が謎の解明につながるのだ。一方〈赤毛組合〉での彼は、強盗どもが穴を掘って金庫室に侵入しようとしている銀行の、敷石と敷石のあいだの隙間を拡大鏡で念入りに調べる。どういうわけかそれで、その後

**図 5・5**　ホームズは探偵業についているあいだずっと、拡大鏡を使っていた（シドニー・パジェット画、〈ノーウッドの建築業者〉より）

一時間ほどでトンネルからよじのぼってくる連中を捕まえられるという予測が立つのだ。

前述したように、ホームズは〈バスカヴィル家の犬〉でモーティマー医師について、〈青いガーネット〉ではヘンリー・ベイカーについて、正確に推理してみせるのだが、いずれの場合も彼は拡大鏡を使って、モーティマーのステッキやベイカーの帽子を調べている（図5・5）。

〈ノーウッドの建築業者〉のホームズは、決定的な手掛かりとなる指紋を拡大鏡で調べた。〈緑柱石の宝冠〉で彼が拡大して調べるのは、窓の敷居についた足跡だ。それによって容疑者たちの行動をたどることができ、値のつけられないほど高価な宝冠を盗んだのはアーサー・ホールダーでないことを証明する。〈恐怖の谷〉でもまた、窓枠についた靴の跡を調べるのに拡大鏡が使われる。〈金縁の鼻眼鏡〉でホームズが拡大鏡を通して見るのは、コーラム教授の書斎で鍵穴についたばかりの、ひっかき傷だ。それが重要な手掛かりとなる。ほかにも何度か、大勢に影響のない場面でも拡大鏡が使われている。〈ブルース・パーティントン型設計書〉では茂みの下の地面を、〈ソア橋の難問〉では石が鋭く欠けた部分を、〈ブラック・ピーター〉では手帳についた血の跡を、〈悪魔の足〉ではランプを調べるためだ。

注目すべきは、ホームズが終始一貫して拡大鏡を使い続けることだろう。長編二作のあと、最初の短編一二作のうち六作で盛んに使い、その後は一一作で使っているが、その一一作は均等に散らばっている(訳注)。彼は化学、生物学、数学からいつのまにか離れていったかもしれないが、拡大鏡を手放すことはなかった。全体的に見ると初期の物語の中で非常に効果的な使い方をしているが、第五七話の〈ライオンのたてがみ〉でも、うまく活用している。

そのころホームズはロンドンを離れ、「英仏海峡のみごとな風景を一望できる」南イングランド丘陵の沿岸部に建つ小さな家で引退生活を送っていた。当然のことながら、そこでも彼は事件に巻き込まれ、地元の科学教師フィッツロイ・マクファースンがいまわのきわに「ライオンのたてがみ」と口走って息絶える。謎の言葉と、遺体の背中についた鞭で打ったような奇妙な跡に、ホームズは困惑する。マクファースンの遺体の傷を、ホームズは拡大鏡でくわしく調べる。そして、〈ライオンのたてがみ〉はワトスンではなくホームズ自身が一人称で語る二作品のうちのひとつなので、「私は珍しい知識をそれこそたっぷり蓄えている」と、みずから読者に思い出させるのだ。最終的にホームズは、マクファー

（訳注）ホームズが実際に拡大鏡を使う作品は〈緋色〉、〈署名〉、〈赤毛〉、〈花婿〉、〈ボスコム〉、〈ガーネット〉、〈まだら〉、〈緑柱石〉、〈入院患者〉、〈バスカヴィル〉、〈ノーウッド〉、〈ピーター〉、〈金縁〉、〈ブルース〉、〈悪魔〉、〈恐怖〉、〈ソア橋〉、〈ライオン〉、〈ショスコム〉の一九作だが、〈ボヘミアの醜聞〉でも「言及」はされている。ホームズに恋愛感情が無用なことを説明するのに、ワトスンは拡大鏡のレンズのひびという表現を使っているのだ。

**図 5・6** 〈バスカヴィル〉でフランクランドとワトスンは望遠鏡を使ってムーアを見た（シドニー・パジェット画）

スンが負ったような傷はサイアネア・カピラータというクラゲによるものだと記述した本を、記憶から捜し出した。その本の著者もやはり、同じクラゲを〝ライオンのたてがみ〟と呼んでいたのだ。殺人犯逮捕に気がはやるサセックス州警察のバードル警部が、ホームズに助言を求めに来る。拡大鏡とたっぷり蓄えた知識のおかげで、ホームズは殺人が犯されたわけではないことを証明してみせるのだ。

ホームズ物語には、拡大鏡のほかに二つの光学機器が出てくる［訳注 〈名馬シルヴァー・ブレイズ〉では、ワトスンの所有する「高性能の双眼鏡」が登場する。これも光学機器の範疇だろう］。ひとつは望遠鏡で、〈バスカヴィル家の犬〉のフランクランド老人は、望遠鏡を使ってムーアで起きるあらゆる出来事を監視していた（図5・6）。その望遠鏡をのぞかせてもらったワトスンも、老人同様、不審な挙動を目にする。すぐさまムーアへ調べに出かけた彼は、そこで石室を住みかにしている謎の男が、ほかならぬホームズだとわかってびっくりするのだ。ホームズとワトスンは別々に事件を捜査してきたが、そこから先は最後まで行動をともにする。正典で望遠鏡の出番はそれだけだ。いくつかある『ホームズ百科事典』には、「望遠鏡」が出てこないし、見出し語もない（文献166、20、121）。

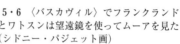

第四章で述べたように、〈ショスコム荘〉でホームズは顕微鏡を使っている。その結果は喜ばしいものだったが、ホームズがショスコム・プリンス号をめぐる事件を同時に手がけていたため、顕微鏡で調べていた一件がどんなものなのかは、ついに語られることがなかった。ホームズと顕微鏡のことを、ワトスンはそれ以外ほとんど語っていない。〈ショスコム荘〉は最後に発表された物語なので、ホームズが顕微鏡を使っているということは、彼が科学捜査官として進化している証拠と言えるだろう。拡大鏡を決して手放さないとはいえ、顕微鏡も使い始めたホームズは未来に目を向けていたのだ。

## その他の物理学

ホームズの仕事にはほかにも、物理学というくくりに入るものがいくつかある。ひとつは、今日の法廷でも重要視される、銃撃残留物についての知識を活用していること。ホームズが銃撃残留物を重要な根拠とした最初のケースは、〈ライゲイトの大地主〉だ。カニンガム家の御者ウィリアム・カーワンが死体となって見つかる。カニンガム老人とその息子の二人が、殺人犯を見たと供述する。息子のアレック・カニンガムによると、格闘のさなかに銃が発砲されてカーワンが倒れ、撃った男は逃げていったという。遺体を調べたホームズは、すぐにアレック・カニンガムの証言は嘘だという結論を示す。死者の服に火薬で焦げた跡がなかったのがその根拠だ（図５・７）。事件のしめくくりに自分の推理を披露するホームズは、火薬の跡がないからには四ヤード以上は離れたところから撃たれたはずだと、自信をもって言う。火薬痕の証拠を、手紙の筆跡に基づくみごとな推理（第三章四節参照）

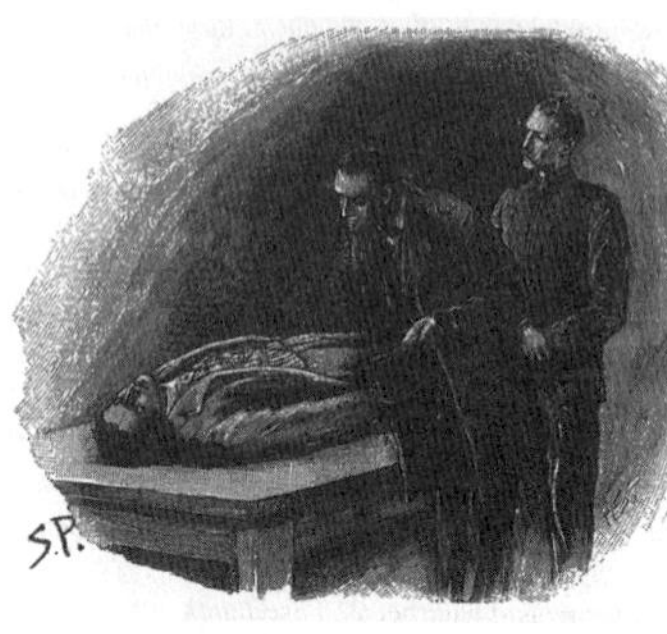

**図5・7** 〈ライゲイト〉でホームズは、遺体に火薬で焦げた跡がないことを確かめた（シドニー・パジェット画）

につなぎ合わせて、真犯人はカニンガム親子だと説得力のある主張をするのだ。

一方〈踊る人形〉では、銃弾による火薬痕が若干違う使い方をされている。物語中、エルシー・キュービットが夫のヒルトンを撃ち殺して自殺を図ったかのようにみなされるが、その表面的な見方を、ホームズはたちどころにしりぞける。彼はヒルトン・キュービットから、人形が踊っているような絵によるメッセージのことで相談を受けていた。このときすでに、その暗号を解読していたので（第三章四節参照）、事件にもうひとりの人物がかかわっていることを彼は知っていた。片方は絶命し、もう片方は息も絶え絶えというキュービット夫妻を発見したのは、メイドのソーンダースと料理係のキング夫人だった。二人の話では、銃声を聞いて二階の自分たちの寝室から犯罪現場となった書斎へ下りていく前に、火薬の臭いがすでにたちこめていたという（図5・8）。ホームズは、書斎の窓と入り口の扉の両方が開いていたと推理する。ここで彼は、グレアムの気体拡散の法則を、家中に広がる硝煙に応用している。

スコットランド人化学者トマス・グレアム（一八〇五～一八六九年）は、気体分子の運動に関する二つの法則を公式化した。この《グレアムの法則》により、気体が小孔から真空中へ流出する浸出速度と、二つの気体が混合する拡散速度を、それぞれ算出できるのだ。〈踊る人形〉で銃声がしたあとの気体の動きは、拡散にあたる。メイドたちの証言によれば、空気中を拡散していく硝煙が瞬時に二階まで達したことになるが、風が通っていなければそんなに早く広がるはずがない。つまり窓があいていたことになる。ホームズが出したのは常識的な結論だったが、マーティン警部は少し呑み込みが遅かった。

図 5・8　二人の使用人はともに、硝煙と火薬の臭いがたちこめていたと証言した（シドニー・パジェット画、〈踊る人形〉より）

「マーティン警部、部屋から出たとたんに火薬の臭いがしたというメイドの証言に、確か、これはたいへん重要な点だと申しあげましたね」
「ええ。しかし、白状しますと、その、おっしゃる意味がわからなくて」

ホームズは殺人の場面を描写し始める。第三の人物が窓の外にいた。その男とヒルトン・キュービットがほぼ同時に撃って、異様に大きな銃声がしたせいで、二階の使用人たちの目が覚めた。キュービットはエイブ・スレイニーの銃弾に倒れたが、ホームズは、彼の弾はスレイニーに当たらなかった。ホームズは、あると思って捜した三発目の銃弾を窓枠に見つける。夫の死に取り乱したエルシー・キュービットは、ヒルトンの銃で自分の頭を撃ったのだった。

また、〈ブルース・パーティントン型設計書〉では、ワトスンがホームズにこう言っている。

「みごとな推理だ。きみの仕事のなかでも最高傑作じゃないか」

ワトスンを感心させたのは、ここでもやはり常識とないまぜの物理学だ。〈ブルース・パーティントン型設計書〉はマイクロフト・ホームズがからんだ事件のひとつで、潜水艦の設計書が紛失する。なお悪いことに、アーサー・カドガン・ウェストが死体となって、ロンドンの地下鉄オールドゲイト駅そばの、線路からそれたところで発見される。この作品が発表されたのは一九〇八年一二月。やはりオールドゲイト駅で死体が発見される『地下鉄の怪事件』(文献1)という作品も、一九〇八年に発表されている(訳注1)。この小説もコナン・ドイルの着想のもとになったかもしれない。

〈ブルース・パーティントン型設計書〉では、遺体のポケットに切符がなかった。ホームズだけがそれを重要視し、レストレード警部にこう言う。

「切符を持っていなかったのはどうしてだ?」

殺人犯が殺した男の切符を抜き取ってから、死体を車両の外へ投げ捨てた、というのがレストレードの考えだ。だがホームズは、切符がなかったことから、カドガン・ウェストは列車に乗っていたのではなく列車の屋根に載せられていたと推理する。地下鉄の列車は数カ所でトンネルから外に出ているが、そんな場所のひとつ、グロスター・ロード駅付近の家で殺されたのだと。殺人犯は、すぐそばで列車がしばらく止まったときに死体を放り出しさえすればよかった。ひょっとすると、地下鉄の車掌がこう叫ぶのを聞いて、殺人犯はそういう計略を思いついたのはなかろうか（文献1）（訳注2）。

「屋根に乗るのは禁止されています！」

死体は、摩擦と慣性と運動量の法則に従って、屋根にとどまった（注5）。摩擦力を振り切って死体が落ちたのが、オールドゲイト駅付近だった。そうなった二つの要因は「たくさんのポイント、そして、カーブ」だった、とホームズは言う。

オールドゲイトはジャンクション（連絡駅）で、線路がカーブしている。ジャンクションでポイントをまたぐときに、列車が上下に揺れ、摩擦力の減少とカーブを曲がる列車の運動量があいまって、

（訳注1）この短篇はいわゆる「隅の老人シリーズ」（バロネス・オルツィ作）の一作。収録単行本『隅の老人』は一九〇八年に刊行されたが、雑誌の初出は一九〇一年（『ロイヤル』誌一九〇一年五・十月号）で、収録時に改訂された。邦訳収録書は『隅の老人【完全版】』（平山雄一訳、作品社、二〇一四年）、『隅の老人の事件簿』（深町眞理子訳、創元推理文庫、一九七七年）など。地下鉄の一等車で、毒殺された夫人の遺体が発見される。

（訳注2）この文献（ピーター・アクロイド著 *London Under*）によれば、一八九〇年代の地下鉄では各車両の後尾に乗った車掌がこう叫んでいたという。

（注　5）一九〇八年のロンドン地下鉄地図によると、カドガン・ウェストの死体は列車の屋根に乗ったまま約一二の駅を走ったことになる。

死体が振り落とされたのだ。列車がまっすぐな線路をあまり揺れずに走っていたら、死体はずっと屋根の上にあっただろう(注6)。

最後に論じる物理学の応用例は、シャーロッキアンのあいだで長年論争のもとになっているものだ。〈プライアリ・スクール〉で、湿った地面についたタイヤの跡を調べたホームズは、自転車が進んでいた方向がわかると主張する。自転車がプライアリ・スクールの方角から走ってきたと聞かされたワトスンは、こう切り返す。

「学校の方角へ、かもしれないよ」

ホームズの答えはこうだ。

「ワトスン、そいつは違う。体重のかかるうしろタイヤのつける跡のほうが、当然深くなるんだ。ご覧よ、あちこちで深いタイヤ跡が、前輪のつけた浅いほうのタイヤ跡と交差したり消してしまったりしてるだろう」

この物語では、ホールダネス公爵の一〇歳になるひとり息子にして跡継ぎのソルタイア卿が、学校から誘拐される。そしてプライアリ・スクールのドイツ語教師ハイデッガーが、誘拐犯から彼を救おうと、自転車で必死にあとを追う。公爵の秘書で非嫡出子のジェイムズ・ワイルダーが、公爵の財産を相続したいばかりに、ルービーン・ヘイズによる嫡男誘拐を手配したのだ。

ダンロップ製タイヤの跡を見つけたホームズは、自転車の進行方向について前述のような主張をする。それに対して、消されたタイヤ跡から進行方向を判別するのは不可能だと、読者はすぐに異議を申し立てた。賛否両論、ホームズ研究者たちの意見はまっぷたつに分かれた(文献６)。その点が議論の的となっていることは、ほどなくコナン・ドイルの耳にも入った(文献66)。

おそらくその一点だけで二〇通も質問状をもらっている(訳注)。

ドイルは自転車で検証してみることにする。平坦な地面では進行方向を判別することはできなかったが、坂道ならできた。実は、物語中でコナン・ドイルはこの進行方向問題をすでに解決していた。ある時点で、ホームズがワトスンにこう言っているのだ。

「きっと、このへんでスピードをあげたんだ」

(注６)　地下鉄とその動きに関する詳しい分析は、初期のホームズ研究のテーマとしてよく取り上げられた(文献39)。

(訳注)　これはドイルが『ストランド』誌一九一七年一二月号に寄稿したエッセイの中の一文だが、そこでは実際に実験したと書いていない。そう書いているのは、このエッセイをアレンジして使っている自伝『わが思い出と冒険』(一九二四年刊)。

ホームズの観察によると、前後の車輪の跡が同じくらいの深さになっていた。

「ということは、ちょうど全力疾走するときと同じで、乗っていた人間が体重をハンドルにかけたのさ」

くだんの議論の両陣営に受け入れられたこの原理が、進行方向問題の答えになる。ワトスンはその一帯を「ゆるやかな丘」と表現している。コナン・ドイルの調べたところ、上り坂では下り坂よりも両輪のつける跡が深かった。したがって、ホームズは進行方向を判別できただろうが、それは消されたタイヤ跡からわかったわけではない。

〈プライアリ・スクール〉には、ほかにも二つ、注目すべき点がある。ひとつは、ハイデッガーの自転車とワイルダーの自転車のタイヤ跡をホームズがすぐに見分けていることだ。ハイデッガーの自転車タイヤはパーマー製、ワイルダーの自転車タイヤはダンロップ製である。

「タイヤの跡もいろいろで、ぼくは四二種類知っている」

さも偉業のように聞こえるが、そう感心するほどではないかもしれない。当時、自転車タイヤのトレッドにはたいてい製造元のロゴが入っていたという(文献92)。ハイデッガーのパーマー製タイヤの跡に行き当たり、ホームズとワトスンの二人はそれをたどって持ち主の死体を発見する。ヘイズが頭部を強打して殺してしまったのだ。

タイヤ跡についてのホームズの主張から、ほかにも似たような主張があることが思い浮かぶ。〈花婿の正体〉でホームズは、ジェイムズ・ウィンディバンクのタイプライターには、その機械に特有の特徴が一六カ所あると断言する。〈ライゲイトの大地主〉では、手紙の筆跡にカニンガム親子に結びつく二三点の特徴があると言う。〈バスカヴィル家の犬〉には、犯罪の専門家としては七五種類くらいの香水が判別できなくてはならないというホームズのせりふがある。〈ボスコム谷の謎〉では、一四〇種類に及ぶ煙草の灰について論文を書いたとまで言っている（文献155）。私たちがホームズに出会うまでに、かくも大量の知識が収集されていたわけだ。そのころのホームズを描く物語も読んでみたいものだ。ただし、探偵の卵が知識を身につけていく物語は、コナン・ドイルによる六〇編ほど面白くないかもしれない。

〈プライアリ・スクール〉でもうひとつ注目すべき点は、ホームズがこう言っていることだ。

「この事件は古典的名作と呼ぶに値するよ」

ルービーン・ヘイズが荒地に出てソルタイア卿をかどわかし、ハイデッガーを殺していながら、通った跡を残していないのはなぜなのか？　ハイデッガーとワイルダーの自転車タイヤのほかについていた跡といえば、牛の蹄の跡だけだ。昼食をとりながらじっくり考えたホームズは、ワトスンにこう言う。

「そのとおり。では、ワトスン、あの荒地でどのくらいの牛を見かけた?」

「おや?　一頭も見なかったな」

ワトスンも牛の蹄跡に不審をいだき、問い返す。

「いま結論は出たのかい?」

「並み足、駆け足、それに速駆け。なんとも珍しい牛だなってことだけだがね」


蹄の跡のパターンをしっかり覚えていたホームズは、跡をつけたのは馬だったという正しい推理にたどり着く。ヘイズは牛の蹄らしい跡を残す蹄鉄を馬に履かせ、荒地にいたことを隠して、追求を逃れようとしたのだ。シャーロック・ホームズが捜査に乗り出すなどとは思いも寄らずに。

ワトスンが〈緋色の研究〉でホームズの能力を評価したとき、また〈オレンジの種五つ〉でその診断書を思い返したときにも、物理学には触れていない。物語に出てくる物理学の性質からして、それも当然だろう。ホームズの使う物理学は、物理学の法則を応用しているつもりなどなしに論証できるような、常識的なものがほとんどだからだ。それを警察よりも巧みにすばやくやってのけるところを見ると、あらためてホームズの科学の基礎はしっかりしていたのだとわかる。

# 4　その他の科学

「晴雨計はどうかな？　二九インチか、なるほど」
――シャーロック・ホームズ〈ボスコム谷の謎〉

## 天　文　学

ホームズの天文学の知識がどれほどのものか、私たちははやばやと第一話の〈緋色の研究〉で知ることになる。〈緋色の研究〉でワトスンがかの有名なホームズの査定表を作成するのだが、その中にこうあるのだ。

天文学の知識――ゼロ。

ホームズは太陽系のしくみさえ何も知らないらしい。あまつさえ、ワトスンが教えたことを、ホームズは犯罪事件の解決に役立たないから忘れなければならないと言ってのける。初期作品のホームズは極端なまでに実際的で、自分の仕事に直接応用できることにしか興味を示さない。太陽系などにかまうはずがないわけだ。

ところが、第四二話の〈ブルース・パーティントン型設計書〉のころになると、様子が変わってくる。彼は、兄のマイクロフトからベイカー街に駆けつける旨の電報を受け取って驚く。もう太陽系について無知ではないホームズは、レールをはずれて動くのをおっくうがることで有名なマイクロフトが、居心地のいいディオゲネス・クラブを出てベイカー街の下宿にやってくるとは、惑星が軌道をはずれるようなものだと言うのだ。ただ、ホームズが天文学をものにしたという手掛かりは、そのずっと以前からあった。

最初の片鱗は、第二〇話の〈マスグレイヴ家の儀式書〉に出てくる。楡の木の影がどこに落ちるかを計算するにあたって、彼は太陽の位置を正確に理解している（第五章一節参照）。彼はまた、ブラントンが「かなり頭の切れる男」だと言う。そこでホームズは、「天文学者の言う個人誤差」（注7）を考え合わせる必要がないと感じた。ブラントンの考えることなら誤差は出ないだろうと言っているのだが、注目点は、ホームズが天文学者に言及しているところだ。その分野をいくらか勉強したことがうかがえる。

次にホームズが天文学に言及するのは、第二四話の〈ギリシャ語通訳〉の中だ。ワトスンとホームズが、「黄道の傾斜角」を話題にしている。太陽のまわりを公転する地球の軌道が描く平面を、黄道面という。その面に対して地球の自転軸がぴったり垂直なら、黄道の傾斜角はゼロということだ（文献135）。だが、現状の地球は軸が垂線から約二三・五度傾いていて、地軸の傾きによって地球に季節がもたらされる。傾斜角は、ほぼ二二・五度という最小値とほぼ二四・五度という最大値のあいだを、長い時間をかけて変遷する。〈ギリシャ語通訳〉でホームズとワトスンが話していたのは、黄道の傾斜角と呼ばれる、地球の傾きの変化についてなのだ。〈緋色の研究〉の初対面当時、ワトスンはホームズよりも天文学に詳しかった。はっきり書かれてはいないが、〈ギリシャ語通訳〉で天文学の話題をもちだしたのは、ワトスンのほうなのではなかろうか。ともかく、ホームズもこのころにはそういう会話に加われるようになっていたのだ。

コナン・ドイルがきわめて多読博学の人だったことは、間違いない。それにしても、医師でもある作家が著作に「黄道の傾斜角が変わる原因」などといった話題を盛り込むとは、意表をついている。ドイルは最先端の天文学研究報告にまで目を通していたのだろうか？　実は彼には、天文学の世界にいる人物と個人的なつきあいがあったのだ。一八八〇年代にポーツマス近郊のサウスシーにいたころ、アルフレッド・ドレイスンという退役将校が近所に住んでいて、開業医としてのコナン・ドイルの患者だった（文献145）。ドレイスンとドイルは休暇を一緒に過ごす仲となり、ドイルがのちに著書を献呈するほど親しくなった、この友人はいったいどんな人物だったのか？

職業軍人だったドレイスン（訳注）は、一八四六年にウリッジの王立陸軍士官学校を卒業し、インド、南アフリカ、北アフリカで軍務についたのち（文献160）、ウリッジに戻って母校で天文学の教官となった。同時にグリニッジ天文台で非常勤の仕事もした。一八六八年には、イギリス天文学会会員に専任されている。コナン・ドイルはドレイスンの才能に感銘を受けて彼を天才扱いしただけでなく（文献19）、コ

（注７）　個人の性格に起因する、観測や判断に関する変動または誤差。

（訳注）　アルフレッド・ウィルクス・ドレイスン（一八二七〜一九〇一年）はイギリスの元陸軍少将で数学者、天文学者。一八八二年から一八八九年にかけてサウスシーに住み、コナン・ドイルとともに心霊現象の研究を行った。一八八三年にはポーツマス文芸・科学協会の会長になっている。ドレイスンはモリアーティ教授の右腕だったモラン大佐のモデルだという説もある。

ペルニクスにたとえたりもした（文献160）。

一八九〇年三月、コナン・ドイルは『北極星号の船長』と題した短編集を上梓したが、その著書にドレイスンへの献辞を捧げている（文献19）。

わが友人、陸軍少将Ａ・Ｗ・ドレイスンに捧ぐ
天文学へのいまだ真価を認められざる多大な貢献を賞賛する、ささやかなしるしとして

ドレイスンは自分の天文学研究の結果をしっかり発表しているが、時の試練に耐えられないものもあった。一八七五年の論文に、'Variation on the Obliquity of the Ecliptic（黄道の傾斜角の変化）' というタイトルの、ホームズものの読者の関心を引きそうなものがある（文献145）。だが、その論文で提起された説は間違っていた［訳注　地球の自転は一日に一回でなく二回だというのが、ドレイスンの持論だったと言われている］。また、一八八四年にはポーツマス文芸・科学協会で「地球とその運動」について講演をし、黄道の傾斜角について話している（文献19）。コナン・ドイルはこの協会のメンバーだったので、おそらく友人の話を聞きに行ったことだろう。一八八八年の著書『Thirty Thousand Years of the Earth's Past History（地球三万年史）』でもまた、ドレイスンは黄道の傾斜角の変化を論じている。コナン・ドイルが黄道の傾斜角を作品に使おうと思いついたのは、友人ドレイスンのせいだったと言って、ほぼ間違いないだろう。第五章一節で、二二一Ｂの同居人のあいだでかわされる数学についての会話のレベルが高いと述べたが、天文学にまつわる話もやはり高度だ。

$N = 0, 1, 2, 4, 8, \cdots$（倍数）で，$D$ が天文単位〔au〕による太陽から太陽系惑星までの距離（太陽から地球までの距離を 1 au としたもの）のとき，

$$D = 0.4 + (0.3 \times N)$$

**図 5・9**　ボーデの法則

ほかに正典で目につく天文学の話題といえば、ほかならぬ天文学者モリアーティ教授に関連するものだ。〈最後の事件〉によると、モリアーティは「二項定理についての論文」によって安泰な数学教授のポストを得た。だが、彼の最高傑作は天文学研究書である『小惑星の力学』、つまり理解できる専門家さえほとんどいない、「純粋数学の頂点とまでもてはやされる本」だ。とすると、彼は教授職についてから天文学に興味を惹かれていったのだろう。ロンドンの犯罪界に君臨するようになってからも、モリアーティは天文学への関心と高度な専門的知識をもちつづけた。マクドナルド警部がモリアーティの書斎で対面したときは、話題が日蝕のことになり、教授は反射板付きランタンと地球儀で実演までしながら、日蝕の仕組みを警部にわからせたあげく、本まで貸してくれたというのだ（〈恐怖の谷〉）。

ただし、モリアーティが力を注いだのは小惑星（〝アステロイド〟または〝マイナー・プラネット〟）の研究だった。一七〇〇年代以降、天文学では惑星の太陽からの距離を経験的法則によって算出するようになった。《ボーデの法則》（ティティウス・ボーデの法則）だ（図5・9）。

この方程式により、表1のように実際の距離によく合う近似値が算出される（文献94）。

この計算で注目すべき点は、火星と木星のあいだにギャップがあることだ。そ

こから、欠けている惑星が捜索され始め、惑星ではなく小惑星が初めて発見されることになる。そして一八〇一年、シチリアでジュゼッペ・ピアッツィが二・七七天文単位に小惑星を発見し、シチリアの守護女神ケレスにちなんで「ケレス」（セレスという表記もあり）と命名した（文献94）。太陽からの距離の計算値は二・八〇なので、実測値によく近似している。ケレスの発見に続いて一八〇二年には第二の小惑星が発見され、ギリシャの知恵の女神パラス・アテナにちなんで「パラス」と命名された。やがて、火星と木星のあいだの〝小惑星帯〟に何百という小惑星が発見されていく（注8）。

表1

| 惑星名 | $N$ | 計算値 | 観測値 |
|---|---|---|---|
| 水　星 | 0 | 0.4 | 0.39 |
| 金　星 | 1 | 0.7 | 0.72 |
| 地　球 | 2 | 1.0 | 1.00 |
| 火　星 | 4 | 1.6 | 1.52 |
| — | 8 | 2.8 | 2.77（ケレス） |
| 木　星 | 16 | 5.2 | 5.20 |
| 土　星 | 32 | 10.0 | 9.54 |

こうした発見に、科学の世界は大きく沸いた。ギャップに見つかったのが惑星ではなく小惑星だったのはなぜか、諸説が飛び交った。化学の分野では、天文学の進歩を記念して、その後すぐに発見された二つの元素にこの二つの小惑星にちなんだ名をつけた。一八〇三年に発見されたセリウムとパラジウムだ。しかしコナン・ドイルとホームズの時代には、何百と見つかっていたため、小惑星をめぐる興奮はすっかり冷めていた。ところが一八九八年に、初めての地球近傍小惑星「エロス」が発見された。ホームズが手がける事件で、天文学的な事物や事象が重要な役割を果たすことはない。だが最も興味深いのは、どういう経緯で物語に天文学への言及がなされたのかということだ。コナン・ドイルがアルフレッド・ドレイスンの黄道の傾斜角研究に親しん

でいたこと、そして小惑星に関心をもちつづけたことから、正典に天文学への言及が出てきたのだろう。ホームズとワトスンに最先端の天文学を語らせて、コナン・ドイルは二人とも科学に造詣が深いことをきわだたせたのだ。

## 地質学

〈緋色の研究〉の中でホームズの地質学の知識に対してワトスンが下した最初の評価は、「限られてはいるが、非常に実用的」というものだった。ところが〈オレンジの種五つ〉では、それを思い出そうとして地質学と化学の評価を取り違えたらしく、地質学については「実用的《プラクティカル》」でなく「深遠《プロファウンド》」と言っている。さて、ホームズの地質学の知識は実用的なのか、それとも深遠なのか？　化学の場合と違って、六〇話の中に地質学はほとんど出てこないため、我々には知るよしもない。〈緋色の研究〉でも〈オレンジの種五つ〉でも、ワトスンの分析はもっぱら、土がロンドンのどの地域のものかを突き止めるホームズの能力に基づくものなのだ。深遠な地質学とは言えそうにない。

ホームズがその特技を生かした例は、いくつかある。〈緋色の研究〉で、ワトスンはホームズについてこう報告している。

（注8）　ケレスは現在では小惑星に数えられていない。二〇〇六年に、冥王星が惑星から準惑星へ格下げされるとともに、ケレスは準惑星へ格上げされた。現在の公式見解で準惑星の数は五となっている。

散歩のあとズボンについた泥はねを見て、その色と粘度から、ロンドンのどの地区の土であるかを指摘したことがある。

〈四つの署名〉でホームズは、地質学の知識を靴の甲についた赤土に応用して、ワトスンがウィグモア街郵便局に行ってきたと指摘する。そのあたりでは最近舗装をはがして赤土がむきだしになっているが、その土を踏まずに郵便局には入れないからだ。〈オレンジの種五つ〉でも同じようにして、ホームズは依頼人ジョン・オープンショーが南西部からロンドンへやって来たと推理する。

「どうやら、南西部からいらしたようですね」
「はい、ホーシャムから」
「あなたの靴の爪先についている粘土と白亜土の混合物は、あの地方特有のものですからね」

ホームズが土から場所を推理するこれら三つの例は、確かに面白いが、物語を先へ進めるわけでもなければ、たいそうな地質学でもない。それどころか、オープンショーとホーシャムについてのホームズの推理には異論もある（文献92）［訳注　ホーシャムの町がある一帯はウィールド粘土層で囲まれているので、オープンショーの靴の爪先に白亜土が付着するはずはないという意見］。

一方、土が犯人を突き止める手がかりとなる一例が、〈三人の学生〉にある。合格すればたいそうな金額の奨学金がもらえる試験の前日に、カレッジで個人指導教師《チューター》と講師を兼務するヒルトン・ソームズが、彼の部屋に忍び込んで試験用紙の校正刷りを読んだ者がいることに気づく。現場には足跡も指紋も見つからない。ホームズは、ソームズの部屋で二つ見つかった黒い粘土の塊に目を向けた。それには細かいおがくずのようなものがついている。彼はすでに、ギルクリストを疑っていた。候補生の中でただひとり、ソームズの部屋の窓をのぞいて机上の試験用紙が見えるほどの長身だからだ。ギルクリストは幅跳びの選手で、三人の学生のうち唯一のスポーツマンでもある。ホームズは翌朝六時に早起きして運動場へ出向き、粘土のような黒土が敷かれた幅跳びの練習場に、滑り止めのおがくずがまいてあるのを確かめる。

土が手掛かりになる例がもうひとつ、〈悪魔の足〉にもある。例によってホームズだけが、モーティマー・トレジェニスの家の窓枠に土がついていることに気づく。

「もちろん、あの窓枠に小石が載っていたことが、ぼくの捜査の出発点だったのさ」

それがレオン・スターンデール博士の家のあたりにしかない小石だとわかって、ホームズは犯人を特定する。ほかにも証拠をつきつけられたスターンデールは、モーティマー・トレジェニス殺しを認める。この事件でもホームズは、愛するブレンダ・トレジェニスを兄モーティマーに殺されたことの復讐という、スターンデールの動機を正当なものとみなしている。彼はライオン・ハンターの異名をとるアフリカ探検家スターンデールに、アフリカに戻って仕事を続けるのをじゃまするつもりはないと言い渡すのだ。

もうひとつ地質学の分野に属する話題がある。〈技師の親指〉でプロットにひと役買っている、漂布土（フラーズ・アース）だ。吸着粘性が強い粘土の一種で、ホームズの時代には工業利用されていた。今でも利用されつづけている。一九六〇年代以降は主に、油や油脂の吸収に、また猫用トイレの砂（吸湿性粘土）としても使われるようになった（文献75）。フラーズ・アース（fuller's earth）という名称は、もとの主な用途がウールの洗い張り、つまりフリング（縮絨《しゅくじゅう》）だったことに由来する（文献75）。ヴィクトリア時代のロンドンでは、この粘土を羊毛脂《ラノリン》を取除く脱脂剤として使い、高価な布地にしていた。

〈技師の親指〉では、にせ金づくりの一味がアイフォードの村に作業場を構えて、硬貨偽造に強力な水圧プレスを使っている。その機械の調子が悪くなってきたため、一味は水力技師のヴィクター・ハザリーに夜間の出張修理を頼み込む。真実を隠すために彼らがでっちあげたのが、買った土地に漂布土の層が見つかったというつくり話だった。事業がうまくいくと出資者を説得して隣人の所有地を買い取りたいので、秘密にしておく必要があると、ハザリーに説明するのだ。そして彼らは、馬車に乗ったハザリーがどこを走っているかわからないようにして、一二マイルほど走ったと思わせ、水圧プレスのある家へ彼を連れていく。ハザリーは機械の不調の原因がシリンダーの洩れだと指摘するが、そのプレスの用途が漂布土の圧搾でないと気づいたことを、うっかり口にしてしまう。それを聞いたライサンダー・スターク大佐は、ハザリーを圧搾室に閉じ込め、機械を始動させる。からくも脱出したハザリーだが、追いついた大佐によって親指を切り落とされてしまう。生き延びた彼が手当てのためワトスン医師のもとを訪ねたことから、ホームズが関わることになるのだ。大佐の馬車が駅に迎えにきたときの馬の状態を知ったホームズは、一味の家がある場所についてみごとな推理をしてみせる。

一二マイルも走ったあとの馬が元気なはずはないと見抜くのだ。一二マイルほどと思えたのは、駅から六マイル走って六マイル戻ったからだった。にせ金づくりの家はアイフォード駅の近くにあったわけだ。だが、ホームズたちがアイフォードに到着するより先に一味は逃げのび、逮捕をすることはかなわなかった。

## 気象学

この章の締めくくりとして、正典中で一番不可解な科学の話題を取り上げることにしよう。〈ボスコム谷の謎〉でホームズは、レストレード警部から西部イングランドで起きた殺人事件への協力を要請される。彼は西へ向かう列車内で事件の概要をワトスンに語るのだが、その列車が「時速五〇マイル」で走っているとも口にした。一方〈名馬シルヴァー・ブレイズ〉でも、列車の速度は五三マイル半だと計算したホームズが、「計算はかんたんさ」と言って、その理由を説明する（第五章一節参照）。〈ボスコム谷の謎〉のほうに出てくる列車の速度があまり興味を引かないのは、単なる推測のように思えるからだろう。

その〈ボスコム谷の謎〉では、ヘレフォード州に着いた二人をレストレード警部が出迎える。警部は現場へ向かう馬車の用意がしてあると言うが、不思議なことにホームズはその申し出を断る。いつもなら、他人に荒らされる前に現場を調べたがるはずだ。〈緋色の研究〉では、証拠となる足跡がさんざん踏み荒らされてしまったのを、「バッファローの群れ」が通ったよりひどいとぼやいているくらいだ。まして、この作品の殺人事件は戸外で起きているので、とりあえず現場へ駆けつけるのが急務なのではないか。もし雨でも降り出したりすれば、犯罪現場の情報はそこなわれてしまうだろう。ところがホームズは、しばらく雨は降りそうにないと確信し、現場のボスコム池に急いで行く必要はないと言う。どうして雨にならないとわかるのか？　ホームズは晴雨計（バロメーター、正典では〝グラス〟）をチェックするのだ。低気圧にともなって雨が降るという、昔ながらの法則をよりどころにしていたらしい。

水銀気圧計（バロメーター）は一六〇〇年代なかばに登場したが、二〇〇九年一〇月以降、イギリスでは新たな製品の販売が禁じられている。気圧計のガラス管に入っている水銀の毒性が問題視されるようになったからだ。ただ、古い水銀気圧計を修復したり、自分用の気圧計をつくったりすることはできる。言うまでもなく、一八九〇年代のイギリスで晴雨計は今よりずっとありふれたものだった（文献139）。

イギリスのどんな中流家庭でも、玄関にはたいてい晴雨計があった（訳注）。

晴雨計は装飾になる家庭用品と考えられていたのだろう。〈四つの署名〉でワトスンは、セシル・フォレスター夫人の家の玄関に晴雨計があるのを、「平穏なイギリス風家庭」のしるしと見ている。アグラの財宝をめぐって翻弄されるなか、将来妻となるメアリ・モースタンがそういう家庭に住んでいることに、彼は心慰められる。レスリー・クリンガーは〈四つの署名〉の注釈で「天気を予測するのに使われたホイール型やスティック型、マリン型の水銀気圧計は、ガラスと木でできた美しい備品でもあり、今ではアンティーク品としての価値を持っている。こうした品がヴィクトリア時代の家庭にはよく見受けられた」と書いている（文献92）。当時のイギリスでそれほど親しまれていたのなら、晴雨計の示す気圧が低いか高いかくらいは誰にでもわかったのではないだろうか。それとも、シャーロック・ホームズは例外だったのだろうか？

水銀気圧計では、水銀柱の高さが大気圧によって二九・九二インチまで上がる。二九・九二インチが平均海面での標準値で、高度が高くなるにつれてそれよりも低くなる。また、気圧の前線が行き来すれば、ところによって差が出てくる。晴雨計の水銀柱の高さが二九インチだと確かめたホームズは、天気が崩れないことを確信し、あとになってもこう言っている。

「晴雨計の気圧は、相変わらずずいぶん高いね。現場の地面を調べるまでは、雨が降っては困るんだ」

そしてなんと、彼は殺人現場周辺の地面を調べぬまま、その晩はやすんでしまう。二九インチという値はかなり低く、荒れ模様の天候を強く示唆しているというのにだ。だが、ホームズの強運のなせるわざか、翌日、「夜が明けると、空には雲ひとつなく、朝日が輝いていた」。前述のとおり（第三章

（訳注）　これは文献139にあるクリストファー・モーリーの文章。

三節)、ホームズはまだ乱されず無傷で残っていた足跡をもとに、事件の謎を解き明かす。

このような科学的欠陥が生じたのは、いったい誰のせいだろう? ホームズが気象学方面のことに無知だったのか? 知らなかったのはコナン・ドイルなのか? ここはひとつ、晴雨計の示す気圧があまりに低すぎたのでホームズの(ほかのみんなも)認識が狂って間違ったことを言ってしまったという、シュヴァイヒェルトの独創的な説(文献149)を受け入れることにしようか? だいたいにおいて、シャーロッキアンはホームズを責めようとしないものだ。間違いがあれば、たいていは事件を記録・発表したワトスンの手落ちとされる。正典に関するどんな問題でもそうだが、誰がどんな意見をもとうとも、自由なのだ。

# 結論

「ありえないものをひとつひとつ消していけば、残ったものが、どんなにありそうでないことでも、真実であるはずだ」
――シャーロック・ホームズ〈四つの署名〉

二六番目の〈最後の事件〉で、ホームズとモリアーティ教授はライヘンバッハの滝に落ちた（図）。そして、その後の正典におけるホームズは、「以前と同じ人物ではなくなった」と言われるようになった（文献160）。だが、ライヘンバッハ後に初めて書かれたホームズものは、〈バスカヴィル家の犬〉である。この作品はホームズ物語の中でも最も有名なものであり、ベスト作品選びでは常に上位に入る。また、続く三つの作品、〈空き家の冒険〉と〈ノーウッドの建築業者〉、そして〈踊る人形〉も人気が高い。つまりコナン・ドイルは、六〇編の折り返し点まで非常にうまくやったわけだ（〈踊る

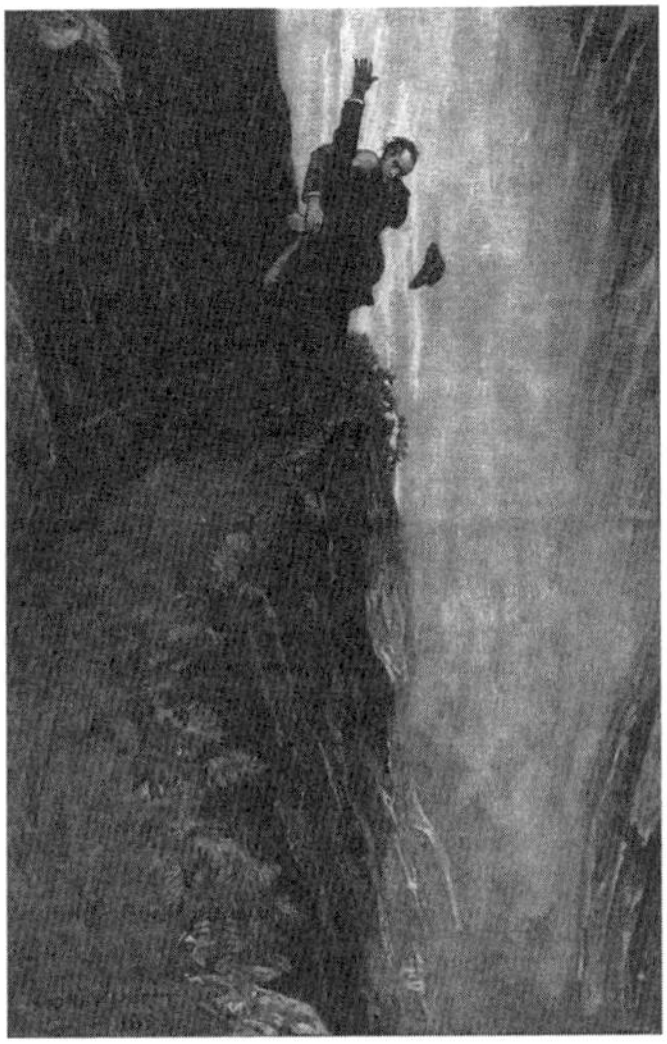

図　スイスにあるライヘンバッハの滝の断崖で取っ組み合うホームズとモリアーティ教授（シドニー・パジェット画、〈最後の事件〉より）

人形〉は三〇作目）。ところが、まもなく作品の質は落ちていく。ホームズ物語はこれまで何度かランク付けをされてきたが（文献13）、前半の三〇編と後半の三〇編を比べてみると、わかってくることがある。一九五九年に『ベイカー・ストリート・ジャーナル』の読者を対象にして行った短編人気ランキングの結果を、次に示しておく。

**ホームズ物語短編作品の人気ランキング**

ベストテン

| 作品名 | 作品番号 |
|---|---|
| 〈まだら〉 | 10 |
| 〈赤毛〉 | 4 |
| 〈ガーネット〉 | 9 |
| 〈シルヴァー〉 | 15 |
| 〈ボヘミア〉 | 3 |
| 〈マスグレイヴ〉 | 20 |
| 〈ブルース〉 | 42 |
| 〈ナポレオン〉 | 35 |
| 〈人形〉 | 30 |
| 〈空き家〉 | 28 |

ワーストテン

| 作品名 | 作品番号 |
|---|---|
| 〈マザリン〉 | 49 |
| 〈下宿人〉 | 59 |
| 〈黄色〉 | 17 |
| 〈白面〉 | 56 |
| 〈三破風館〉 | 55 |
| 〈這う男〉 | 51 |
| 〈画材屋〉 | 58 |
| 〈ライオン〉 | 57 |
| 〈吸血鬼〉 | 52 |
| 〈クォーター〉 | 38 |

「ベストテン」リスト一〇作のうち八作が、正典前半からのものだ。つまり、後半からのものは二作しかない。一方、「ワーストテン」のほうではそれが逆転している。一〇作のうち九作が後半からのものであり、しかも八作はコナン・ドイルが一九二一年から一九二七年にかけて書いた最後の十二作の中のものなのである。コナン・ドイル自身、これについては認めている。一九二七年に彼は自分の好む一二作品をリストアップし、のちに七作を加えているのだが、そのうち一五作が前半のもので、四作が後半のものだったのだ。ドイル自身の「好きな作品」ランキングは、次のような順序だった（括弧内の数字は作品番号）。

〈まだら〉［10］、〈赤毛〉［4］、〈人形〉［30］、〈最後〉［26］、〈ボヘミア〉［3］、〈空き家〉［28］、〈オレンジ〉［7］、〈しみ〉［40］、〈悪魔〉［43］、〈プライアリ〉［32］、〈マスグレイヴ〉［20］、〈ライゲイト〉［21］、〈シルヴァー〉［15］、〈ブルース〉［42］、〈背中〉［22］、〈唇〉［8］、〈ギリシャ〉［24］、〈入院患者〉［23］、〈海軍条約〉［25］

長編四作品を入れても、あまり変化はない。たいていは〈バスカヴィル家の犬〉が〈まだらの紐〉に置き換わって一位になる一方、後半の作品はやはり人気がない。後半の作品で常に上位に入るのは〈ブルース〉だけだが、これはおそらく〝マイクロフト効果〟とでも言うべきもののせいだろう。人気の高いあの不精者の兄が、作品に魅力を加えているのだ。しかもこの作品は、第五章三節で述べたように、ホームズが摩擦と慣性と運動量の法則という物理学の知識を使って、事件を解決するものなのだ。

第四章六節で、コナン・ドイルが心霊主義《スピリチュアリズム》に傾いていったと書いたのを覚えているだろうか。ドイルはホームズものと関係ないところで心霊主義やオカルティズムに傾倒していたと結論づける文芸批評家は、これまでに何人かいた。だが、コナン・ドイルが医師でも科学の人でもなくなっていったのと同様、ホームズもまた、科学の人ではなくなっていった。ドイルは、自分の時間とエネルギーの大半を心霊主義の啓蒙活動に注ぐようになっていった。そのせいで、正典の後半では科学的な要素がどんどん少なくなったのだ。第四章で私は、ホームズがしだいに化学から離れていったことを示した。正典の後半では、化学に対する言及がほとんどない。ジャック・トレイシーによれば、ホームズが化学実験をするシーンは七つの作品（〈ぶな〉、〈入形〉、〈花婿〉、〈海軍条約〉、〈入院患者〉、〈署名〉、〈緋色〉）に出てくる（文献166）が、そのどれもが正典の前半の作品なのだ。また第五章では、生物学と数学に関して同様のことを見てきた。物理学に関して言うなら、ホームズはキャリア全体を通して拡大鏡を使っているが、効果的な使い方をしているのはいずれも初期の作品においてである。天文学、地質学、気象学に対する言及にしても、その八割は正典の前半に出てくるのだ。ホームズが科学的手法を使って事件を解決することは第三章で議論したが、これもまた後半のストーリーでは、劇的ではないにせよ、少なくなっていった。犯罪科学を応用するエピソードの約六割は、前半の作品に登場する。後半の作品における〝科学の要素〟の減少は、あまりにもはっきりしていると言えよう。

科学の要素が少ない後半の作品が、一般的に出来のよくないものと見られるのは、偶然ではない。

コナン・ドイル自身もこのことに気づいており、宴会のスピーチなどで、この点を鋭く突いたエピソードを披露して笑いをとることもよくあった（文献69）。

「［後半の作品について］いちばん痛烈な批判をしたのは、コーンウォールの船頭でした。彼はこう言ったんです。『ホームズさんはあの崖から落ちても死ななかったのかもしれませんが、ひどい怪我はしたんでしょうね。あれからあとはすっかり別人になっちまった！』」（注1）

こうしてみると、科学的要素の利用と作品の質のあいだには、因果関係があるようだ。仕事と生活において積極的に科学を利用する探偵としてホームズが描かれているとき、作品は読者を魅了する出来のいいものとなっている。科学の要素が作品に複雑さをもたせ、つくりのしっかりとしたものにすることで、読者は信頼性を感じ、考えさせられるのだ。実際、最初からコナン・ドイルの頭にあったのは、科学や科学的手法なしに直観で解決するような探偵では、なんでもたやすく信じるような読者しか惹きつけないということだった。科学的手法を積極的に取り入れる探偵であれば、読者の能力に挑むことにもなるし、時としてあり得そうもないとしても不可能ではないことを行う、機知に富んだ探偵だということを印象づけることができるのだ。

（注1）　この話の文章は引用元によって微妙に異なっている（文献99）。

最後に、アイザック・アシモフのことに戻ろう。われわれは化学者ホームズに対するアシモフの批判を否定しようとしてきた。だが、アシモフのもうひとつの論考(文献5)は、ホームズのことを正しく理解していると言える。この〝ターミネーター〟と特殊効果の時代、われわれがホームズを崇敬に値する人物とみなすのは、「打ち壊すよりも思考をする人物」だからこそなのだ。

# 付録　捏造事件とドイル

ホームズは〈黄色い顔〉の中で、パイプの琥珀についてコメントしているが、アメリカ版のテキストはイギリス版のものと異なっていた（第二章一節参照）。イギリス版の文章はこうだ。

「本物の琥珀の吸い口なんて、ロンドン中さがしてもいくつあることやら。中にハエの化石が閉じ込められていれば本物の証拠だというね。でも、わざわざ偽物のハエを入れて偽物の琥珀をつくる商売人だっているんだよ」

アメリカ版では、「偽物の琥珀」のことを語った最後の一文が削られているのだ。その結果読者は、ホームズがなぜハエのことを言ったのだろうと思いつつ、中途半端な気持ちのままになってしまう。琥珀は松ヤニなどの樹脂化石で、大昔にハエなどの虫が閉じ込められて一緒に化石になることがあった（文献92）。ロンドンの自然史博物館には、そうした琥珀に閉じ込められた昆虫の標本が二五〇〇点も保管されている（文献87）。しかしコナン・ドイルの時代は、ハエに似せたものを仕込んで偽の琥珀をつくる悪徳業者がたくさんいた。古代のものを買いたいと思っている、だまされやすい人たちがいたからだ（次頁注1）。一九四〇年代になって、化学者たちが琥珀そっくりの合成樹脂をつくる方法を見つけると、偽琥珀による詐欺は急増したという（文献72）。

ここでコナン・ドイルが科学的偽造について自覚していることから、別の捏造事件の犯人が彼だと考えてしまう者も一部にいた。別の事件とは、科学史上最悪の捏造と言われる〝ピルトダウン人事件〟のことで、その偽化石頭骨をつくったのが彼だと言われたのだ。ドイルを犯人だと決めつけたのは、科学ニュース誌『サイエンス83』の一九八三年の記事（文献177）だった。その後一九九六年にも、ふたたびドイルを犯人とする記事（文献3）が書かれ、広まった。間違ったことをするはずのないコナン・ドイルが詐欺師のレッテルを貼られたことに、当然ながらホームズ研究家たちは憤慨し、反発した（文献48）。

問題の事件は、一九一二年一二月に古人類「ピルトダウン人」の化石が発掘されたことに端を発する。アマチュア考古学者のチャールズ・ドーソンと大英博物館のアーサー・ウッドワードが、イングランド南部のピルトダウン村近くで発見したと発表したのだ。ピルトダウン人は、脳頭骨が現生人類を思わせるほど丸く膨らんでいる一方、下顎骨は原始的で類人猿のようだったため、類人猿と現生人類の完全な〝ミッシングリンク〟ではないかと言われた。だが、関節丘（アーティキュラー・カンダイル）、つまり顎のちょうつがい関節の部分が、見当たらなかった。ドイルを犯人と主張する者たちは、この類人猿と現生人類の違いがはっきりあらわれる骨の「アーティキュラー・カンダイル」と、「アーサー・コナン・ドイル」の音が似ていることに注目したのだ。一九一五年になると、最初の場所から二マイル離れたピルトダウンⅡ発掘地で、さらなる遺物が発見された。この時点でピルトダウン人は、ホモサピエンスに連なる進化の鎖のひとつとして認められたのだった。

ところが、その後世界各地で次々に発見された古人類化石は、いずれもが一貫性をもっているのに対し、ピルトダウン人の骨だけが違っていた。進化段階の化石はいずれも、現生人類のような顎と類人猿のような頭骨をもっていて、ピルトダウン人とは正反対だったのだ。一九四九年になると、ようやくフッ素の含有量による年代測定ができるようになり、その後行われた窒素の分析でも、ピルトダウン人化石の問題点が明らかにされた。ヴァンダイク・ブラウンと呼ばれる褐色顔料で着色がほどこされているとわかったのだ。しかも、臼歯に条痕があることから、人類のものに似せて研がれていたこともわかった。

ピルトダウン人は捏造された化石であった。下顎は東インド諸島で発掘された五〇〇〜六〇〇年前の、若い雌オランウータンのものだった。ほかの部分の獣骨は、地中海東部地域からのものだった。頭骨の破片は人間のものだが、歯は人工的に組み合わせて整形してあり、関節丘はわざととりはずしてあった。

『サイエンス83』の記事の主張は、コナン・ドイルが当時の科学界に一杯食わせるため、骨を埋めておいたというものだった。ひとつ捏造があったところで、科学全体が誤りであるという立証はできない。同様に、人を欺そうという偽の〝霊媒〟がひとりいたところで、心霊主義全体を否定することはできない、ということをドイルは示そうとしたというのである。記事の書き手は、骨の見つかったすべての地域をコナン・ドイルが訪れていたと指摘していた。彼はピルトダウン発掘地に徒歩で行け

（注1） こうした詐欺行為は、古遺伝学者［訳注　化石になった動植物の遺伝の研究者］たちが琥珀に保存された昆虫の化石からＤＮＡを取り出そうとして失敗した一件を、思い起こさせる（*The New Yorker*, August 15 & 22, 67 (2011)）.

る範囲に住んでおり、そのあたりの写真も撮っていた。しかも、骨を着色してそれらしく見せかけるための化学的な知識もあった。捏造論者たちにとって、ドイルは格好の容疑者だったのだ。コナン・ドイルは、晩年の人生のほとんどを心霊主義の啓蒙運動に費やし、その大義のために莫大な金と時間をつぎこんでいた。妻のジーンのことを霊媒だと信じていたし、有名なマジシャンであるハリー・フーディーニに対し、霊の実在を信じさせようと骨折っていた。フーディーニを納得させられれば、世界の多くの人たちがそれを受け入れると思ったからだ（訳注1）。アメリカ自然史博物館のリチャード・ミルナーは、「ドイル犯人説の第一の擁護者」と言われる人物だが（注2）、彼によれば、コナン・ドイルが捏造の容疑を認めなかったのは、第一次世界大戦が近づいてきている中、イギリス政府のアドバイザーになりたかったからだったという。科学的な捏造をする人物がそういう地位に迎えられることはないと、ドイルは思っていたからだというのだ（文献85）。

一九八九年の一月、サンフランシスコで開催されたアメリカ科学振興協会の全国大会で、私はポスターセッション（訳注2）を行った（注3）。そのとき私の隣に貼られたポスターのタイトルが、「ドイルのペテン」。コナン・ドイルの信奉者である私は大いに興味を惹かれ、カリフォルニア州バークレーから来たチャールズ・L・スキャマホーンという発表者と、彼の言う「ドイルによる三つのペテン」の証拠について議論をした。ドイルがピルトダウン事件の犯人であるという一番の証拠として彼があげたものは、前述の「〝アーティキュラー・カンダイル（関節丘）〟」と〝アーサー・コナン・ドイル〟の音が似ているから」という理由とたいして変わらなかった。それに加えて、ピルトダウンでドイルが撮った写真があった。陰謀論好きの彼がペテンとしてあげたのはこれだけではない。

二つ目として、スキャマホーンは、「ケンジントン・ルーンストーン」(訳注4)――ミネソタ州ケンジントンとホームズ・シティのあいだにある石碑――を置いたのもコナン・ドイルだというのだ。今回の〝証拠〟は、この石碑が発見される四年前、一八九四年に、コナン・ドイルがこの地域を訪れていたことだという。石碑に意味ありげな文字を書きこむことによって手がかりを残し、ドイルはまたしても科学界を欺そうとしたというのが、彼の主張だった。二〇二ポンド（約九二キログラム）もの石をどうやってドイルが運んだかということは、説明されていない。彼がどうやってこの石にポプラの木の根

（訳注1）　フーディーニは脱出芸で有名なマジシャンだったが、当時、降霊会などで偽霊媒のインチキを暴くことでも知られていた。コナン・ドイルは、そうした偽物を見破ることは歓迎する一方、霊の存在は事実であるということをフーディーニにわかってもらおうとした。だが、最終的には物別れに終わった。

（注　2）　http://www.talkorigins.org/faqs/piltdown.html を参照。

（訳注2）　研究成果を書いたポスターを掲示して発表する方法。多くの場合、動かせるボードに貼って、通っていく出席者の質問に答える。

（注　3）　このときのプレゼンタイトルは「カロメル反乱」(訳注3)で、ホームズともコナン・ドイルとも関係がなかった。

（訳注3）　南北戦争のさなかの一八六三年に、北軍の軍医総監ウィリアム・ハモンドが、下剤や利尿剤として使われるカロメル（甘汞／かんこう、塩化水銀）の医療品としての供給を禁止した。すでに衰弱している患者に使うのは危険だという判断だったが（のちに正しかったことがわかる）、現場や同僚の反発による「反乱」が起き、ハモンドは閑職に追いやられた。

（訳注4）　ケンジントン・ルーンストーンは、一八九八年にミネソタ州ケンジントンで発見された。ルーン文字（紀元前二世紀ごろからヨーロッパで使われていた文字）が刻まれ、一三六二年と記されているので、コロンブス以前にバイキングが新大陸に到達していた証拠だとされたが、現在では否定されている。

を絡ませたかという点も、説明がなかった。ケンジントン・ルーンストーンは一般に偽物とみなされており、何人もの研究者から否定されてきた。ルーン文字の専門家も、文字の字体や文体が違うことを指摘している。だが、肯定派はミネソタ州アレクサンドリアのルーンストーン博物館に展示し、一三六二年にバイキングがミネソタに来ていた証拠だと主張している。

最後にスキャマホーンがもちだしたのは、サンフランシスコで発見された「ドレイクの真鍮プレート」だった。これもコナン・ドイルが、一九二三年にこの地域を訪れたことだった。〝証拠〟は「ケンジントン・ルーンストーン」のときと同じ。ドイルが一九二三年に仕掛けたというのだ。加えて、プレートに刻まれた奇妙な文字が、スキャマホーンにはコナン・ドイルの名前をあらわしているように見えるのだという。コナン・ドイルがこれを仕掛け、ほかの人が気づかぬような証拠を残したのだということを、スキャマホーンは信じきっていた。一六二八年、サー・フランシス・ドレイクの乗艦ゴールデン・ハインド号に乗り組んでいた司祭フランシス・フレッチャーは、一五七九年にドレイクがサンフランシスコ湾岸に真鍮のプレートを設置したと書き記した。そのプレートが、一九三六年に発見されたのだ。だが、その金属組成は現代のもので、亜鉛が三五パーセント、銅が六四・六パーセントだった(文献96)。テストの結果、製造のしかたは〝圧延〟であり、ドレイクの時代にはなかった現代的プロセスによるものだった(文献87)。誰かがドレイクのプレートを騙ったわけだが、スキャマホーンはそれがコナン・ドイルだというのだった。

とても受け入れることのできない説ではあるが、チャールズ・スキャマホーンはコナン・ドイルに関する自説を今でも押し通している。彼のブログサイト(注4)を見ればわかるのだが、そこでは二〇〇九年三月に前述の「ドイルによる三つのペテン」のことを書いている。さらに二〇〇九年一二月と二〇一〇年一月には、コナン・ドイルがあの悪名高い切り裂きジャックだったという〝証拠〟を展開しているのだ——もうたくさんだろう！（注5）（訳注5）

（注 4） https://probaway.wordpress.com/ を参照。

（注 5） 私は彼の研究発表のサイン入りコピーをまだ持っている。「ドイルによる三つのペテン」を最初の読者に、という宛先になっているものだ。

（訳注5） このブログサイトは二〇二〇年六月現在も見ることができる。スキャマホーンという名前のスペルはScamahornであり、scamという語は「詐欺」や「ペテン」を意味するので、もしや著者のジョークなのではと思ったが、実在の人物であった。当該ブログサイトにこの名前は出てないが、もとの（オリジナルの）ブログにとぶと、by Charles Scamahornと書かれてあるし、YouTubeやtwitterでこの名前を検索すると、顔写真付きで出てくる。本名なのかペンネームなのかは不明。

# 訳者あとがき

本書は二〇一三年にオックスフォード大学出版局から刊行された『The Scientific Sherlock Holmes: Cracking the Case with Science and Forensics』の全訳だが、翻訳には二〇一七年刊の改訂版ペーパーバックを使用した。

読み終えた方はおわかりのとおり、この本はホームズ物語を使って科学を解説するものではなく、科学をキーワードにしてホームズ物語を読み解くという趣向のものである。ホームズ物語を分析した文献は欧米に限らず日本でも数多く出版されているが、法科学や科学捜査でなく〝科学〟の専門家が、いわゆる〝シャーロッキアン〟的な立場と視点で書いた単行本は、これまでほとんどなかった。そのせいか、本書はミステリー小説界でも注目を集め、二〇一三年のアメリカ探偵作家クラブ賞（MWA賞）を、最優秀評論・伝記部門で受賞している。

その翌年、二〇一四年の一月、著者ジェイムズ・オブライエンは、BSI（本書の「序」で言及されている《ベイカー・ストリート・イレギュラーズ》の年次総会のイベントのひとつ、「著名人によるレクチャー」に招かれた。そこで行ったレクチャーは、「科学者ホームズを再評価する」というタイトルでBSIの機関誌（*The Baker Street Journal*）に掲載されている。

この年次総会で運よくオブライエンと話をする機会を得た私は、この本をぜひ日本で翻訳出版したいので、売り込む許可をいただけないかと言ってみた。うれしいことに彼はとても気さくな方で、その場で快諾をくださったのだった。ただし、今後出版されるペーパーバック版で改訂をするので、それを使って訳すこと、という条件付きで。

ところが、ＭＷＡ受賞作は小説であれば日本の出版界の注目を浴びるものの、評論・伝記部門の、しかもサイエンス関連となると、なかなか一般書出版社の理解を得られない。案の定、苦戦が続くうちに五年が経ち、ほぼあきらめていたところへ、東京化学同人の編集さんから声がかかったのだった。なんという幸運。オブライエンにすぐメールしたことは、言うまでもない。

ところで、科学の専門家がシャーロッキアン的な立場と視点で書いた単行本はほとんどないと書いたが、法科学や科学捜査、あるいは論理学や心理学の専門家がホームズ物語を分析した単行本は、さまざまにある。また、単行本の一部や短い論考としては、本書のように科学（または化学）をテーマにしたものがこれまでにもあった。

前述したＢＳＩの機関誌 *The Baker Street Journal* や、*The Sherlock Holmes Review* といったシャーロッキアン向けの雑誌には昔からさまざまな論文が投稿されてきたし、論文のアンソロジー的なものとしては、『Chemistry and Crime: From Sherlock Holmes to Today's Courtroom』(ed. by Samuel M. Gerber, American Chemical Society, 1983）や『Holmes, Chemistry & The Royal Institution』(by Antony J. Richards & Bryson Gore, Irregular Special Press, 1998）といった本もあった。ごく最近では、科学者でない著者が一般読者向けに書いた読み物の『The Science of Sherlock Holmes』(by Stewart Ross, Michael O'Mara Books, 2020）などもある。

また、本書がホームズの科学的知識に注目しているのに対し、コナン・ドイルの科学的知識に注目して分析を行った論文（小冊子）、『Conan Doyle and the Scientific Naturalists』(by Bernard Lightman,

Toronto Public Library, 2013)は、ヴィクトリア時代の科学界でドイルがどう変遷したか、彼の生み出した作品がどう影響を受けたかという点について、本書に劣らず鋭い分析をしている。

一方、日本におけるシャーロッキアン的なホームズ物語分析に関しては、長沼弘毅という先達がいる。彼が一九六〇年代から七〇年代にかけて出版した九冊のホームズ研究書の中には、科学に関する部分もあった。ただ残念なことに、彼は科学の専門家でなく、科学者の視点での分析までには至らなかった。それを行ったのが、『化学者の日誌』(学生社、一九七八年)に収められているエッセイ「シャーロック・ホームズと化学」(初出は一九六九年)の著者、奥野久輝である。その内容はシャーロッキアンによる論考に比べても遜色ないもので、本書のオブライエンが指摘している化学者ホームズとしての側面の多くを、的確におさえていた。

その後、やはり単行本の中の一部ながら、山崎 昶《あきら》が化学とホームズについて以下のような本を出している。『化学と犯罪』(サミュエル・ガーバー編、山崎 昶訳、丸善、一九八六年、前出の訳書)、『ミステリーと化学(ポピュラー・サイエンス53)』(今村壽明・山崎 昶共著、裳華房、一九九一年)、『ファクトとフィクション——化学とSFとミステリー(ポピュラー・サイエンス153)』(山崎 昶著、裳華房、一九九六年)、『科学テクニックで名探偵になろう——めざせシャーロック・ホームズ』(ジム・ウィーゼ著、山崎 昶訳、丸善、一九九七年)。

なお、著者ジェイムズ・オブライエンはアメリカ フィラデルフィア生まれで、ミネソタ大学で化学の博士号を取得したあと、三五年間にわたりミズーリ州立大学で教鞭をとり、二〇〇二年に特別教授となった。現在はミズーリ州立大学の特別名誉教授。一九九二年にアメリカ化学会で「シャーロック・ホームズはどんな化学者だったのか」という発表を行って以来、ホームズと科学に関する講演を一二〇回以上行ってきた。ミズーリ州スプリングフィールドの病院でボランティア活動もしている。

最後にひとつだけ。本書の冒頭にあるホームズ物語の一覧であるが、原書では英数四文字による略称のアルファベット順にタイトルと発表年月、作品番号が記載されていた。訳書ではそれを発表順（作品番号順）にして、邦題と略称を記し、単行本ごとにまとめている。日本向けのアレンジであることをご了解いただきたい。

二〇二〇年一二月

日暮雅通

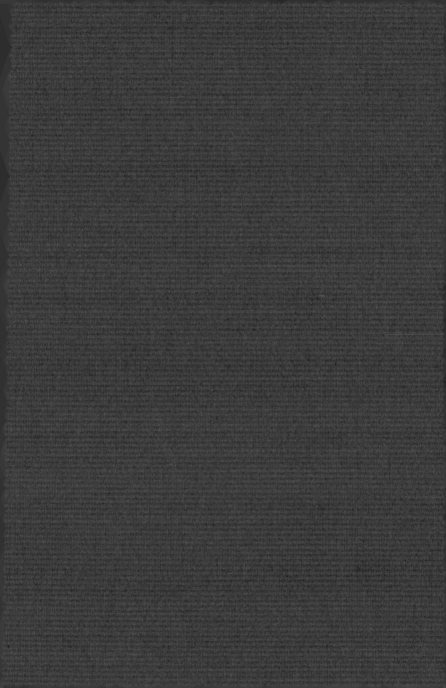

日《ひ》暮《ぐらし》雅《まさ》通《みち》

翻訳家．1954年生まれ．青山学院大学理工学部卒業．著作権代理店，理工系出版社勤務を経て，現在，ミステリーやSF，ノンフィクション，児童書など幅広い分野の翻訳に従事．著書に『シャーロッキアン翻訳家最初の挨拶』（原書房），おもな訳書に『新訳 シャーロック・ホームズ全集（全9巻）』（光文社文庫），『コナン・ドイル書簡集』（東洋書林），『シャーロック・ホームズの科学捜査を読む』（河出書房新社），『シャーロック・ホームズの思考術』（ハヤカワ文庫）などがある．

科学探偵
シャーロック・ホームズ

日暮雅通 訳



2021年1月19日 第1刷 発行
2021年3月8日 第2刷 発行



ISBN978-4-8079-0983-4

発行者
住田六連

発行所
株式会社 東京化学同人
東京都文京区千石3-36-7（〒112-0011）
電話 (03)3946-5311
FAX (03)3946-5317
URL http://www.tkd-pbl.com/

印刷 中央印刷株式会社
製本 株式会社 松岳社

Printed in Japan

# ホームズ物語作品名索引

括弧内の数字は作品番号

# 和文索引

## あ　行

## か　行



## さ　行



## た　行

## な 行



## は 行

## ま 行



## ゆ～わ

# 引用文献

1) Ackroyd, P., "London Under", Nan A. Talese/Doubleday, New York (2011).
2) Anderson, P., 'A Treatise on the Binomial Theorem', in "Sherlock Holmes by Gas-Lamp", P. Shreffler (ed.), Fordham University Press, New York (1989).
3) Anderson, R. B., 'The Case of the Missing Link', *Pacific Discovery*, Spring Issue, 15–20 (1996).
4) Asimov, I., 'The Problem of the Blundering Chemist', *Science Digest*, vol. 88 (2), 8–17 (1980).
5) Asimov, I., 'Thoughts on Sherlock Holmes', *The Baker Street Journal*, 37 (4), 201–204 (1987).
6) Baring-Gould, W. S., "The Annotated Sherlock Holmes", Clarkson N. Potter, New York (1967).
コナン・ドイル著，ウィリアム・ベアリング＝グールド注釈・編，『詳注版シャーロック・ホームズ全集』，小池滋監訳，ちくま文庫（1997～1998）.
7) Barthel, T., "Abner Doubleday: A Civil War Biography", McFarland, Jefferson, NC (2010).
8) Behn, N., "Lindbergh", The Atlantic Monthly Press, New York (1994).
9) Bengtsson, H., 'And the Calculation is a Simple One', *The Baker Street Journal*, 39 (4), 232–236 (1989).
10) Berdan, M. S., 'The Ones That Got Away', *The Baker Street Journal*, 50 (3), 23–30 (2000).
11) Bigelow, S. T., 'Fingerprints and Sherlock Holmes', *The Baker Street Journal*, 17 (3), 131–135 (1967).
12) Bigelow, S. T., 'The Blue Enigma', *The Baker Street Journal*, 11 (4), 203–214 (1961).
13) Bigelow, S. T., "The Baker Street Briefs", The Metropolitan Reference Library, Toronto (1993).
14) Bilger, B., 'Beware of the Dogs', *The New Yorker*, February 27, 46–57 (2012).
15) Blank, E. W., 'Was Sherlock Holmes a Mineralogist?', *Rocks and Minerals*, 22 (3), 237 (1947).
16) Blinkhorn, S. F., 'The Writing is on the Wall', *Nature*, 366, 208 (1993).
17) Blum, D., "The Poisoner's Handbook", The Penguin Press, New York (2010).
デボラ・ブラム著，『毒薬の手帖――クロロホルムからタリウムまで　捜査官はいかにして毒殺を見破ることができたのか』，五十嵐加奈子訳，青土社（2019）
18) Born, W., 'Purple', *Ciba Review*, 2, 106–117 (1937).

19）Booth, M., "The Doctor and the Detective", Thomas Dunne Books, New York (1997).
20）Bunson, M. E., "Encyclopedia Sherlockiana", Macmillan, New York (1994).
マシュー・バンソン著，『シャーロック・ホームズ百科事典』，日暮雅通訳，原書房（1997）.
21）Burhoe, B. A., 'Royal Canadian Mounted Police Dogs: The German Shepherd', www.Goarticles.com (2007).
22）Butler, W. S., L. D. Keeney, "Secret Messages", Simon & Schuster, New York (2001).
23）Campbell, M., "Sherlock Holmes and Dr. Watson: A Medical Digression", Magico Magazine, New York (1983).
24）Caplan, R. M., 'Why Coal-Tar Derivatives in Montpellier?', *The Baker Street Journal*, 39 (1), 29–33 (1989).
25）Capuzzo, M., "The Murder Room", Gotham Books, New York (2010).
マイケル・カプーゾ著，『未解決事件——死者の声を甦らせる者たち』，日暮雅通訳，柏書房（2011）.
26）Cargill, A., 'Health in Handwriting', *Edinburgh Medical Journal*, vol. 35, 627–631 (1890).
27）Carr, J. D., "The Life of Sir Arthur Conan Doyle", Vintage Books, New York (1949).
ジョン・ディクスン・カー著，『コナン・ドイル』，大久保康雄訳，早川書房（1962）.
28）Cho, A. 'Fingerprinting Doesn't Hold Up as Science in Court', *Science*, 295, January 18, 418 (2002).
29）Christ, J. F., "An Irregular Chronology of Sherlock Holmes of Baker Street", Magico Magazine, New York (1947).
30）Clark, J. D., 'A Chemist's View of Canonical Chemistry', *The Baker Street Journal*, 14 (3), 153–155 (1964).
31）Cole, S. A., "Suspect Identities: A History of Fingerprinting and Criminal Identification", Harvard University Press, Cambridge, MA (2001).
32）Cooke, C., 'Mrs. Hudson: A Legend in Her Own Lodging-House', *The Baker Street Journal*, 55 (2), 13–23 (2005).
33）Cooper, C., "*Forensic Science*", DK Publishing, New York (2008).
34）Cooper, P., 'Holmesian Chemistry', in "Beyond Baker Street", M. Harrison (ed.), Bobbs-Merrill, Indianapolis (1976).
35）Coppola, J. A., 'A Chemist's View of Canonical Chemistry', *The Baker Street Journal*, 45 (2), 106–113 (1995).
36）Coren, M., "Conan Doyle", Bloomsbury, London (1995).
37）Cox, M., "Victorian Detective Stories", Oxford University Press, Oxford, UK (1993).
38）Craighill, S., "The Influence of Duality and Poe's Notion of the Bi-part Soul

on the Genesis of Detective Fiction in the Nineteenth Century", thesis, Edinburgh Napier University (2010).
39) Crump, N., *Sherlock Holmes Journal*, vol. 1 (1), 16-23 (1952).
40) Curjel, H., 'Death by Anoxi', *The Baker Street Journal*, 28 (3), 152-156 (1978).
41) Dirda, M., "On Conan Doyle", Princeton University Press, Princeton, NJ (2012).
42) Douglas, J., M. Olshaker, "Unabomber: On the Trail of America's Most-Wanted Serial Killer", Pocket Books, New York (1996).
43) Dove, G. N., "The Reader and the Detective Story", Bowling Green University Popular Press, Bowling Green, OH (1997).
44) Doyle, S., D. A. Crowder, "Sherlock Holmes for Dummies", Wiley Publishing, Hoboken, NJ (2010).
45) Drayson, A. W., "Thirty Thousand Years of the Earth's Past History", Chapman and Hall, London (1888).
46) Duyfhuizen, B., 'The Case of Sherlock Holmes and Jane Eyre', *The Baker Street Journal*, 43 (3), 135-145 (1993).
47) Edwards, O. D. (ed.), "The Oxford Sherlock Holmes", Oxford University Press, London (1993).
コナン・ドイル著, オーウェン・ダドリー・エドワーズ他注釈『シャーロック・ホームズ全集』, 小林司・東山あかね訳, 高田寛注釈訳, 河出文庫 (2014).
48) Elliott, D., R. Pilot, 'Skull-Diggery at Piltdown', *The Baker Street Journal*, 46 (4), 13-28 (1996).
49) Ellison, C. O., 'The Chemical Corner', in "Sherlock Holmes and His Creator", T. H. Hall (ed.), St. Martin's Press, New York (1983).
50) Faye, L., 'Clay Before Bricks: Sherlock Holmes, Film Noir, and the Origins of the Hard-Boiled Detective', *The Baker Street Journal*, 60 (3), 15-22 (2010).
51) Fetherston, S., 'Shoscombe Through the Looking-Glass', *The Baker Street Journal*, 56 (1), 41-50 (2006).
52) Fido, M., "The World of Sherlock Holmes", Adams Media Corporation, Holbrook, MA (1998).
マーティン・ファイドー著,『シャーロック・ホームズの世界』, 北原尚彦訳, 求龍堂 (2000).
53) Fincher, J., 'Turning Bad Fingerprints Into Good Clues', *Smithsonian Magazine*, 20 (7), 201 (1989).
54) Fisher, D., "Hard Evidence", Dell Publishing, New York (1995).
デイヴィッド・フッシャー著,『証拠は語る──FBI 犯罪科学研究所のすべて』, 小林宏明訳, ソニーマガジンズ (ヴィレッジブックス)(2002):単行本『証拠は語る──FBI 犯罪科学捜査官のファイルより』, 小林宏明訳 , ソニーマガジンズ (1995).
55) Fowler, A., 'Sherlock Holmes and the Adventure of the Dancing Men and

Women', in "Arthur Conan Doyle: Sherlock Holmes—The Major Stories with Contemporary Critical Essays", J. A. Hodgson (ed.), St. Martin's Press, New York (1994).
56) Freese, P. L., 'Howard Hughes and Melvin Dummar: Forensic Science Facts Versus Film Fiction', *Journal of Forensic Science*, 31 (1), 342–359 (1986).
57) Garfield, S., "Mauve", W. W. Norton, New York (2001).
58) Gerritsen, R., R. Haak, "K9 Working Breeds", Detselig Enterprises Ltd, Calgary, Canada (2007).
59) Gibson, J. M., R. L. Green (eds.), "Letters to the Press: Arthur Conan Doyle", University of Iowa Press, Iowa City, IA (1986).
60) Gillard, R. D., 'Sherlock Holmes—Chemist', *Education in Chemistry*, 13, 10–11 (1976).
61) Graham, R. P., 'Sherlock Holmes: Analytical Chemist', *Journal of Chemical Education*, 22, 508–510 (1945).
62) Green, R. L., "The Uncollected Sherlock Holmes", Penguin Books, London (1983).
63) Green, R. L., 'The Evolution of Sherlock Holmes', *Baker Street Miscellanea*, no. 49, 2–9 (1987).
64) Green , R. L., 'The Sign of the Four Or, The Problem of the Sholtos', *Baker Street Miscellanea*, no. 61, 1–3 (1990).
65) Greenwood, N. N., A. Earnshaw, "Chemistry of the Elements", Pergamon Press, Oxford, UK (1984).
66) Haining, P. (ed.), "The Final Adventures of Sherlock Holmes", Barnes and Noble Books, New York (1995).
67) Hammett, L. P., F. A. Lowenheim, 'Electrolytic Conductance by Proton Jumps: The Transference Number of Barium Bisulfate in the Solvent Sulfuric Acid', *Journal of the American Chemical Society*, 56, 2620 (1934).
68) Harris, J. J., 'The Document Evidence and Some Other Observations About the Howard R. Hughes 'Mormon Will' Contest', *Journal of Forensic Science*, 31 (1), 365–375 (1986).
69) Higham, C., "The Adventures of Conan Doyle", Pocket Books, New York (1976).
70) Hiss, T., "The View From Alger's Window", Alfred A. Knopf, New York (1999).
71) Hodgson, J. A. (ed.), "Sherlock Holmes: The Major Stories with Contemporary Critical Essays", Bedford Books of St. Martin's Press, Boston (1994).
72) Hoffmann, R., 'Blue as the Sea', *American Scientist*, 78, 308–309 (1990).
73) Holroyd, J. E., "Baker Street By-ways", Otto Penzler Books, New York (1959).
74) Holstein, L. S., '7. Knowledge of Chemistry—Profound', *The Baker Street Journal*, 4 (1), 44–49 (1954).

75）Hosterman, J. W., S. H. Patterson, 'Bentonite and Fuller's Earth Resources of the U.S.', U. S. Geological Survey Professional Paper 1522., U.S. Government Printing Office, Washington, DC（1992）.
76）Huber, C. L., 'The Sherlock Holmes Blood Test：The Solution to a Century-Old Mystery', *The Baker Street Journal*, 37（4）, 215–220（1987）.
77）Hudson, R. L., 'Scotland Yard Stalks Printers' Prints', *The Wall Street Journal*, October 13, B1（1994）.
78）Hunt, H., 'The Blue Carbuncle：A Possible Identification', *The Baker Street Journal*, 61（3）, 45–48（2011）.
79）Inman, C. G., 'Sherlockian Distillates', *Journal of Chemical Education*, 64（12）, 1014–1015（1987）.
80）Jackson, J., 'Using Chihuahuas in Police Work', www.articlesbase.com（2009）.
81）Jacoby, S., "Alger Hiss and the Battle for History", Yale University Press, New Haven, CT（2009）.
82）Jann, R., "The Adventures of Sherlock Holmes：Detecting Social Order", Twayne Press, New York（1995）.
83）Jones, H. E., 'The Origin of Sherlock Holmes', in "The Game is Afoot", M. Kaye（ed.）, St. Martin's Press, New York（1994）.
84）Jones, P. K., 'The Untold Tales Itemized', *The Baker Street Journal*, 61（2）, 15–25（2011）.
85）Kalush, W., L. Sloman, "The Secret Life of Houdini", Atria Books, New York（2006）.
86）Kasson, P., 'The True Blue', *The Baker Street Journal*, 11（4）, 200–202（1961）.
87）Kaye, B. H., "Science and the Detective", VCH Publishers, New York（1995）.
ブライアン・H・ケイ著,『最後の名探偵──科学捜査ファイル』, 二階堂黎人監修, 原書房（1996）
88）Kellogg, R. L., 'Watson's Psychoanalytical Touch', *Baker Street Miscellanea*, no. 59, 44–45（1989）.
89）Kendall, J., A. W. Davidson., 'Compound Formation and Solubility in Systems of the Type Sulfuric Acid：Metal Sulfate', *Journal of the American Chemical Society*, 43 , 979–990（1921）.
90）King, L. R., L. S. Klinger, "The Grand Game", The Baker Street Irregulars, New York（2011）.
91）Klinger, L. S., 'Some Trifling Observations on "The Dancing Men", *The Baker Street Journal*, 61（4）, 23–24（2011）.
92）Klinger, L. S.（ed.）, "The New Annotated Sherlock Holmes, vols. I, II, and III", W. W. Norton & Co., New York（2005 & 2006）.
93）Koppenhover, K. M., "Forensic Document Examination", Humana Press,

Totowa, NJ (2007).
94) Kowal, C. T., "Asteroids: Their Nature and Utilization", second edition, Praxis Publishing Ltd, West Sussex, UK (1996).
95) Lachtman, H., "Sherlock Slept Here", Capra Press, Santa Barbara, CA (1985).
96) Lambert, J. B., "Traces of the Past", Perseus Publishing, Cambridge, MA (1997).
ジョーゼフ・B・ランバート著,『遺物は語る——化学が解く古代の謎』, 中島健訳, 青土社 (1999).
97) Lane, B., "Crime and Detection", DK Publishing, New York (2005).
ブライアン・レーン著,『犯罪と捜査 (ビジュアル博物館　第74巻)』, 河合修治監修, 同朋舎 (1998).
98) Leavitt, R. K., 'Nummi in Arca', in "221B: Studies in Sherlock Holmes", V. Starrett (ed.), Otto Penzler Books, New York (1940).
99) Lellenberg, J., D. Stashower, C. Foley, "Arthur Conan Doyle: A Life in Letters", Penguin Press, New York (2007).
ダニエル・スタシャワー他編,『コナン・ドイル書簡集』, 日暮雅通訳, 東洋書林 (2012).
100) Liebow, E., "Dr. Joe Bell: Model for Sherlock Holmes", Bowling Green University Popular Press, Bowling Green, OH (1982).
101) Macintyre, B., "The Napoleon of Crime, The Life and Times of Adam Worth, Master Thief", Broadway Paperbacks, New York (1997).
ベン・マッキンタイアー著,『大怪盗——犯罪界のナポレオンと呼ばれた男』, 北澤和彦訳, 朝日新聞社 (1997).
102) Matlins, A. L., A. C. Bonanno, "Gem Identification Made Easy", GemStone Press, Woodstock, VT (1989).
103) Matlins, A. L., A. C. Bonanno., "Jewelry and Gems: The Buying Guide", GemStone Press, Woodstock, VT (1993).
104) McGowan, R. J., 'Sherlock Holmes and Forensic Chemistry', *The Baker Street Journal*, 37 (1), 10–14 (1987).
105) McKinney, C. E., "Indigo", Bloomsbury, New York (2011).
106) McSherry, F. D., M. H. Greenberg, C. G. Waugh (eds.), "The Best Horror Stories of Arthur Conan Doyle", Academy Chicago Publishers, Chicago (1989).
107) Michell, J. H., H. Michell, 'Sherlock Holmes the Chemist', *The Baker Street Journal*, 1 (3), 245–252 (1946).
108) Miller, R., "The Adventures of Arthur Conan Doyle", St. Martin's Press, New York (2008).
109) Moenssens, A. A., J. E. Starrs, C. E. Henderson, and F. E. Inbau, "Scientific Evidence in Criminal and Civil Cases", fourth edition, The Foundation Press, Westbury, NY (1995).

110) Moss, R. A., 'A Research into Coal-Tar Derivatives', *The Baker Street Journal*, 32 (1), 40-42 (1982).
111) Moss, R. A., 'Brains and Attics', *The Baker Street Journal*, 41 (2), 93-95 (1991).
112) Moss, R. A., 'Arthur Conan Doyle and Sherlock Holmes A Philatelic Celebration', *American Philatelist*, 125 (8), 736-742 (2011).
113) Murphy, B. F., "The Encyclopedia of Murder and Mystery", Palgrave, New York (1999).
114) Murray, E., science.marshall.edu/murraye/Footprint%20Lab.html.
115) Musto, D. F., 'A Study in Cocaine: Sherlock Holmes and Sigmund Freud', *Journal of the American Medical Association*, 204 (1), 125-132 (1968).
116) Musto, D. F., 'Why Did Sherlock Holmes Use Cocaine?', *The Baker Street Journal*, 38 (4), 215-216 (1988).
117) Mutrux, H., "Sherlock Holmes: Roi des Tricheurs", Pensée Universelle, Paris (1977).
118) Nez, C., "Code Talker", The Berkley Publishing Group, New York (2011).
119) Ozden, H., Y. Balci, C. Demirustu, A. Turgut, and M. Ertugrul, 'Stature and Sex Estimate Using Foot and Shoe Dimensions', *Forensic Science International*, 147, 181-184 (2005).
120) Paige, R., "Death at Dartmoor", The Berkley Publishing Group, New York (2002).
121) Park, O., "The Sherlock Holmes Encyclopedia", Carol Publishing Group, New York (1994).
122) Phillips, D. P., *et al.*, 'The Hound of the Baskervilles Effect: Natural Experiment on the Influence of Psychological Stress on the Timing of Death', *British Medical Journal*, 323 (7327), 1443-1446 (2001).
123) Pratte, P., 'Cocaine and the Victorian Detective', *The Baker Street Journal*, 42 (2), 85-88 (1992).
124) Priestman, M., 'Sherlock Holmes—The Series', in "Arthur Conan Doyle: Sherlock Holmes—The Major Stories with Contemporary Critical Essays", J. A. Hodgson (ed.), St. Martin's Press, New York (1994).
125) Propp, W. W., 'A Study in Similarity', *The Baker Street Journal*, 28 (1), 32-35 (1978).
126) Putney, C. R., J. A. Cutshall King, S. Sugarman, "Sherlock Holmes Victorian Sleuth to Modern Hero", The Scarecrow Press, London (1996).
127) Puttnam, C., 'Science: Can Police Dogs Really Sniff Out Criminals?', *New Scientist*, September 14, 24 (1991).
128) Rafaeli, A., R. J. Klimoski, 'Predicting Sales Success Through Handwriting Analysis: An Evaluation of the Effects of Training and Handwriting Sample Content', *Journal of Applied Psychology*, 68 (3), 212-217 (1983).
129) Redmond, C., 'In Praise of the Boscombe Valley Mystery', *The Baker Street*

*Journal*, 31 (3), 170–174 (1981).
130) Redmond C., “A Sherlock Holmes Handbook”, Simon and Pierre, Toronto (1993).
131) Redmond D. A., “Sherlock Holmes: A Study in Sources”, McGill Queens University Press, Montreal (1982).
132) Redmond D. A., ‘Some Chemical Problems in the Canon’, *The Baker Street Journal*, 14 (3), 145–152 (1964).
133) Rendall, V., ‘The Limitations of Sherlock Holmes’, in “Baker Street Studies”, H. W. Bell (ed.), Otto Penzler Books, New York (1934).
134) Rennison, N., “Sherlock Holmes: The Unauthorized Biography”, Grove Press, New York (2005).
135) Ridpath, I., “Astronomy”, DK Publishing, New York (2006).
イアン・リドパス著,『知の遊びコレクション 天文』, 山本威一郎訳, 新樹社 (2007).
136) Riley, D., P. McAllister, “The Bedside, Bathtub & Armchair Companion to Sherlock Holmes”, Continuum Publishing, New York (1999).
ディック・ライリー&パム・マカリスター著,『ミステリ・ハンドブック シャーロック・ホームズ』, 日暮雅通監訳, 原書房 (2010).
137) Robbins, L. M., “Footprints”, Charles C. Thomas, Springfield, IL (1985).
138) Roberts, R. M., “Serendipity: Accidental Discoveries in Science”, John Wiley & Sons, New York (1989).
ロイストン・M・ロバーツ著,『セレンディピティー——思いがけない発見・発明のドラマ』, 安藤喬志訳, 化学同人 (1993).
139) Rothman, S. (ed.), “The Standard Doyle Company, Christopher Morley on Sherlock Holmes”, Fordham University Press, New York (1990).
140) Rutland, E. H., “An Introduction to the World's Gemstones”, Doubleday, New York (1974).
141) Saferstein, R., “Criminalistics: An Introduction to Forensic Science”, Prentice Hall, Englewood Cliffs, NJ (1995).
142) Saltzman, M. D., A. L. Kessler, ‘The Rise and Decline of the British Dyestuffs Industry’, *Bulletin for the History of Chemistry*, 9, 7–15 (1991).
143) Sartain, J. S., ‘Surgeon General William A. Hammond (1828–1900): Successes and Failures of Medical Leadership’, *Gunderson Lutheran Medical Journal*, 5 (1), 21–28 (2008).
144) Sayers, D., “An Omnibus of Crime”, Garden City Publishing, Garden City, NJ (1929).
ドロシー・セイヤーズ著,「犯罪オムニバス (1928–1929)」:『推理小説の美学』〔H・ヘイクラフト編, 鈴木幸夫訳編, 研究社 (1974)〕および『ミステリの美学』〔ハワード・ヘイクラフト編, 仁賀克雄編訳, 成甲書房 (2003)〕所収.
145) Schaefer, B. E., ‘Sherlock Holmes and Some Astronomical Connections’, *The Baker Street Journal*, 43 (3), 171–178 (1993).

146） Schmidle, N., 'Getting Bin Laden', *The New Yorker*, August 8, 34–45 (2011).
147） Schmidt, F. L., J. E. Hunter, 'The Validity and Utility of Selection Methods in Personnel Psychology: Practical and Theoretical Implications of 85 Years of Research Findings', *Psychological Bulletin*, 124, 262–274 (1998).
148） Scholten, P., M.D., 'The Connoisseurship of Sherlock Holmes with Observations on the Place of Brandy in Victorian Medical Therapeutics', *Baker Street Miscellanea*, no. 54, 1–7 (1988).
149） Schweickert, W., 'A Question of Barometric Pressure', *The Baker Street Journal*, 30 (4), 243–244 (1980).
150） Shreffler, P. (ed.), "Sherlock Holmes by Gas-Lamp", Fordham University Press, New York (1989).
151） Silverman, K., "Edgar A. Poe", Harper Perrennial, New York (1991).
152） Simpson, H., 'Medical Career and Capabilities of Dr. J. H. Watson', in "Baker Street Studies", H. W. Bell (ed.), Otto Penzler Books, New York (1934).
153） Simpson, K., "Sherlock Holmes on Medicine and Science", Magico Magazine, New York (1983).
154） Sinkankas, J., "Gem Cutting—A Lapidary's Manual", Van Nostrand Reinhold, New York (1962).
155） Smith, D., "The Sherlock Holmes Companion", Castle Books, New York (2009).
156） Sova, D. B., "Edgar Allan Poe: A to Z", Checkmark Books, New York (2001).
157） Specter, M., 'Do Fingerprints Lie?', *The New Yorker*, May 27, 96–105 (2002).
158） Starrett, V., "The Private Life of Sherlock Holmes", Macmillan, New York (1930).
ヴィンセント・スタリット著,『シャーロック・ホームズの私生活』, 小林司・東山あかね訳, 河出文庫 (1992).
159） Starrett, V., 'The Singular Adventures of Martha Hudson', in "Baker Street Studies", H. W. Bell (ed.), Otto Penzler Books, New York (1934).
160） Stashower, D., "Teller of Tales: The Life of Arthur Conan Doyle", Henry Holt and Co, New York (1999).
ダニエル・スタシャワー著,『コナン・ドイル伝』, 日暮雅通訳, 東洋書林 (2010).
161） Stinson, R., 'Art in the Aniline Dye', *The Baker Street Journal*, 53 (1), 25–27 (2003).
162） Suszynski, J., 'Don't Call Us, We'll Call You', *Baker Street Miscellanea*, no. 54, 13–15 (1988).
163） Swift, W., F. Swift, 'The Associates of Sherlock Holmes', *The Baker Street Journal*, 49 (1), 25–45 (1999).
164） Symons, J., "Portrait of an Artist: Conan Doyle", Whizzard Press, London

(1979).
ジュリアン・シモンズ著,『コナン・ドイル』, 深町眞理子訳, 創元推理文庫(1991).
165) Tansey, R. G., F. S. Kleiner, "Gardner's Art Through the Ages", tenth edition, Harcourt Brace College Publishers, Fort Worth, TX (1996).
166) Tracy, J., "The Ultimate Sherlock Holmes Encyclopedia", Gramercy Books, New York (1987).
ジャック・トレイシー著,『シャーロック・ホームズ大百科事典』, 日暮雅通訳, 河出書房新社 (2002).
167) Travis, A. S., 'Mauve and Its Anniversaries', *Bulletin for the History of Chemistry*, 32 (1), 35–44 (2007).
168) Trenner, N. R., H. A. Taylor, 'The Solubility of Barium Sulphate in Sulphuric Acid', *Journal of Physical Chemistry*, 35, 1336–1344 (1930).
169) Utechin, N., 'From Piff-Pouff to Backnecke: Ronald Knox and 100 Years of Studies in the Literature of Sherlock Holmes', *The Baker Street Journal 2010 Christmas Journal* (2010).
170) Vail, W. A., 'Premature Burial: New in the Annals of Crime?', *The Baker Street Journal*, 46 (3), 7–12 (1996).
171) Vatza, E. J., 'An Analysis of the Tracing of Footsteps from Sherlock Holmes to the Present', *The Baker Street Journal*, 37 (1), 16–21 (1987).
172) Wagner, E. J. "The Science of Sherlock Holmes", John Wiley & Sons, Hoboken, NJ (2006).
E・J・ワグナー著,『シャーロック・ホームズの科学捜査を読む』, 日暮雅通訳, 河出書房新社 (2009).
173) Walters, L. R., 'The Hydrocarbon Puzzle', *The Baker Street Journal*, 28 (4), 222–223 (1978).
174) Waterhouse, W. C., 'What Was the Blue Carbuncle?', *The Baker Street Journal*, 54 (4), 19–21 (2004).
175) Welcher, F. J., 'History of Qualitative Analysis', *Journal of Chemical Education*, 34 (8), 389–391 (1957).
176) White, G. E., "Alger Hiss's Looking-Glass Wars", Oxford University Press, Oxford, UK (2004).
177) Winslow, J. H., A. Meyer, 'The Perpetrator at Piltdown', *Science 83*, September, 33–43 (1983).
178) Wislicenus, J., "A dolph Strecker's Short Textbook of Organic Chemistry", second edition, Kegan Paul, Trench, & Co, London (1885).
179) Zerwick, P., www.phoebezerwick.com (2011). STORIES をクリックし, 2005: Crime and Science の Part Two をクリック.